이 책의 제목은 서덕준 시인의 시 〈엔딩은 있는가요〉에서 가져왔습니다.

엔딩은 있는가요

엔딩은 있는가요

정아은 추모소설집

김하율
김현진
소향
장강명
정명섭
조영주
주원규
차무진
최유안

marmmo fiction

마름모

서문

정아은 작가는 2024년 12월 17일, 49세로 세상을 떠난 한국의 소설가입니다. 정 작가를 사랑한 동료 소설가들이 그녀를 오래 기억하기 위해, 알리기 위해, 그리고 자신들의 슬픔을 달래기 위해 이 책을 냅니다.

정아은 작가는 어려서부터 독서를 좋아했고, 중고교 때에는 박완서 작가의 작품에 푹 빠졌습니다. 영문학을 전공한 그녀는 대학 졸업 뒤 은행원, 학원 강사, 헤드헌터, 컨설턴트, 영상 번역, 외국계 회사 통번역, 단행본 번역 등 다양한 일을 했습니다. 30대 초에는 책과 관련된 일을 하고 싶어 여러 출판사에 지원했지만 취업하지는 못했습니다. 대신 인터넷 서점과 〈오마이뉴스〉에 서평을 부지런히 올렸습니다. 소설가가 된 뒤로도 〈한겨레〉와 〈채널예스〉에 서평을 연재했습니다.

정아은 작가는 둘째 아이를 임신 중이던 2009년 소설을 쓰기 시작했습니다. 이후 공모전에서 수십 번 낙선하면서 장편소설 다섯 편을 썼으며, 다섯 번째 장편소설로 2013년 한겨레문학상을 받았습니다. 데뷔작 《모던 하트》입니다. 이 소설은 헤드헌팅 업계를 배경으로 자본주의 사회에서 사람의 '몸값'이 매겨지는 과정, 한국 사회에서 학벌이라는 이슈를 사실적으로 보여줍니다. 이 작품은 30대 여성 작가가 30대 여성의 일과 사랑을 보여줬다는 이유로 '칙릿'이라는 말을 듣기도 했는데, 정 작가는 그에 대해 "그러면 젊은 남성 작가가 쓴 젊은 남성의 일과 사랑에 대한 이야기는 뭐라고 부르느냐"고 되묻기도 했습니다.

정아은 작가는 2015년 두 번째 장편소설 《잠실동 사람들》을, 2017년에는 세 번째 장편소설 《맨얼굴의 사랑》을 발표합니다. 《잠실동 사람들》은 서울 잠실동을 배경으로 사교육, 부동산, 빈부격차 문제를 다루는 작품입니다. 《맨얼굴의 사랑》은 성형수술과 연예계라는 소재로 한국 사회의 민낯을 그립니다. 이즈음부터 사람들은 정아은 작가의 개성과 목표를 이해하고 "현실의 응시자", "도시 세태의 기록자"와 같은 수식어를 쓰기 시작했습니다. 이후 발표한 장편소설 《그 남자의 집으로 들어갔다》, 《어느 날 몸 밖으로 나간 여자는》에서도 그런 문제의식과 리얼리즘을 단단히 견지합니다. 한국 사회의 부조리에 대한 깊은 고민과 치열한 취재 정신은 찬사를 받은 르포르타주 《전두환의 마지막 33년》에도 담겨 있습니다.

소설, 논픽션, 에세이에서 일관되게 드러나는 정아은 작가의 스타일은 특히 저널리즘 영역에서 높은 평가를 받았습니다. 〈경향신문〉은 《잠실동 사람들》을 2015년 '올해의 책'으로 꼽으면서 "지금 한국을 끌어가는 욕망을 이해하는 데 가장 쓸모 있고 재미있는 지침서"라고 이유를 설명했습니다. 엄지혜 〈채널예스〉 기자는 "그동안 내가 하고 싶었던 모든 이야기가 등장한다"며 《당신이 집에서 논다는 거짓말》을 2020년 '올해의 책'으로 뽑았습니다.

그러나 정 작가의 어둡고 불편한 소설들은 문학 작품에서 위로와 공감을 기대하는 문학출판계 트렌드와는 잘 맞지 않았습니다. 정 작가는 그에 대해 에세이 《이렇게 작가가 되었습니다》에서 "현실에 단단히 발을 붙인 이야기를 좋아한다"며 "내가 쓰는 지지고 볶는 이야기들, 인간의 이중성을 시뻘겋게 드러내 보이는 스타일이 거칠고 팍팍하게 느껴졌을 것"이라고 썼습니다.

글과 달리 정아은 작가는 다정하고 부드러운 성품의 소유자였으며, 그녀를 만난 사람들은 모두 성숙한 인품과

소탈한 성격, 따뜻한 유머에 반했습니다. 정 작가는 무리 지어 다니는 일을 피했고, 문학계나 출판계의 이런저런 단체 활동에도 거의 참여하지 않았습니다. 그녀는 인맥을 과시하는 법 없이 소수의 사람들과 진시하게 교류했고, 동료 소설가들의 작품을 열심히 읽고 정성 담긴 서평으로 응원했습니다. 특히 신인 작가들을 격려했습니다.

2024년 12월 17일, 사고로 세상을 떠났을 때 정아은 작가는 저를 비롯한 몇몇 소설가들과 '금지된 사랑'을 주제로 단편소설집을 준비하고 있었습니다. 정 작가가 무척 신뢰했고, 오랫동안 작업을 같이 해온 고우리 대표의 마름모 출판사에서 내기로 한 책이었습니다. 이후 몇 달 동안 출간을 준비하면서 저희는 내내 침통한 기분이었고, 정아은 작가를 기리는 작업을 뭔가 하고 싶다는 마음을 품게 되었습니다. 그런 방식으로 저희 자신을 위로하고 싶었던 것 같습니다. 그리고 그녀를 그리워하는 마음들이 머물 장소로 술자리나 기념비가 아니라 책을 마련하는 것이 정 작가에게 더 어울리는 일 같았습니다.

정아은 작가를 추모하는 소설집을 내면 어떨까요, 하고 메신저 대화방에서 조심스럽게 낸 의견을 '금지된 사랑' 앤솔러지 참여 작가들이 모두 환영해주었습니다. 추모소설집은 정 작가의 1주기인 2025년 12월 17일에 내기로 했습니다. 마름모 출판사에서 책을 내기로 하고, 장례식장에서 만났던 다른 소설가들에게 연락을 했습니다. 선인세나 계약금이 없는 조건인데도 꼭 참여하고 싶다는 뜻을 전해주신 작가님들이 많이 계셨습니다. 추모소설집에 실을 단편소설의 소재는 '정아은 작가를 생각할 때 머리에 떠오르는 것'으로 하자고 정했습니다. 소재에 대한 설명은 산문으로 따로 쓰기로 했습니다. 그렇게 해서 누구는 전두환, 누구는 금지된 사랑, 누구는 달, 누구는 자신의 마지막, 누구는 정 작가와 나눴던 대화, 누구는 오만과 편견, 누구는 부동산을 글감으로 삼았습니다.

참여해주신 모든 작가님, 책을 내주신 고우리 대표님께 깊이 감사드립니다.
그리고 정아은 작가에게, 저희에게 준 것들에 감사해요. 소설, 논픽션, 에세이, 문제의식, 격려하는 서평, 응원의 메일, 추천사, 곰돌이 자수 수건, 원할머니 보쌈, 봄날의 맥주, 웃음, 애정, 용기, 태도, 그리고 그 밖의 많은 것들.
저희 모두 당신을 잊지 못합니다.

2025년 12월 17일을 앞두고
참여 작가들을 대표해 장강명이 씁니다.

정아은 작가의 책

《모던 하트》, 2013 (소설)

《잠실동 사람들》, 2015 (소설)

《맨얼굴의 사랑》, 2017 (소설)

《엄마의 독서》, 2018 (논픽션)

《당신이 집에서 논다는 거짓말》, 2020 (논픽션)

《그 남자의 집으로 들어갔다》, 2022 (소설)

《어느 날 몸 밖으로 나간 여자는》, 2022 (소설)

《높은 자존감의 사랑법》, 2022 (논픽션)

《전두환의 마지막 33년》, 2023 (논픽션)

《돌봄과 작업 2》, 2023 (논픽션, 공저)

《이렇게 작가가 되었습니다》, 2023 (논픽션)

《인성에 비해 잘 풀린 사람》, 2024 (소설, 공저)

《킬러 문항 킬러 킬러》, 2024 (소설, 공저)

차례

서문 4

차무진
그 봄의 조문 ... 13
작가의 말 | 우리는 한 번 마음에 담았던 사람을 ... 36

장강명
신탁의 마이크 ... 43
작가의 말 | 초상, 오해, 뒤늦게 ... 79

김현진
오만과 판권 ... 89
작가의 말 | 완벽한 삼각형 ... 117

조영주
홍대 앞집엔, 그녀가 산다 ... 129
작가의 말 | 나비는 세 가지 모습으로 ... 148

주원규
특약 사항 ... 151
작가의 말 | 듣는 사람, 정아은 ... 170

최유안

    모두의 진심 ... 179
    작가의 말 | 흔적을 더듬는 시간 ... 207

정명섭

    돌을 던지다 ... 217
    작가의 말 | 어둠 그리고 빛 ... 246

소 향

    달의 열두 초 ... 251
    작가의 말 | 보름은 잠시, 달은 계속 ... 274

김하율

    당신이라는 이야기 ... 281
    작가의 말 | 슬픔의 표지석 ... 311

그 봄의 조문

차무진

1.

 편의점 문을 밀자, 종소리가 울렸다.
 차무진은 편의점의 좁은 매대 사이를 지나며 두루두루 살폈다. 걸려 있는 건전지들을 훑고, 풀과 스티커들을 훑었다. 지우개와 편지 봉투, 수성펜과 화투와 트럼프 카드를 전부 훑고 나서야 찾는 물건이 눈에 들어왔다.
 검은색 양말을 계산한 그는 편의점 밖으로 나와 잠시 서 있었다.
 뜬 달은 휘영청했고 밤하늘은 밝았다.
 도로에 도열한 화려한 건물들과 달리 한 겹 뒤, 골목은 습하고 적막했다. 한남오거리 뒷골목이 이렇게 캄캄할 줄은 몰랐다. 따닥따닥 붙은 건물이나 빌라들은 전부 불이 꺼져 있어 하늘과 땅은 천공과 연옥처럼 대비되었다. 골목 저쪽 끝, 구석으로 걸어갔다. 어느 빌딩 앞 원형 대리석 주차 방지 기둥에 엉덩이를 걸치고 양말을 갈아 신었다.

신었던 양말을 털어서 폈다.

복사뼈 지점에 수놓인 작고 빨간 장미.

순전히 이것 때문이었다. 편의점에 들어간 것은. 그 많은 양말 중에 하필 이 양말을 신고 오다니. 아내는 셔츠와 양복과 벨트를 챙겨주었지만, 양말은 "당신이 찾아 신어요"라고 말하고 학원 시간에 맞춰 아이를 데리러 나갔다. 그가 양말에 빨간 자수가 박혀 있다는 것을 깨달았을 때는 택시 안이었다.

어두운 골목 구석, 불 꺼진 건물의 화단에 앉아 잠시 숨을 돌렸다.

정신없는 하루였다.

소식을 들은 것은 점심때 울린 C 작가의 전화를 통해서였다. 운전하던 중이었다. 당장 단체 대화방을 보라는 울먹이는 목소리. 우측인지 좌측인지 깜빡이를 여러 번 틀렸고, 갓길에 세우고 싶었지만 마땅한 곳이 없어 보이는 공영주차장으로 급하게 들어갔다. 운전석에 앉은 채 한참 스마트폰을 휘휘 올리며 대화방에 올라오는 글들을 읽었다. 자신도 모르게 고개를 이쪽저쪽으로 연신 저으며 입술을 잘잘 깨물었다. 어릴 때 지녔던 틱이 일어났다.

그가 죽었다니.

믿을 수 없었다.

단톡방의 작가들은 저녁 일곱 시까지 순천향병원 장례식장 로비에서 모이기로 했다.

하고 많은 검은색 양말 중 빨간 장미 문양이 박힌 양말을 신다니.

차무진은 벗은 양말을 안주머니에 넣고 일어섰다.

어?

소리가 들렸다.

웃는 소리였다. 두리번거렸다. 양말을 신으려고 가장 어두운 구석으로 들어온 터라 주변에 사람이 있을 리가 없었다. 정면, 쇼핑몰로 보이는 전면 유리로 된 건물의 1층 내부는 비상구 등만 은은했다. 가로등도 없다. 하늘빛으로 바닥을 가늠해야 할 만큼, 깊고 인적이 없는 골목의 맨 끝이다.

소리는 거기서 끝이었다. 잘못 들었나? 상기하면 흘러가버린 그 소리는 아이가 까르르 웃는 소리 같기도 했고 아이들이 다투는 몇 마디 같기도 했다. 타닥타닥 뛰어가는 소리도 들은 것 같다. 가만히 기다렸지만 더는 들리지 않았고 그는 어깨를 한 번 으쓱했다.

장례식장 1층 로비는 어두컴컴했다. ATM 앞에 작가들이 모여 있었다. 그는 그들과 손을 맞잡았고, 등을 두들겼고, 얼굴을 마주 보고 고개를 끄덕였다. 누구는 수척한 볼에 눈물을 달고 있었고, 누구는 바닥을 보며 툭툭 제 신발에 묻은 무언가를 털어냈고, 또 누구는 콧등을 긁으며 난감한 표정을 지었다. 얼마간 도착하지 않은 몇 명을 기다렸다. 일행이 전부 도착하자 작가들은 계단을 이용해 지하로 내려갔다.

지하에 있는 장례식장은 로비와 달리 환했다.

선을 넘어 이계異界로 들어온 듯했다. 긴 복도를 중심으로 나란히 뚫린 호실마다 사람들이 북적댔다. 그의 조문실은 1호실로 계단에서 가장 가까운 곳에 있었다. 수십 켤레의 신발들을 넘고 들어섰다. 따뜻하고 반들반들한 바닥에 발이 닿자, 차무진은 그제야 실감이 났다. 백단향내와 육개장 냄새, 국화 향이 묘하게 섞여 풀밭 같은 냄새를 자아냈다. 벽 하나로 조문하는 방과 식당이 나뉜 크지 않은 호실이었다. 한쪽은 적막했고, 다른 쪽은 부지런히 먹고 마셨다. 전보電報는 슬픔을 유발하고, 슬픔은 허기를 동반하고, 허기는 말수를 늘린다. 그들은 조곤조곤 말하고 있었다. 그의 글, 그의 웃음, 그의 생각, 그의 이른 부재. 말을 늘어놓다보면 다시 공허해지고 서먹해져 입을 닫았고, 각자가 그의 영정을 떠올렸다.

차무진은 일행과 조문실로 갔다.

액자 속 그는 웃고 있었다. 웃고 있어서 낯설었다. 사홀 전만 해도 단체 대화방에서 자신이 듣는 교육 프로그램에 관해 활발하게 말하던 그였다. 그런데 지금은 액자 속에 있다. 오른쪽에 그의 남편과 두 아들이 서 있었다. 남편은 몰려온 이들이 그와 어떤 관계인지 눈으로 살폈고 두 아들은 그저 바닥만 보고 있었다. 성년이 되지 않은 아이들이었다. 하나는 재수생이라 했고 또 하나는 고등학생이라고 했다. 그들이 입고 있는 검은색 정장은 몸에 맞지 않는 연극부 소품 같았다. 조문하는 동안 세 가족은 내내 고개를 숙였다. 죄지은 건 죽은 자도, 산 자도, 방문자도 아닐 텐데, 산 자들은 방문자가 죄를 물으러 온 것으로 보이나보다. 그들과 그들은 기계적으로 맞절했다. 아들들은 일어나서도 바닥만 볼 뿐이었다. 복도 너머, 다른 호실에서 누군가가 고래고래 지르는 소리가 들렸다. 다들 움찔했지만, 그의 두 아이는 그대로 바닥만 바라보았다. 세상 소음도 그 아이들은 비껴가는 듯했다. 차무진은 그의 두 아들 중 동생을 유독 오랫동안 바라보았다. 그가 생전에 한 말이 떠올라서였다.

"그걸 읽고 우리 집 둘째가 특히나 떠올랐어요."

차무진은 그 말을 똑똑히 기억하고 있었다.

추념을 끝낸 그들은 줄줄이 나갔다. 차무진은 나가다가 다시 그의 두 아들을 돌아보았다. 그가 말했던 감정을 고스란히 받아들이고 싶었다. 그가 얼마나 저들을 사랑했는지를. 두 아들은 바닥만 보고 있었다.

육개장 국물이 식어 있었다. 일회용 그릇 표면에 뜬 붉은 기름이 위태롭게 번들거렸다. 허기가 밀려왔지만, 음식에 손이 가지 않았다. 단체 대화방의 일원이었지만 먼저 도착했던 J는 이미 취해 있었다. J가 연신 잔에 소주를 부었다. 콸콸 잔이 넘쳤다. 차무진은 J의 손에서 소주병을 빼앗아 세웠다. J는 잽싸게 잔을 비웠다. J 앞에는 빈 소주병 서너 개가 세워져 있었다. 사람 좋은 J는 어깨를 삐딱하게 기울인 채 작가님, 작가님, 이름을 헛부르며 사람들에게 비틀거리는 시선을 보냈다. 불린 자와 눈이 마주치면 처연한 눈으로 어금니를 깨물었고, 입술을 잘근거렸다. 그리고 또 소주병을 잡았다. J는 자신이 고인에게 너무 무심했다고 한탄했다. 그럴 리가. J는 고인을 잘 챙긴 작가 중 한 사람이었다. 차무진은 J가 마음 놓고 우는 것이 부러웠다. O가 차무진의 옆구리를 툭 쳤다. 턱으로 자기도 저기 있는 소주를 달라고 말했다. 평소에 O는 매우 차분하고 강기 있는 사람이었는데 그날만은 어딘가 어눌했다.

S와 출판사 대표는 지쳐 있었다. 많이 운 듯했다. 두 사람은 고인과 가장 친밀한 사이였음을 차무진은 알고 있다. 출판사 대표는 사람들이 들어올 때마다 불안한 듯 앉았다가 일어서기를 반복했으나 딱히 그가 맞이할 일이 아닌 것

들이었다. 병원에서 서류 받는 사람이 오거나 콜라 박스를 배달하는 사람들.

M은 차무진이 대한민국에서 가장 명석하다고 믿는 작가였는데, 그날만큼은 세상 활자를 전부 잊은 듯 맥주컵만 바라보았다. 전부 이 황망한 소식에 간을 빼고 온 토끼처럼 제 모습들을 내보이지 못하고 있었다. 저쪽 탁자도, 왼쪽 탁자도, 먼 탁자도 전부 뭔가 하나씩 빠뜨리고 나타난 얼굴들.

차무진은 강박증처럼 밑을 내려다보았다.

갈아 신은 양말에 혹시라도 장미 문양이 갑자기 생겨나 있지 않나 자꾸 걱정되었다.

2.

입식 탁자들 사이로 작은 머리가 돌아다니는 게 보였다. 예닐곱 살로 보이는 바가지 머리를 한 남자아이였다. 겨울 유치원 동복을 입었는데 옷도 갈아입지 못하고 부모를 따라 장례식장으로 온 듯했다.

바가지 머리는 어른들 사이를 헤집고 다녔다. 처연한 소란과는 어울리지 않는 경쾌한 움직임이었다. 그의 친척 아이겠거니 생각했다. 어른들의 장소는 간혹 아이의 놀이터가 되기도 하니까.

저쪽에서 소주병과 맥주병들이 쏠려갔고 주변 사람들이 다급하게 떨어지는 술병과 그릇들을 잡았다. 보니, 바가지 머리가 탁자에 깔아둔 흰 비닐보를 쭉 잡아당기고 있었다. 동시에 이쪽에서 취한 J가 쿵, 하고 탁자에 이마를 박았다. 때가 왔다는 듯, 나무에 쌓인 눈이 후드득 떨어지듯 갑자기 생긴 소동들이었다.

아이는 까르르, 저쪽으로 가버렸다.

J는 네 병의 소주병을 앞에 두고 고개를 묻었다.

M이 차에게 잔을 내밀었다.

"맥주 드시죠."

"조금만요."

M이 맥주를 따랐다.

차무진은 거품 묻은 손을 털면서 눈으로는 돌아다니는 아이 부모를 찾았다. 보니 바가지 머리 옆에 아이 하나가 더 있었다. 바가지 머리보다 키가 컸고 서너 살 많아 보였다. 초등학교 3학년, 4학년쯤. 눈매를 보니 틀림없는 바가지의 형이었다.

형은 동생의 팔을 잡더니 어디론가 데리고 가려고 했다. 바가지 머리는 잽싸게 손을 뿌리치고 달아났다. 동생은 흰 비닐보 탁자 아래로 들어가 사람들 다리 사이를 제멋대로 기어다녔다. 아이와 닿은 발들은 전부 말미잘처럼 오므

려졌다. 형은 포기한 듯 어깨를 축 늘어뜨렸고 쟁반을 나르는 사람들은 그런 형의 어깨를 툭툭 치며 지나갔다.
 차무진은 눈을 찌푸렸다.
 누가 데리고 온 아이들인지 모르지만 말려야 할 것 같았다. 저렇게 막무가내로 돌아다니다가 아까처럼 병이나 잔을 깨뜨리기라도 한다면, 사람들이 빽빽하게 앉아 있는 와중에 유리 파편을 모으기도 쉽지 않다. 탁자를 돌아다니며 조문객들에게 인사를 나누는 고인의 남편도 두 아이를 신경 쓰지 않았다. 상복을 입은 고인의 친척들도 바쁘게 움직일 뿐 아이들을 거두지 않았다.
 캔과 소주병이 정렬된 냉장고 앞에서 바가지 머리는 제 형에게 잡혔다.
 형은 동생을 데리고 조문하는 방으로 갔다.
 형제는 곧장 그의 두 아들 앞에 섰다.
 그의 두 아들은 벽 앞에 나란히 서서 바닥을 바라보고 있었다. 조문객은 없었다. 어린 형제가 올려다보고 그의 두 아들이 내려다본다. 기묘한 대치는 한동안 계속되었다. 누구도 그 모습을 신경 쓰지 않았다. 오직 차무진만이, 고개를 늘어뜨리고 조문하는 방을 들여다보고 있었다.
 '어린아이들이 저기 가서 뭐 하는 거지?'
 바가지 머리가 곧 싫증을 느끼고 꽃단 앞으로 갔다.

일루 안 와?

형이 멀어진 동생에게 눈을 흘겼다.

너도 일루 와. 여기 꽃이 많아.

이게, 어서 내 옆으로 안 와?

싫다고.

죽을래?

형이 눈을 부라렸지만, 바가지 머리는 슬픈 눈으로 형을 바라볼 뿐 형 옆으로 올 생각이 없다.

연극 소품 같은 정장을 입은 그의 두 아들은 죄인처럼 고개를 숙인 채 서 있었다.

바가지 머리는 단 위에서 웃고 있는 그를 보았다. 생전 웃음이 맑았던 그는 액자 속에서 키 작은 바가지 머리보다 한참 위의 어느 지점에 시선을 두고 환하게 웃고 있었다. 바가지 머리는 액자 속 그의 얼굴이 자신이 아는 이와 맞나 싶은 듯이 연신 고개를 갸웃거렸다.

바가지 머리 위로 줄처럼 피어오르는 연기가 그의 영정 앞에서 너르게 퍼졌다. 바가지 머리는 조그만 손을 뻗어 누군가 놓아둔 흰 국화의 잎을 만지작거렸다.

빨리 이리로 안 와?

꽂아놓은 향이 뚝 끊어졌다.

형제 앞에 서 있는 형이 마지막으로 동생에게 경고했다.

그러자 바가지 머리는 국화 이파리 한쪽을 똑, 떼어내고는 손으로 빙글빙글 돌리며 제 형 옆으로 갔다.

형제는 올려다보았고 형제는 내려다보았다.

이들은 키가 작았고 저들은 키가 컸다.

작은 이들이 그의 아들들의 손등을 어루만졌다. 차무진 눈에, 작은 이들이 하는 행동이 마치 누군가가 시켜서 시작하는 율동 같다는 느낌이 들었다.

그렇게 손등을 닦듯이 쓸어 만지더니 살포시 제 입술을 댔다. 큰아이는 그의 큰아들 손등에, 국화 이파리를 쥔 바가지 머리는 그의 작은 아들 손등에 입술을 댔다.

상복 입은 그의 아들들은 작은 이들이 자신의 손등에 입술을 대는 것을 물끄러미 바라보기만 했다.

그의 영정이 있는 저곳에 오직 그들, 네 명만 있었다.

형제와 형제가.

바가지 머리가 그의 둘째 아들의 검은 바지 끝을 살짝 만졌다가 놓았다. 그러곤 다가가 제 마음껏 안았다. 그의 둘째 아들은 바가지 머리의 정수리를 내려보며 아이의 어깨에 두 손을 갖다 댔다.

차무진은 초등학생으로 보이는 형과 눈이 마주쳤다. 아이의 눈빛이 나이답지 않게 깊었다. 무언가를 따져 묻는 듯한, 혹은 원망하는 듯한 눈빛이었다.

'보지 말아야 할 것을 본 걸까?'

아이 눈을 바라보면서 시선을 피할까, 아니면 이대로 있어야 할까를 고민했다. 강렬하고 슬픈 눈이 쏘아보고 있자, 굳은 엿처럼 몸을 움직일 수 없었다.

그러자 아이가 빙그레 웃었다.

차무진은 그 모습이 낯설지 않다고 생각했다.

마침 바가지 머리가 식탁들이 있는 이쪽으로 다시 나왔고, 바가지의 형은 동생을 잡으려고 나왔다. 바가지 머리는 차무진이 앉아 있는 탁자를 지나갔다. 차무진은 바가지 머리가 손목에 차고 있는 파란색 플라스틱 시계를 보았다. 캡틴 아메리카가 그려진 장난감 시계.

소름이 돋았다.

그것은,

그 시계는 틀림없이 시율이 것이었다.

짙은 갈색의 낡은 유치원 동복.

마, 맙소사.

동복 가슴에 박힌 노란색 실로 휘갑치기 한 명찰.

도시율.

차무진은 들고 있던 맥주 잔을 놓쳤다. 잔이 바닥에 떨어졌다. 깨지지는 않았으나 술이 흥건히 엎어졌다. 옆에 앉아 있던 M과 S가 두루마리 화장지를 풀며 고개를 숙였다.

주변인들이 바닥을 닦는 동안 차무진은 바가지 머리에서 시선을 떼지 않았다. 돋은 소름이 가시지 않아 몸을 부르르 떨었다.

  시율이리니!

  형이 어디 있는지 찾았다. 바가지 머리의 형은 검은 신발들이 시체처럼 쌓인 현관 앞에 서서 이쪽을 보고 있었다.

  시원이!

  두 아이는 도시원과 도시율이었다.

  아무도 두 아이의 행동에 신경 쓰지 않은 것은 저 두 아이가 보이지 않아서이다.

  당연하다.

  저 아이들은 차무진의 소설에 나오는 가상의 인물들이었고, 소설 속에서도 죽은 영가靈駕들이었다.

3.

'그들이 왜 여기에!'

시율이가 형, 시원이에게 달려갔다.

  동생보다 머리 하나만큼 키가 큰 시원이가 시율이를 뒤로 안았다. 둘은 현관에 서서 사람들을 두루 살폈다. 조문객들을 훑던 바가지 머리 시율이가 드디어 앉아 있는 차무진을 발견했다. 시율이가 웃으며 제 형을 올려다보았다.

형, 저기 있어.

시원이가 시율이 입을 막았다.

알아. 쉿.

차무진은 그들의 대화가 들리지 않았지만 전부 알 수 있었다. 그들은 차무진의 소설 속에서와 똑같이 행동하고 있었다.

머릿속이 하얘졌다. 이것은 환각인가, 슬픔과 알코올이 빚어낸 망상인가. 그것도 아니라면 모든 이가 이 어처구니없고 황망하며 믿기지 않은 죽음을 도리질하며 생성한 억압기억 때문인가.

눈을 비비고 보아도 아이들은 선명했다.

저 갈색 동복, 저 파란 시계, 형의 저 단호한 눈빛과 동생의 저 순진한 몸짓.

차무진은 그제야 서글픔과 격정이 밀려왔다.

저 아이들이 등장하는, 그가 쓴 단편소설 제목은 〈그 봄〉이었다.

두 아들을 급하게 절에 맡기고 사라진 엄마. 아이들은 절에서 노스님과 생활한다. 동생은 밤마다 엄마를 찾고 형은 그런 동생을 달래며 엄마가 오기를 기다린다. 엄마는 1년에 한 번, 형과 동생이 좋아하는 것을 들고 절에 찾아왔는데 노스님은 그때마다 엄마와 두 형제를 위해 지장전 전각을 종일 내준다. 매년 만나러 오던 엄마는 작년에 오지 않았고, 형은 엄마가 자신과 동생을 버리고 다른 남자와 결혼했고, 아기까지 태어났다는 것을 직감한다.

몇 년 만에 엄마가 찾아온 날, 형 시원이는 화를 낸다. 솔직하게 말해달라고. 자신과 동생을 버린 게 맞느냐고. 밤마다 엄마를 찾는 저 어린 시율이를 돌보는 자기 마음이 얼마나 슬픈 줄 아느냐고. 새로이 결혼한 게 맞느냐고. 엄마가 낳은 아기가 시율이보다 더 귀엽냐고. 엄마는 큰아들의 울부짖음을 들으면서 미안하다는 말 대신 그저 우는 웃음으로 두 아들을 껴안는다. 엄마와 죽은 두 아이를 품은 사찰의 봄밤은 깊어져가고, 삶의 애착은 푸르러져간다.

생전에 그는 이렇게 말한 적이 있었다.

"그 소설, 우리 아이들이 생각나 한참이나 울었어요."

그는 책을 덮어도 사찰에 버려진 두 아이가 자꾸 생각난다고 말했다. 그는 두 아이를 거두어 키우고 싶었다고 말했다. 그리고 자신의 두 아들이 투영되어 밤잠을 못 이뤘다고 말했다. 그는 자부진에게 소설 속 두 아이가 행복했으면 좋겠다고 말했다. 그는 소설 속 두 아이가 행복해지면 자신의 두 아이도 마찬가지로 행복해질 것 같다고 말했다. 그리고 그는 차분하게 한숨을 쉬었다.

그 말을 하고 반년 뒤, 그는 세상을 떠났다.

그 단편소설에 등장하는 열두 살 시원이와 일곱 살 시율이가 지금 장례식장에 와 있었다. 저 아이들은 자신들을 알아봐준 유일한 사람의 마지막 길을 배웅하러 온 것이었다.

무엇보다,

시원이와 시율이는,

그의 아들들을 위로하였다.

죽어서 엄마를 잃은 아이들과 죽은 엄마를 잃은 산 아이들. 그 네 명의 아이들이 한 공간에 있었다. 네 명이었지만 어쩌면 두 명이었을지도 모른다. 그들은 시간과 차원을 넘어 각자의 슬픔을 가진 채 서로를 마주했다.

장례식장에 들어서기 전, 어두운 골목에서 양말을 갈아신을 때 들었던 까르륵거리는 소리 역시 지금 생각하면 환청이 아니었다.

저 두 아이였으리라.

시원이와 시율이는 현관 앞에서 차무진을 바라보면서 한동안 서 있었다. 차무진은 어쩌지 못한 채 텅 빈 눈으로 입술을 잘근거렸다.

동생, 시율이는 돌아보며 형에게 무언가를 말했다. 차무진한테 가보자고 말하는 것 같았다. 형은 고개를 저었다. 가면 안 된다고 말하는 것처럼 보였다. 시원이 눈은 차무진을 창조주가 아닌 그저 한 명의 무력한 관찰자로 보고 있었다. 차무진은 그 아이들에게 다가갈 수 없었다. 그저 기록한 존재로 남아야 했다.

시율이가 형의 손을 잡았다. 나가자는 입 모양.

시원이가 고개를 끄덕였다. 그러자는 눈.

두 아이는 현관에 널브러진 수십 켤레의 버려진 신발 중 자신들의 신발을 찾아 신었다. 신발을 신는 모습이 마치 다 죽었고 오직 두 아이만 생명을 얻은 것 같았다. 나가기 전 마지막으로 시원이가 뒤를 돌았는데, 입 모양이 무언가를 말하고 있었다. 차무진은 눈을 게슴츠레하게 떴다. 무슨 말인지 알아내지 못했다. 소리는 들리지 않았고 그 아이는 금세 입을 닫았다. 차무진은 그 말을 반드시 알아들었어야 했다고 생각했다. 그 입 모양을 상기하는 동안 아이들은 장례식장 복도로 사라졌다.

벌떡 일어났다.

주변 사람들이 차무진을 올려다보았다.

그는 좁은 탁자에 앉은 사람들을 주뼛주뼛 밀어내고 현관으로 가 신발을 신고 복도로 나갔다. 복도는 비어 있었다. 계단을 통해 위층으로 올라갔다. 장례식장 1층은 너른 홀이었고 어두웠다. ATM이 있는 구석에만 빛이 들어와 있고, 반대편 사각기둥에는 비상구 등이 빛을 퍼뜨리고 있다.

다시 아래로 내려갔다. 복도는 길고 조용했다. 화환들이 늘어선 복도의 저쪽 끝은 T자 형태로 갈라져 있다. 그 지점에 두 아이가 서 있는 게 보였다.

아이들은 누군가와 이야기하고 있었다. 차무진의 시야에는 아이들의 모습만 보일 뿐, 아이들과 이야기하는 상대는 복도의 벽 모서리에 가려져 보이지 않았다. 아이들이 올려다보다가 시선을 수평으로 내리는 것으로 보아 그 누군가는 서 있다가 눈을 맞추기 위해 쪼그리고 앉은 것 같았다.

복도 끝에 서 있는 아이들은 복도 벽 안쪽의 누군가가 하는 말을 고분고분 열심히 들었다. 벽 모서리에서 가는 팔이 나왔다. 얼핏 봐도 여성의 팔이었다. 작고 동그란 시계를 찬 팔은 두 아이를 자신의 품으로 끌어안았다. 두 아이의 몸 일부분이 벽 모서리에 가려졌다. 시원이는 그 사람의 어깨에 얼굴을 묻었고, 시율이는 그 사람의 어깨를 껴안고 있었다. 손은 두 아이의 등을 따뜻하게 토닥거렸다.

꾹꾹 눌러 담는 듯 아이들을 품은 팔은 곧 아이들을 떼어냈다. 두 아이가 물러서자, 아이들 모습이 차무진의 시선에 온전히 들어왔다.

아이들은 자신을 안아준 이에게 방긋 웃었다. 아마도 조문을 부탁한 것은 그 사람인 것 같았다.

천천히 그쪽으로 걸었다.

시원이가 고개를 돌리더니 다가오는 차무진을 보았다. 시율이도 걸어오는 차무진을 가리키며 모서리 너머에 있는 존재에게 무언가를 말했다. 차무진이 오고 있다고 말하는 것 같았다.

"얘들아, 잠깐만."

부르며 빠르게 걸었다.

달렸다.

모서리 너머에서 가는 팔이 다시 나왔고, 두 아이를 껴안듯 끌어당겼다.

두 아이는 모습을 감췄고 동시에 차무진이 T자형 복도 끝에 도착했다. 아무도 없었다. 뒤돌아 살폈다. 비상계단으로 이어지는 문이 보였는데 가서 손잡이를 돌려보니 잠겨 있었다.

차무진은 몸을 빙빙 돌리며 정신없이 두리번거렸다. 복도의 끝, 갈라진 복도 삼거리에는 아무도 없었다.

아이들, 어디로 간 거지?

그리고 아이들을 안아주던 팔은 누구였지?

순간 차무진은 온몸의 피가 식는 것을 느꼈다.

그 자리에 서서 스마트폰을 꺼냈다. 죽은 그를 검색하자 그의 사진들이 주르륵 나왔다. 그가 문학상을 받은 기사, 그의 작품 기사, 그가 엄마에 관해서 인터뷰한 기사, 그가 사회문제에 관해 인터뷰한 기사, 그가 신간을 냈다는 기사, 그리고 그가 별세했다는 기사.

차무진은 사진들을 하나하나 확인했다.

한 사진을 확대했다. 그가 흰색 반소매 재킷을 입고 환하게 웃는 사진이었다.

그가 팔에 찬 작은 은색 시계.

그가 차무진과 〈그 봄〉에 관한 이야기를 하던 맥줏집에서도 차고 있던 그 시계는 방금 보았던, 복도에서 시원이와 시율이를 안아줄 때 뻗었던 팔목에 찬 시계와 똑같은 것이었다.

차무진은 주저앉거나 허망해하지 않았다.

몸을 꺾어 복도를 걸어 1호실로 갔다.

신발을 벗어던지고 조문실로 들어갔다.

백단향이 퍼지는 텅 빈 조문실에서 그의 두 아들은 여전히 두 손을 모은 채 벽에 기대고 서 있었다.

차무진은 그의 두 아들을 안았다.

한 어깨에 하나씩, 양팔로 안고 머리를 모았다. 그의 두 아들은 영문도 묻지 않고, 거부하지도 않고 차무진의 어깨에 이마를 대고 고개를 숙였다. 이 남자가 누구인지도, 왜 자신들을 껴안는지도 몰랐지만 그들은, 차무진의 어깨에 가만히 기대 있었다.

마치 누군가가 자신들을 안아주길 기다렸다는 듯이.
차무진과 그의 두 아들은 그렇게 한참을 서 있었다.

작가의 말

우리는 한 번 마음에 담았던 사람을

이별의 원칙은 이다지도 가혹하여 당신은 버둥대리라

올봄에 보는 산은 '보랏빛'이 아니다. 작년에는 눈을 가늘게 만들고 그렁그렁 바라보면 산 전체가 보라색 스펀지로 보일 정도였는데, 올해 산은 다르다. 초록색으로만 보인다. 소년은 그런 먼 산 풍경을 아쉬워하며 조망하다 눈을 돌려 주위를 둘러본다. 예불 중인 스님과, 스님 몰래 무릎걸음으로 법당을 돌아다니는 동생이 있다. 예불 시간을 견디는 소년의 마음은 제대로 당도하지 않은 봄에 대한 아쉬움으로 가득 차 있다. 소년의 눈에 비친 주변 풍경을 따라가다보면, 소년의 마음속 그리움의 대상이 실은 보라색 진달래가 아니라 '엄마'임을 알게 된다. 4년 전 소년과 동생을 절에 데려다놓고 가버린 엄마임을.

형제를 절에 맡긴 뒤 해마다 한 번씩 방문하던 엄마가 작년에는 오지 않았다. 올해 산에 진달래가 거의 피지 않은 것은 아마도 그 때문일 것이다. 설령 진달래가 많이 피었다 해도 소년의 성에는 차지 않았으리라. 세속에 있었다면 초등학교 1학년이 되었을 동생은 아직 이별의 개념을 모른다. 하지만 동생보다 몇 살 위인 소년은 알고 있다. 이별이 무엇인지. 너무나 잘 알고 있다. 그렇기에 머무르고 있는 절간이, 예불을 드리는 무뚝뚝한 '산적 스님'이, 엄마가 자신들을 버렸다는 사실을 인식하지 못하는 어린 동생이 원망스럽다……

〈한겨레〉 2023년 12월 22일자에 실린 이 칼럼을 보았을 때 나는 숨이 막힌 것 같았다. 내 소설집 《아폴론 저축은행》은 이미 〈한겨레〉의 문학 칼럼에 언급된 바 있었기에 다시 실린다는 것이 놀라웠기 때문이다. 〈한겨레〉가 같은 책으로 칼럼을 두 번이나 실어준다는 건 드문 일이었다. 칼럼을 써준 이는 《모던 하트》로 제18회 한겨레문학상을 받은 정아은 작가였고 그는 매주 '정아은의 책들 사이로'의 지면을 받아 칼럼을 기고한다는 것을 알았다.

나는 음미하듯 수색하듯 그의 문장들을 읽어내렸다.

······모든 이별은 언제나, 견딜 수 없이 고통스럽다. 생살을 뜯어내는 듯한 통증과 영원히 치유되지 않는 상처를 남긴다. 우리는 한 번 마음에 담았던 사람을 잊지 못한다. 마음에 담고 다니며 끊임없이 소환해 그리워한다. 그러니 이별은 신이 인간에게 내린 가장 강도 높은 극기 훈련이라 하리라······

그는 내 소설집에 실린 여덟 편의 단편 중 〈그 봄〉을 선택했다. 나는 그 작품을 좋아하는 사람들을 좀 특별하게 생각했는데, 내가 가장 좋아하는 작품이거니와 그 작품을 서럽게 읽어준 이라면 커버린 자식의 향기를 여전히 눈으로, 가슴으로 품고 있는 사람들이었다. 그 향기가 너무도 진해서 또래의 작은 아이를 보면, 자신의 향기를 온 주변에 적시는 사람들이었다. 그런 사람들은 세상 모든 아이를 사랑했고 동물들을, 약자를 사랑하는 편이었다. 적어도 내 경험상 그러했다.

나는 정아은 작가가 필시 아름다운 아이들을 품고 있으리라 짐작했다. '그래서 써주었구나. 이 작품을 좋아하는구나. 이분과 말이 통할 것 같아. 아마 그도 향기를 품었을 거야.'

마침 소향 작가에게서 연락이 왔다. 그는 매우 깊이감 있는 소설을 쓰는 작가로, 내 소설을 자신의 소설만큼 좋아해주는 고마운 동료였다. 그는 칼럼을 읽었느냐고 물었다. 알고 보니 내 소설집을 정아은 작가에게 소개한 이가 소향 작가였다.

그는 정아은 작가와 나를 꼭 만나게 해주고 싶다고 말했고, 나는 정아은 작가에게 내 소설을 다루어주어 감사하다는 말을 전해달라고 부탁했다. 우리는 그달에 서촌에서 만나기로 약속했지만, 때를 놓치고 말았다.

해가 지나 봄이 오고, 4월에 김근태기념도서관에서 '당신은 어떻게 글을 쓰고 있나요'라는 주제로 소설가 장강명의 대담이 예정되어 있었다. 그의 이야기에는 늘 생각하게 하는 것들이 가득했고, 장강명을 읽어야 한국을 읽는다는 생각은 변함없기에 그를 맹렬히 존경하고 좋아했다. 또 이전 해, 내가 장편을 발표하는 자리에 와주었기에 그가 새해에 하는 첫 북토크에 답례차 참석하고 싶었다. 그런데 장강명과 대담하는 상대가 바로 정아은!

너무 흥분되었다.

만나서 꼭 그가 품고 있는 향기를 맡아보고 싶었다. 진작 만났어야 할 사람이었다. 내게 그 대담은 이제 장강명이 아닌 정아은을 만나러 가는 자리가 되었다. 장강명과 정아은의 대담은 유익하고 깊었다. 대담이 끝나고 서명받는 줄에 슬며시 끼었다. 내 차례가 오자 그의 책 《이렇게 작가가 되었습니다》를 내밀며 조용히 속삭였다.

"작가님, 이제야 뵙습니다. 차무진입니다."

번쩍 고개를 들고 나를 본 정아은 작가의 눈이 휘둥그레졌다. 입이 환하게 벌어지며 예의 그 화창한 웃음을 보였다. 그도 나도 그렇게 처음으로 상면했다.

그 봄에.

그 따뜻한 날에.

그리운 기억의 온기로.

그날 오후, 장강명, 정아은, 정명섭, 소향, 마름모 출판사 고우리 대표와 나는 봄날을 만끽하며 마음껏 마시고, 마음껏 웃고, 마음껏 바라보고 서로의 작품을 탐닉했다. 쓰잘머리 없는 이야기도 실컷 늘어놓았다. 세상에 그렇게 편안한 자리가 없었다.

정아은 작가는 사람들 몰래 나에게 〈그 봄〉에 관해 말했다. 너무 슬퍼서 며칠 잠을 못 잤다고도 했고 읽는 내내 자신의 두 아들이 그리웠다고도 했다. 나는 고개를 끄덕였다. 정아은 작가는 나에게 소설을 많이 써달라고 말했다. 나는 고개를 끄덕였다. 정아은 작가는 마지막으로 소설 속의 두 아이가 행복했으면 좋겠다고 말했다. 나는 그랬을 거라고 말했다.

나는 정아은이 품은 향기를 다 맡지 못하고 그를 보냈다. 우리는 봄날에 처음 만났고, 〈그 봄〉을 이야기했고, 서로의 향기에 매료되었고, 앞으로의 향기를 약속했었다. 그리고 그는 떠났다.

나는 정아은이 좋아했던 〈그 봄〉의 두 아이를 조문시키고 싶었다. 그 아이들이 정아은에게 찾아가고, 정아은의 아이들과 손을 꼭 잡게 하고 싶었다.

나는 앞으로 정아은의 향기는 봄이라고 믿으며 살게 될 것이다.

신탁의 마이크

장강명

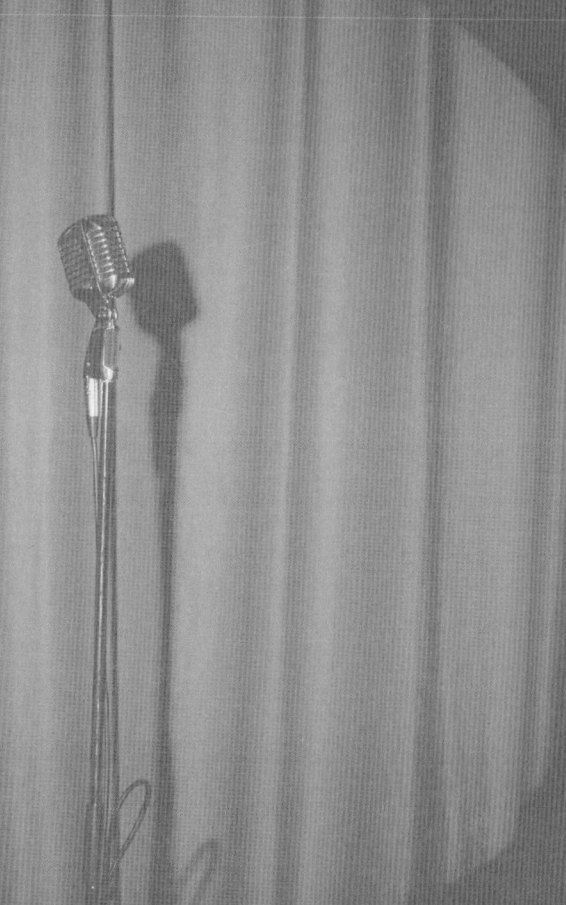

안녕하세요, 안녕하세요! 조금 전에 소개받은 신탁의 마이크, 신탁입니다. 네? 본명이냐고요? 본명 아니에요. 활동명이에요.

그게 그렇게 궁금해서 저 무대 올라오자마자 물어보신 거예요? 아주 저돌적이시네. 일어나보세요. 뒤돌아보지 마시고, 너. 그래, 너 말이야. 네가 아까 나한테 내 이름 본명이냐고 물어봤잖아. 뭘 두리번거려. 자리에서 일어나보세요.

감사합니다. 자기소개 좀 부탁드려요. 어디에서 오셨어요? 경기도? 경기도 어디요? 경기도가 넓어요. 아, 일산. 일산에서 아파트 사세요, 오피스텔 사세요? 빌라? 괜찮아요, 부끄러우면 말하지 않아도 돼. 그냥 고개만 끄덕여요. 아파트! 아파트 좋다. 전세, 자가? 설마 임대아파트는 아니죠?

죄송해요. 제가 요즘 이런 거밖에 안 궁금해요. 직업이 뭔지, 어느 대학 나왔는지, 그런 게 전혀 궁금하지가 않아요. 이제 AI가 발전하면서 우리 직업에 대격변이 일어날 거 잖아요. 10년 뒤에 의사가 대접을 받을지 아닐지 어떻게 아냐고요. 수술도 다 로봇이 하는 거 아냐? 학벌이 무슨 의미가 있어요. 전 그거보다 어디 사냐, 아파트냐 빌라냐, 자가냐 임대냐, 그게 궁금해요. 이 시대를 사는 우리들의 운명을 결정짓는 건 그거 같아요. 자산계급이냐 프롤레타리아냐. 아, 프롤레타리아라는 말 어려워요? 처음 들어봐요? 괜찮아요. 서울 강남 아파트 자가면 프롤레타리아라는 말 몰라도 돼요. 서울 강남이라도 임대아파트는 안 돼. 임대아파트 살면 프롤레타리아라는 말 알아야 돼. 진짜야. 써먹을 데가 많을걸?

결혼정보회사에서도 복잡하게 이것저것 묻지 말고 그냥 얼굴 사진이랑 키, 몸무게, MBTI, 그리고 주택 관련 사항만 물어보면 좋겠어요. 집이 서울인지 경기도인지, 서울이면 어느 구인지, 아파트인지 빌라인지, 자가인지 임대인지. 서울 강남 아파트인데 자가면 그다음에는 뭐가 궁금하냐고? 몇 평인지 궁금하죠. 몇 층인지도 궁금하고, 한강뷰인지도 궁금하고. 건축 연도도 궁금하죠. 지금 용적률이랑 재건축조합 설립됐는지도 궁금하고.

그런 걸 물어봐야지 부모님 직업 같은 거 왜 물어봐요? 부모님 재산만 알면 되지 직업이 뭐가 중요해요. 내가 만나는 남자 아버지가 검사장인지 갈빗집 주인인지 알 게 뭐야. 참고로 높은 자리에 있는 분이면 구속될 가능성도 높은 거예요. 구속되면 명절 때 시댁 안 가도 되니까 좋다고? 구속 안 되더라도 검사장 시아버지가 정치병 걸려봐. 그러면 여러분도 선거운동 도와주러 가야 돼. 시아버지가 그래서 국회의원 되잖아요? 그러면 더 안 좋아. 그 양반이 대통령 후보라도 되면 여러분 신상도 다 털리는 거야. 명품 쇼핑도 못 하고 원정 출산도 못해. 알겠죠? 부모 직업은 안 중요하고 부모 재산이 중요해요.

그런데 배우자 부모 재산은 배우자 집에 이미 다 반영이 돼 있어요. 서울 강남 아파트 자가 보유냐, 경기도 시흥시 빌라 월세냐. 유산에 기대 걸지 마세요. 그건 복권이나 다름없어. 요즘 의학이 얼마나 발달했는데. 사람이 안 죽어요. 특히 강남 노인들은 절대 안 죽어. 다들 120살까지 살 거예요. 100살에 실버타운에서 아들딸 세 명 있는 할머니랑 연애해서 결혼할지도 몰라. 그러면 수십 년 동안 공들인 유산을 n분의 1 해야 하는 거야. 그 n분의 1 한 유산조차 여러분이 90살에 받게 되는 거예요.

시작부터 이렇게 딥하게 들어갈 게 아니었는데, 저 일산에서 오신 아파트 자가 소유자 분 때문에 여기까지 왔네요. 자가 소유하셨으니까 봐드립니다. 월세였으면 제가 한

번 더 일으켜 세웠어요. 아니, 거꾸로 해야 하는 건가? 월세 사는 분이면 사회적 약자니까 봐드려야 하고 자가 소유는 아파트도 있으니까 쪽 한번 팔려도 괜찮은 건가? 어떠세요? 아, 일어나기 싫다고. 막 고개를 이렇게 도리도리 저으시네. 알았어요, 알았어요. 안 일으켜 세울게요. 그런데 고개 돌리시는 거 너무 귀여우세요. 도리도리. 저 꼬꼬마였을 때 나이트에서 그런 춤이 잠깐 유행한 적이 있어요. 도리도리.

여러분 어떠세요? 이 정도 수위 괜찮아요? 1부랑 분위기 너무 다르죠.

아까 췌장암 유머 나올 때는 삶의 의미도 이야기하고 징글징글한 가족 이야기도 하고 눈물 막 글썽글썽하다가 싱글벙글 웃다가 마음 몽글몽글해졌는데, 지금은 웬 고도비만 녀석이 나와서 너 아파트 살아, 빌라 살아? 자가야, 임대야? 이러고 있으니 니글니글하죠? 아, 니글니글한 게 아니라 부글부글하다고? 네, 네, 그만할게요. 저분 눈 좀 봐. 아주 이글이글하네.

여러분, 제가 더 니글니글한 얘기 들려드릴까요? 저 다음 3부에 누가 나올지 아세요? 뭐? 모르신다고요? 팸플릿도 안 보신 거예요? 음료 한 잔씩 의무로 주문하셨을 거고, 예쁜 종이 쪼가리 하나 받으셨을 거잖아요. 그게 의자 위에

깔개로 쓰라고 나눠주는 게 아니야. 여러분 씹던 껌 뱉으라고 나눠주는 게 아니라고.

1부가 암 환자, 2부가 전세사기 피해자인 저, 3부가 지체장애인이에요. 스탠드업 코미디 공연이 아니라 불행 배틀 같아요. 어쩌다 라인업이 이렇게 됐을까요? 공식적인 자리에서 누가 물어보면 저도 고통이 승화된 유머가 진짜 유머다, 스탠드업 코미디는 공연자와 관객이 눈물 섞인 웃음을 나누는 자리다, 그렇게 웃음으로써 함께 상처를 달래고 고통을 덜어낸다, 그런 헛소리를 하죠. 근데 속으로는 솔직히 그렇게 생각 안 해. 상처를 달래긴 뭘 달래요. 여러분이 많이 웃으면 내 전세 보증금이 돌아와?

제 생각에는 한국 사람들이 농담을 불편해해서 오늘 라인업이 이렇게 된 거 같아요. 한국 스탠드업 코미디 역사가 길지 않거든요. 거슬러 올라가면 김형곤 선배님도 나오고 이주일 선배님도 나오고 하는데 제가 그분들 제자한테 스탠드업 코미디를 배운 건 아니죠. 그분들의 유산이 흘러 흘러 무슨 전통이 생겨서 지금의 한국 스탠드업 코미디가 있는 게 아니에요. 전 그냥 유튜브랑 넷플릭스 보고 배웠어요. 루이 C. K., 리키 저베이스, 맷 라이프. 그래요, 남자들 것만 봤어요. 백인 남자들. 내가 남자니까 갓양남들 하는 거 봤다는데 뭐요.

어쨌든 이 갓양남들 스탠드업 코미디 하는 거 보면 막 이쪽저쪽 다 까더라고요. 모두까기죠. 수위도 높아요. 그런데 우리나라에서 이렇게 하면 큰일 날 거잖아요. 다들 표현의 자유가 필요하다, 한국 너무 엄숙하다, 그러시다가 자기들 까는 이야기인 거 같으면 얼굴 굳어져서는 커뮤니티 게시판에 '저만 불편했나요' 하고 올리실 거잖아요.

아니, 그래도 공연 보고 집에 가서 게시판에 그런 글 올리는 분들은 양반이죠. 유튜브에서 공짜로 보고 댓글 다시는 분들은 아주 천하의 개쌍놈들이에요. 아, 여러분 신분 비하 발언 죄송합니다. 양반 쌍놈 이런 구분 없어진 지가 오랜데. 그거 5·16 때 없어진 거죠? 88올림픽 때 손에 손잡고 없앤 거였나? 아무튼 제가 정정할게요. 유튜브에서 공짜로 보고 댓글 다시는 분들은 아주 천하의 깨시민들이세요. 여러분 덕분에 세상이 점점 더 살 만한 곳이 되어가고 있어요. 감사합니다.

루이 C. K., 리키 저베이스, 맷 라이프, 이런 형님들 스탠드업 코미디 연구하고 따라 하다가 제가 결국 깨달음을 얻었죠. 이건 한국에서는 안 된다. 한국은 미국보다 훨씬 더 욜라게 살 만한 곳이라서, 다른 사람을 까는 후진적인 유머는 이미 극복했다. 그런데 솔직히 누굴 까는 게 재미있잖아. 내가 여기서 한국인은 정말 멋진 사람들이에요, 한국 정부 정말 일 잘해요, 요즘 청년 세대는 과거 어떤 세대보다 더 스마트해요. 삼성 최고, 현대차 최고, 이러면 여러분 박수 치고 좋아하실 거예요? 아니잖아요.

그러면 제가 어떻게 해요. 누굴 까긴 까야겠는데 누굴 까야 해요? 저를 까야죠. 저랑 다른 전세사기 피해자들. 그러면 자학개그라고 해서 봐주거든. 그래서 췌장암 환자는 암 자학개그를 하고, 지체장애인은 장애 자학개그를 하는 거예요. 한국에서는 이 수밖에 없어.

이게 약간 인접 영역까지도 봐주시는 거 같더라고요. 그러니까 췌장암 환자가 딱 췌장암 자학개그만 하지 않아도 되는 거죠. 담도암 개그도 해도 되고, 전립선암 개그도 괜찮고, 황반변성이나 척추측만증 개그도 오케이인 거죠. 지체장애인은 시각장애 개그, 청각장애 개그 해도 되고. 저도 전세사기를 넘어서 부동산 정책 전반에 대해서는 개그를 쳐도 되는 거 같습니다.

제가 꿈이 하나 있는데요, 다른 분야에서 사기당하신 분, 아니면 크게 잃으신 분들과 함께 경제 전문 스탠드업 코미디를 하면 어떨까 싶어요. 보이스피싱 피해자, 주식 피해자, 암호화폐 피해자, 거기에 저까지 4인조 경제 개그단을 결성하는 거죠. 그래서 저희가 어떻게 돈을 버냐 하면, 각종 투자설명회들 있잖아요. 거기 나가서 바람잡이를 하는 거예요. 투자설명회 말고도 경제 팟캐스트에서 하는 토크콘서트, 경제 신문에서 하는 재테크쇼, 이런 거 많거든요. 그런 데 저희 4인조가 가서 분위기를 띄우는 거예요. 부동산 전문가 토크콘서트다, 그러면 저는 무대에 올라가지 않고 다른 3인방이 올라가는 거죠. 주식은 이래서 안 된다, 암호화폐도 이래서 안 된다, 보이스피싱은…… 아, 보이스피싱은 원래 당하면 안 되는 거구나. 아무튼 그 3인방이 올라가서 자기들 사연 팔고 나면 사회자가 역시 이 불확실성의 시대에 믿을 건 부동산뿐이다, 하면서 그날의 주인공들인 부동산 전문가들을 위로 불러올리는 거죠. 주식투자 토크콘서트면 주식 피해자가 아래서 꿀 빨고 저랑 암호화폐 피해자랑 보이스피싱…… 아니, 보이스피싱 이 새끼는 빼야겠다. 도움이 안 되네.

    이게 돈이 되겠느냐고요? 돈 되죠. 그런 경제 콘서트들 홍보 문구 한번 살펴보세요. 입장료가 엄청 비싸요. 이런 스탠드업 코미디하고는 비교가 안 돼요. 막 몇십만 원씩 하는 것도 있어요. 우리한테는 많이도 아니고 딱 200만 원 정도만 달라 이거죠. 분위기 후끈하게 띄워드릴 테니. 분위기 잘 뜰 거예요.

    그리고 그런 토크콘서트 가는 사람들이 단순하거든요. 머리가 그렇게 좋은 분들이 아니에요. 그 유료 콘서트에서 부동산 전문가나 주식 전문가가 하는 말들이 이미 다른 무료 팟캐스트나 무료 강연에서 다 한 얘기예요. 똑같은 이야기를 비싼 돈 주고 듣는 거예요. 물론 주최 측이야 무료 강연에서는 들을 수 없는, 유료 강연에서만 들을 수 있는 고급 정보가 있다고 주장하죠. 그런데 여러분, 다 아시잖아요. 고급 투자 정보라는 게 있으면 그걸 왜 강연장에서 수백 명한테 알려줘요? 자기가 투자하지. 경마장에 가면 벽에 적혀 있어요. 고급 정보가 있다는 사람은 자기가 그 정보를 이용해서 돈을 벌지, 남한테 안 가르쳐준다고요. 주식이나 부동산은 다를 거 같아요? 암호화폐는 달라요?

기왕 경제 토크콘서트 이야기 나온 김에, 제가 진짜 웃긴 경제 토크콘서트 얘기해드릴게요. 이건 제목이 재건축 토크콘서트예요. 여러분, 재건축의 신이라는 분 알아요? 재건축의 신 강명호, 몰라? 아, 여기 계신 분들은 대부분 전월세 사시지. 전월세 사시는 분들은 모르셔도 돼요. 전월세 사시니까 재건축에 관심이 없으신 건지, 재건축에 관심이 없어서 아직 전월세 사시는지 모르겠네요. 관심 생기시면 나중에라도 한번 검색해보세요. 우리나라에 정말로 재건축의 신이 살아요. 연봉이 억대이고, 성과급은 수십억 원이래요. 뭐가 '우와'는 '우와'야. 전월세 사시는 여러분이랑은 아무

상관 없는 얘기예요.

재건축의 신이 왜 재건축의 신이냐 하면, 이분이 서초구랑 강남구에서 굵직한 재건축 사업을 몇 개 성사시켰어요. 아파트단지가 오래되면 재건축을 하려고 재건축조합을 결성하잖아요. 그러면 이분을 조합장으로 모셔오는 거예요. 이분이 조합장을 맡은 구역은 재건축이 빨리 돼요. 이분 말씀이 자기한테 연봉 30억 원을 줘도 5년 안에 재건축 마무리하면 조합원이 이득인 거래. 재건축 토크콘서트에서 하시는 말씀인데, 반박 불가죠. 누가 반박하겠어요. 이분이 전과 7범인가 8범인가 그래요. 그걸 막 자랑해요. 재건축 추진 과정에서 법을 어기면 더 속도를 낼 수 있다, 그러면 자기는 어긴다는 거예요. 이분이 그걸 자랑하는 이유가 뭐겠어요? 조합원들이 그걸 좋아하는 거죠.

여러분들 맨날 커뮤니티에서 하시는 거 있잖아요. 밸런스게임인가 그거. 교도소에서 1년 살고 10억 원 받을래, 자유롭게 살고 연봉 3,000만 원 받을래. 재건축의 신은 그런 판단을 매 순간 하시는 거죠. 그리고 그분 모셔오는 재건축조합 조합원도 같이 그 판단을 하시는 거예요. 불법 저지르면서 아파트 빨리 지을래, 합법적으로 천천히 할래.

이 재건축 토크콘서트에서 제일 웃긴 게 뭐냐 하면, 그 행사가 열리는 장소예요. 어디서 열리는지 알아요? 교회에서 열려요. 재건축을 앞둔 아파트단지들이 있잖아요. 그러면 그 단지에서 이 재건축의 신을 초청하는 거예요. 그러면 아파트단지 사람들이 막 구름처럼 몰려들어요. 그러면 그 많은 사람들을 수용할 공간이 있어야 하잖아요. 그때 그 단지에 있는 큰 교회가 그 공간을 제공해주는 거죠. 교회 빌리기가 그렇게 쉬운 줄 몰랐어요. 전세사기 피해자들은 기자회견이라도 하려면 장소 구하느라 애먹는데, 앞으로는 교회에 강당 좀 빌려달라고 할까봐요.

자, 십자가 아래에서 재건축의 신이 마이크 들고 말합니다. 지금 이 동네 일부 몰지각한 분들이 주장하는 리모델링은 잘못됐다, 그렇게 해서는 절대 아파트값이 오르지 않으니, 회개하라! 옆 단지랑 합쳐서 통합 재건축을 추진해야 한다, 한강변 아파트로 거듭나야 한다, 그런 썰을 풀죠. 서울시가 지난달에 규제 완화를 하겠다고 발표했는데 그게 이러저러한 방향인데 용적률을 어떻게 인정받고 어쩌고저쩌고 그런 말씀을 하시는 거예요, 재건축의 신이. 그러면 교회에 모인 사람들이 고개를 끄덕이면서 그걸 들어요. 예수님 말씀도 그렇게 열심히 듣지는 못할 거야. 노트북으로 받아적는 사람도 있고, 스마트폰으로 동영상 촬영하는 사람도 있죠.

그렇게 토크콘서트 마치고 나면 사람들이 셀카 같이

찍자고 재건축의 신 앞에 몰려들어요. 예수님 옷자락 잡으려는 나병 환자들이랑 다를 게 없다니까. 아, 죄송합니다. 나병 환자라고 하면 안 되죠. 한센병 환자. 그런데 교회에서 두 신을 섬겨도 되는 거예요? 주 예수 그리스도님만 섬겨야 하는 거 아니에요? 왜 재건축의 신이 십자가 아래에서 3종 주거지를 준주거지로 종 상향하는 기적을 일으키겠다고 선포하는 걸 놔둬요? 그 교회 다니는 신자들이라면 잡신아, 성스러운 예배당에서 썩 꺼지거라, 하고 외쳐야 하는 거 아니에요? 십계명에 있잖아요. 나 외에 다른 신을 두지 말라.

제가 사실 교회나 십계명 이런 데 별 관심은 없어요. 다 웃기려고 하는 소리예요. 그러니까 너무 불편해하지 마세요. 저는 재건축의 신이 바람잡이 역할로 저 불러준다면 어디든 갈 거예요. 교회도 가고 사찰도 가고 병원 중환자실, 장례식장에서도 스탠드업 코미디 할 수 있어요. 왜냐하면 고통이 승화된 유머가 진짜 유머니까. 스탠드업 코미디는 공연자와 관객이 눈물 섞인 웃음을 나누는 자리니까. 그렇게 웃음으로서 함께 상처를 달래고 고통을 덜어낼 수 있으니까.

그런데 제가 도저히 코미디를 할 수 없는 공간도 있죠. 전세사기 피해자 중에 극단적인 선택을 하신 분들 많이 계세요. 저도 무슨 위원장 맡고 있으니까 그런 분들 장례식장에 가끔 가요. 거기에서만큼은 코미디를 못할 거 같아요. 아니, 여러분이 짐작하시는 그런 이유 때문에 못하는 거 아니에요. 그 장례식장에 전국 전세사기 피해자들이 모일 거잖아요. 거기서 소주 한잔하면서 그동안 어떻게 살았는지 이야기를 하죠. 근데 그게 너무 웃겨. 너무 부조리해. 이거는 내가 아무리 고심하면서 스크립트를 써도 당해낼 수가 없어.

무슨 예를 들어드릴까요? 재작년에 있었던 일들을 들려드릴까요? 전국에서 변호사들이 갑자기 전세사기 피해자를 돕겠다고 달려들더라고요. 무료로 도와주겠대요. 저희는 저희가 열심히 활동해서 드디어 법조계가 움직이는구나 생각했죠. 우리의 노력이 하늘을 움직였다고. 아니야, 그럴 리가 없지. 다들 정신 차려. 여기 대한민국이야, 대한민국! 다들 동화 속에 살고 있다고 착각하는 거야? 작년에 총선이 있었잖아요. 그 총선 출마하려는 변호사들이었던 거예요. 자기 프로필에 어느 지역 전세사기피해자대책위원회 법률 상담 및 지원 활동, 이런 문구 하나 들어가면 멋지잖아요. 뭘 엄청 도와주려는 척 다가와서는 자문 계약을 맺자고 해요. 아무 때나 자기한테 연락하라고 말하고는 그냥 가버리는 거예요. 그리고 정작 연락하면 연락이 안 돼요. 그러고는 자기가 그 지역 전세사기피해자대책위에 법률 상담을 제공하고 지원 활동을 했대.

　인천에서는 어떤 변호사가 그렇게 선임 의뢰서를 받아 가더니 이후로 전세사기 피해자들을 한 번도 만나주지 않았어요. 인천 전세사기 피해자들이 재판에 증인으로 채택이 돼서 법원을 가야 했거든요? 다들 법정에 처음 가는 사람들이었어요. 법정에서 무슨 말을 해야 하는지, 재판 절차는 어떻게 되는지 궁금한 게 많잖아요. 인천의 전세사기 피해자 분들이 자기들이 선임한 변호사에게 문자메시지를 보내고 카톡도 보내고 전화도 걸었죠. 아무 답변도 없어요. 다 읽씹했어요. 그런데 법원에 가서 그 변호사를 만난 거예요. 그 변호사가 전세사기 사건 때문에 온 게 아니라 자기가 맡은 다른 사건으로 법원에 왔다가 전세사기 피해자들을 법원 복도에서 마주친 거죠. 미안하다, 바빠서 연락 못했다, 그런 얘기 하는데 전세사기 피해자들도 그 사람한테 따져서 뭐 해. 그냥 또 사기당한 셈 쳐야지. 최소한 이번에는 돈은 잃지 않았잖아요.

　전세사기 피해자들이 그 변호사한테 '급하니까 다른 건 됐고, 우리 지금 뭘 어떻게 해야 하냐, 법정에 들어가서 무슨 말 해야 하냐' 물었어요. 그랬더니 그 변호사가 하는 말이, 정치인처럼 하래요. 앞에서 누가 무슨 말을 하건, 상대편 변호사가 뭘 묻건, 그냥 하고 싶은 말만 하고 나오래요. 그런데 그게 좋은 조언이더라고요. 그래서 인천 지역 전세사기 피해자들이 법정에서 그렇게 하고 나왔어요. 그리고 그 변호사한테는 명함에서 '전세사기피해자대책위 법률상담'이라는 문구 빼라고 요구했죠. 그런데 끝까지 안 빼더라고요.

 이런 사례 많아요. 대전 지역 전세사기피해자대책위 찾아온 변호사는 자기가 무자본 갭투기로 집을 열 채를 갖고 있는 사람이었어. 전형적인 전세사기 수법 중 하나죠. 대출받아서 집 사고, 그 집에 전세 받아서 그 보증금으로 또 다른 집 사고, 그걸 반복하다가 어느 집 보증금 돌려주지 못하게 되면 전세사기가 되는 거죠. 이 양반은 공천까지 받았다가 무자본 갭투기 논란 때문에 공천이 취소됐어요. 민변 출신이었고 선거 처음 나온 것도 아닌데 자기는 전혀 몰랐대요. 자기 모르게 아내가 한 거래. 웃기지 않아요? 저도 그런 아내랑 결혼하고 싶어요.

 그 변호사는 아내한테 감사해야 할 사람이 왜 아내 탓을 하는 건지 모르겠어요. 그 정도면 진짜 동화 속에서 사는 건데. 아니, 동화 속 주인공보다 더 나은 건데. 있잖아요, 우렁각시 동화. 그 변호사 부인이 우렁각시보다 백배 낫잖아요. 우렁각시는 기껏 해주는 게 밥 차리고 청소하는 거예요. 저는 그거는 됐고, 제가 배달 알바 하러 나갈 때 우렁각시가 항아리에서 나와서 저 몰래 무자본 갭투기를 해줬으면 좋겠어요.

아, 이런 얘기 재미있어요? 난 피눈물 나는데. 하나 더 해드릴게요. 이건 지역은 거론하기 좀 그런데, 에이, 아무럼 어때. 이것도 인천 얘기예요. 인천 어느 지역구 국회의원이 1월 1일에 인천 지역 전세사기 피해자들과 간담회를 하겠다고 갑자기 연락을 해왔어요. 간담회 날짜를 그렇게 잡는 게 무슨 똥매너예요. 그냥 휴일도 아니고 1월 1일이잖아요. 그리고 그 일정조차 정말 직전에 알려줬어요.

그래도 인천 지역 전세사기 피해자들이 혹시나 하는 기대감을 품고 갔죠, 1월 1일에. 우린 순진하거든. 가니까 그 국회의원이 상석에 앉아 있고, 한쪽 편에 인천시 공무원들이 쭉 앉아 있어요. 그리고 기자들도 와 있어요. 그 국회의원이 그날 그 자리에서 뭘 했느냐 하면 인천시 공무원들을 혼내더라고요. 왜 이런 지원이 안 되느냐고 혼내. 두 시간 내내 호통을 쳤어요.

근데 그게 전세사기 피해자들한테 무슨 소용이냐고요. 저희 지원 정책 제대로 안 되는 게 그 자리에 있는 인천시 공무원들 탓인가. 정작 자기가 있는 국회에서는 쓸모 있는 대책 내놓지는 못하면서 왜 인천시 공무원을 조져요. 인천시 공무원들도 예, 최선을 다해서 방법을 찾아보겠습니다, 그런 말만 반복하는 거죠. 지금 생각해보면 그 양반들도 그렇게 혼나는 데 도가 텄어. 그 자리가 쇼하는 자리라는 건 기자들도 처음부터 다 알고 있었어요. 근데 1월 1일이고 기삿거리 없으니까 온 거죠. 저희들만 바보였던 거예요. 무슨 대단한 지원 대책이 나오는 중요한 자리인 줄 알고 1월 1일에 알바 안 하고 공부 안 하고 데이트 취소하고 게임 안 하고 넷플릭스 안 보고 그 자리를 갔던 거죠. 우리 또 속은 거죠? 또 사기당한 거죠?

    장례식장에서 저희가 모여서 이런 얘기를 해요. 어느 변호사가 이랬다, 민변 변호사는 저랬다, 인천시 국회의원은 이랬다. 너무 웃기잖아요. 그런 자리에서 제가 짠 스크립트가 먹히겠어요, 안 먹히겠어요? 실화가 픽션을 압도한다니까요.

    제일 웃긴 실화가 뭔지 아세요? 제가 전세사기 피해자가 아니라는 거예요. 여러분, 이해가 안 가시죠? 지금 전세사기 코미디 한다면서, 전세사기 코미디는 전세사기 피해자만 할 수 있다고 제가 조금 전에 말씀드렸잖아요. 그런데 제가 전세사기 피해자가 아니에요. 무슨 말인지 이해가 되세요? 저한테 누가 전세사기를 쳤어요. 그 새끼는 지금 사기죄로 교도소에서 징역을 살고 있어요. 판사님이 그 새끼한테 너는 이 새끼야, 사기꾼이다 이 새끼야, 네가 저지른 범죄는 전세사기다 이 새끼야, 땅땅땅! 이렇게 판결을 했다니까요? 제가 그 자식한테 전세 보증금을 줬다가 홀라당 날려먹었어요. 한 푼도 안 남았어요. 그런데 저는 전세사기 피해자가 아니에요. 왜냐. 전세사기 피해자가 되려면 정부 인정을 받아야 해요. 국토교통부에 전세사기피해지원위원회라는 데가 있는데, 거기에 입증 자료를 어마어마하게 보내서 그래, 너는 전세사기 피해자가 맞다, 하고 인정을 받아야 돼요. 그런데 국토교통부에서 저한테 그러는 거예요. 너는 이 새끼야, 전세사기 피해자가 아니다 이 새끼야, 그러니까 우리는 지원 못해준다 이 새끼야.

저 결정문 받기가 정말 쉽지가 않아요. 제가 피해자 인정받으려고 얼마나 발버둥을 쳤는지 몰라요. 내가 국회랑 정부종합청사 앞에서 경찰한테 끌려 나갈 때 진짜 문자 그대로 개같이 발버둥을 쳤다니까.

아니, 왜? 이유가 뭘 거 같아요? 애가 생긴 게 심란하게 생겨서? 교회 조롱하고 국회의원 비판해서? 그런 이유면 제가 납득을 해보려고 노력하겠습니다. 제가 저지른 일 때문이니까요. 그런데 그런 이유 때문이 아니래요. 제가 날린 전세 보증금이 너무 많아서래요. 이게 무슨 개 같은 이유래요? 전세사기당한 금액이 5억 원 이하여야 피해자 인정을 해줄 수 있는데, 저는 피해 금액이 7억 원이 넘어서 피해자가 아니래요. 국토교통부가 발급하는 '전세사기 피해자 등 결정문'을 받아야 전세사기 피해자가 될 수 있는데 저는 그 종이를 받을 자격이 없대요. 4억 9,000만 원짜리 전세사기를 당하면 전세사기 피해자고, 5억 1,000만 원짜리 전세사기를 당하면 전세사기 피해자 자격이 없는 거예요. 근데 지금 서울 아파트 전세 평균이 6억 원이에요.

    전세사기 피해 금액 인정 기준을 높여준다고는 하더라고요. 7억 원으로. 그러니까 저는 그렇게 기준을 높여도 여전히 자격이 없는 거예요. 저는 도대체 전세사기 피해자인 거예요, 아닌 거예요? 내가 당한 게 슈뢰딩거의 전세사기인가? 관측자에 따라 내 상태가 변하는 건가? 웃기지 않아요?

    사실 전세사기 피해자 장례식장에 가면 저는 오히려 마음이 편안해요. '그러게 좀 알아보고 집 빌리지 그랬냐'는 말이 거기에서만큼은 안 나오거든요. 정말 그 말을 어디에서나 들어요. 아마 지금 관객 중에도 속으로 그런 말을 하신 분들 많을 거야.

    그래서 전세사기 코미디가 어려워요. 그러게 술 좀 덜 마시고 고지방 고칼로리 식단 좀 피하지 그랬냐, 췌장암 환자한테 그런 말 하는 사람은 없거든.

젊은 사람이 암에 걸리면 나이도 젊은데 어쩌나, 그래요. 젊은 사람이 전세사기를 당하면 아직 젊잖아, 그럽니다. 나 젊지도 않은데. 서른일곱 살인데 전세사기 피해자라고 하면 다들 나더러 젊대. 나이트클럽에서는 그런 얘기 안 하면서.

암 환자와 전세사기 피해자의 다른 점 또 하나. 암 환자한테는 힘내라, 응원한다, 이러면서 건강기능식품을 소개해줘요. 전세사기 피해자한테는 액땜한 셈 쳐라, 살다보면 돈 그거 아무것도 아니더라, 그런 말을 합니다. 야, 이놈들아! 7억 원 날려봐라, 그게 아무것도 아니라는 말이 나오나. 눈앞이 깜깜해진다. 루테인 젤리라도 한 통 보내면서 그런 얘기를 해라, 진짜. 카카오톡 선물하기로도 된다.

솔직히 가끔은 암 환자가 부러워요. 암 환자는 최소한 자기가 암에 걸렸다는 걸 인정받기 위해 싸울 필요는 없잖아요? 조직 검사해서 암이라고 나오면 병원에서 알려주잖아요, 암에 걸리셨다고. 무슨 암 몇 기라고. 당신 몸에 암세포가 있고 종양이 크긴 한데 이건 치료비가 너무 많이 나오니 진단서를 발급해줄 수 없다, 당신은 암 환자가 아니다, 이러지는 않잖아요. 암에 걸리면 가족들이 울면서 안아주죠. 전세사기를 당하면 가족들이 화를 내요. 좀 알아보고 집 빌리지 그랬냐면서.

암 환자 치료비는 국민건강보험이 지원해주죠. 내가 낸 보험금으로 왜 모르는 사람 수술비랑 약값 내주냐 하고 따지는 사람은 없어요. 전세사기 피해자에 대한 지원을 말하면 다들 들고일어나요. 왜 젊은 놈이 멍청해서 사기당한 걸 세금으로 보상해주냐!

심지어 관객들도 암 환자 코미디를 볼 때랑 전세사기 코미디를 볼 때 태도가 달라요. 암 환자 코미디를 보면서는 자기도 언젠가 암에 걸릴 수 있다고 생각해. 그래서 마음이 더 열려 있어요. 전세사기 코미디를 볼 때는 자기가 전세사기 당할 일은 없을 거라고 생각해. 전세사기는 자기가 충분히 주의하면 피할 수 있다고 생각하는 거죠.

근데 여기 계신 여러분 중에서 전세사기 피할 수 있는 사람은 없어요. 지금 전국 전세사기 피해자가 몇 명인지 아세요? 3만 3,000명이 넘어요. 저처럼 피해자로 인정 못 받은 사람 말고, 정부가 공식적으로 피해자로 인정한 사람이 3만 3,000명이 넘는 거예요. 그 3만 3,000명 중에 검사가 있어요. 변호사도 있고 법무부 직원도 있고 법무사도 있고 공인중개사도 있고 국토교통부 공무원도 있고 LH 직원도 있어요. 저희가 바보가 아니라고요.

뭐, 전세사기 피해자 중에 의사는 없더라고요. 전세사기는 대부분 다가구주택, 빌라, 이런 데서 벌어지거든요. 아니면 지방 아파트. 의사는 그런 데 전세로 안 들어가는 거죠. 그냥 집을 사는 거죠. 돈이 있으니까. 여러분 부모님들이 왜 그렇게 의대 가라, 의대 가라, 목 놓아 외치셨는지 이제 이해하셨죠? 여러분, 의사가 돼야 해요. 아니면 건물주가 되든지. 의사면서 건물주면 더 좋고.

제가 정부가 내놓은 전세사기 피해 예방 캠페인 동영상을 본 적이 있어요. 어느 장례식장에서 다른 전세사기 피해자 분이랑 같이 휴대폰으로 봤죠. 이거 웃긴다면서. 영상에 진짜 대학생들인지는 모르겠는데 대학생들이 나와서 요즘 예능에서 잘나가는 아나운서 출신 방송인이랑 같이 웃고 떠들고 좋아서 난리 났더라고요. 그 방송인한테 전세사기 피하는 법을 대학생들이 설명해주는데 저희한테 와 닿는 건 대학생들이 하는 설명이 아니라 그 설명을 들은 방송인의 대답이었어요. "뭔 소린지 하나도 못 알아듣겠네." 영상 뒷부분에는 이런 말도 해요. "제가 뭘 배웠는지 기억이 안 나요." 뭔 소리인지 하나도 못 알아듣는 게 맞아요. 검사도 당하고 변호사도 당하는 걸 방송인이 무슨 수로 피해요.

그 동영상에서 말해주는 방법 다 익혀도 전세사기 절대 못 피해요. 전세사기 많이 쳐서 빌라왕이니 건축왕이니 하는 별명이 붙은 사기꾼들 있잖아요. 이 사람들이 보유한 집이 몇 채였는지 아세요? 빌라왕 김모씨, 이 사람은 수도

권에 1,139채를 소유하고 있었어요. 건축왕 남모 씨, 이 사람은 2,709채를 소유하고 있었어요. 빌라의 신이라는 권모 씨는 3,493채를 소유하고 있었어요. 그렇게 놀라실 거 없어요. 그거 다 무자본 갭투기로 산 거니까. 여러분도 할 수 있었어요. 대출받아서 건물 올리고 전세 보증금 받아서 그걸로 또 건물 올리고 그 건물로 또 대출받고. 집값이 미친 듯이 올랐잖아요. 집값이 계속 오를 때는 그런 게 가능했어요.

제 생각에는, 이게 용어가 잘못됐어요. 전세사기라고 하니까 사람들이 계속 옛날 깡통전세 수법을 떠올리거든요. 사기꾼 한 사람이 집을 담보로 여기저기서 대출을 받아서 그 집의 실제 자산 가치가 내용물 없는 깡통처럼 된다, 그런 집에 전세를 내주고 전세 보증금을 받아서 잠적한다, 그러면 그 집을 먼저 담보로 잡은 사람들이 있으니 그 집이 팔려도 세입자는 전세 보증금을 받을 수가 없고 그게 깡통전세사기죠. 그런 사기 피하려면 자기가 들어가려는 집을 담보로 대출을 해준 사람이나 기관이 없는지 잘 살펴야죠. 등기부등본 꼼꼼히 봐야 하고. 다세대주택이 아니라 다가구주택이면 그것도 소용없지만. 여기 계신 분들 중에 다세대주택이랑 다가구주택 뭐가 다른지 아시는 분도 안 계시죠? 그것도 모르면서 어떻게 자기들은 전세사기 안 당할 거라고 굳게 믿고 있는지 모르겠네.

아무튼 빌라왕, 건축왕들의 전세사기는 그런 스케일이 아니에요. 등기부등본 떼도 깨끗해요. 여러분이 인천 미추홀구, 서울 강서구 화곡동 같은 데에 빌라를 3,000채를 소유하고 있다고 생각해보세요. 여러분이 건물도 여러 채 짓고, 건설회사도 갖고 있고, 부동산임대회사도 갖고 있고, 그 동네 부동산중개업소도 여러분 거라고 생각해보세요. 그러면 여러분이 그 동네 빌라값 시세를 조작할 수 있어요. 주식 작전세력이 주가 조작하는 거랑 똑같죠. 대단지 아파트 같으면 비교할 수 있는 다른 집들이 있으니까 그렇게 마음대로 가격을 조작할 수 없죠. 그런데 나홀로 아파트나 빌라는 그게 돼요. 옆 건물에 있는 같은 평형대 집도 10억 원에 팔리고, 옆옆 건물에 있는 같은 평형대 집도 10억 원에 팔리면 아, 이 동네에서 이 정도 건물에 이 정도 크기 집은 시세가 10억 원이구나, 이 집이 지금 담보로 잡혀 있지 않구나, 그러면 전세 8억 원에 들어가도 괜찮겠구나, 생각하지 거기서 뭘 어떻게 더 따져봐요? 부동산중개업소도 다 한 패라니까.

이런 조직적인 기업형 전세사기는 이름을 다르게 붙여야 돼요. 나병도 한센병으로 이름 바꿨잖아요. 사회적 낙인과 부정적인 어감을 바꾸기 위해서 사회가 그 정도 일은 할 수 있는 거예요. 지금 저희들을 그냥 전세사기 피해자로 부르는 건 '애들이 뭔가 부주의해서 당한 거야, 그럴 만했던 거야' 하고 사회적 낙인을 찍는 거라니까요. 그러니까 전세사기 대신 다른 용어를 같이 만들어서 그걸 쓰자고요. 이건 당할 만하다, 새로운 수법이고 내용이 복잡하다는 느낌을 주려면 영어 약자가 좋을 거 같아요. 코비드-19처럼요. 우한 바이러스보다 훨씬 더 심각하고 격조 있게 들리잖아요.

조직적인 기업형 전세사기는 앞으로 '케이섹스-22'라고 부르면 어떨까요? 쟤는 전세사기 피해자래, 그러지 말고, 케이섹스-22 희생자래, 이렇게 부르는 거죠. 대구의 케이섹스 피해자가 3,000명이래. 서울 관악구에서만 케이섹스 당한 젊은이가 1,000명이 넘는다던데. 자재과의 김 대리 있잖아요, 거기도 섹스 당했대. 섹스가 그렇게 무서운 건지 난 몰랐다. 검사도 당하고 변호사도 당한대, 케이섹스. 괜찮죠? 피해자가 바보처럼 들리지 않죠?

케이섹스가 뭐의 약자냐고요? 글쎄요, 몰라요. 코리언 시스테매틱 이너머스 익스플로이테이션? 그런 건 챗GPT한테 만들어달라고 하면 잘 만들어줘요. 그런 잡무는 인공지능한테 맡기고, 인간은 인간만이 할 수 있는 일을 해야죠. 인간만이 할 수 있는 일이 뭐냐고요? 예를 들면 국회의원한테 혼나는 일 같은 게 있죠. 국회의원이 인간 공무원을 혼내야 폼이 살지, 인공지능을 혼내면 팔푼이 같아 보이잖아요. 그러니까 앞으로도 공무원 부문만큼은 인공지능이 인간을 대체하지 못할 거예요.

제가 당한 사기는 신탁사기라고 해요. 전세사기 중에서 좀 드문 유형이죠. 암으로 치면 골근육종이나 침샘암, 부신피질암쯤 됩니다. 그래요, 여러분이 못 들어본 암이에요.

신탁사기 피해자는 전국적으로 1,200명이 좀 넘습니다. 그리고 이게 제일 복잡하고 악질적인 사기로 꼽히는데, 그 수법을 설명하기가 진짜 까다로워요. 처음에 경찰에 고발했을 때 경제팀 수사관님이 이해를 못하셔서 그거 설명하느라 경찰서를 네 번쯤 갔어요. 그다음에는 검사가 이해를 못해. 검찰청도 세 번쯤 갔어요. 그다음에는 영장전담판사가 이해를 못해요. 그래서 경찰이 사기꾼을 체포했는데 구속영장이 두 번 기각됐어요. 처음에는 판사가 아예 이해를 못했어요. 이게 왜 사기냐 그랬대요. 그다음번에는 이게 얼마나 악질적인 사기인지를 이해를 못했어요. 증거도 있고 가족도 있으니까 도주 우려가 없다면서 구속영장 안 내준대요. 살면서 사기를 당한 적이 한 번도 없는 분이었나봐요.

영장실질심사를 세 번째로 할 때 검사가 가서 판사를 설득했는데, 이게 되게 이례적인 일이래요. 제가 경찰을 설득하고, 경찰이 검사를 설득하고, 검사가 판사를 설득해서 겨우겨우 구속시킨 거죠. 저는 재판부에 의견서도 열심히

써서 보냈고요. 판사보다 더 힘든 상대는 국회의원들이랑 국회의원 보좌관들이었어요. 제가 국회를 몇 번을 찾아갔는지 몰라요. 국회 앞에서 1인 시위도 여러 날 하고, 의원실에서 PT도 여러 번 했어요.

사실 다른 전세사기 피해자들도 신탁사기는 잘 이해 못하세요. 아니 이건 웃음 포인트가 아냐. 여기서 웃으시면 안 돼. 일산에서 오신 아파트 자가 소유자 분, 지금 웃으셨죠? 아파트 자가 소유니까 전세사기는 남 일이다 이거야? 아니, 괜찮아요. 울지 말고. 여기서 당신이 울면 내가 뭐가 돼. 그리고 우리 둘 중에 까놓고 말해서 진짜 울고 싶은 사람이 당신이야, 나야? 네, 괜찮습니다. 진짜, 진짜, 울지 마세요. 눈물이 나오더라도 조금 참으셨다가 이따가 장애인 코미디 나올 때 울어주세요.

아무튼 신탁사기가 눈물 날 정도로 이해하기가 어려워요. 제가 전세사기피해자대책위 간부들에게도 얘기했어요. 시간도 부족하시고 신경 쓸 일도 많으실 텐데 신탁사기 부분은 따로 공부하지 마시고, 그냥 저한테 설명을 맡기시라고. 간담회나 기자회견장에서 신탁사기 설명해야 할 때가 있거든요. 제가 이 자리에서 위탁자니 수탁자니 대항력이니 하는 용어 없이 아주 간단하게 설명해볼게요. 잠깐만 참고 들어봐주세요.

자, 여러분이 일산에 아파트를 한 채 갖고 있다고 칠게요. 여러분이 이 아파트를 팔지는 않으면서 이걸 담보로 목돈을 끌어 쓰고 싶어요. 그러면 어떻게 합니까? 첫 번째 방법, 전세를 놓는 거죠. 집주인이 집을 담보로 세입자한테 돈을 빌리는 거죠. 그리고 2년 뒤에 그 돈을 갚아야 하는 거고요. 여기까지는 이해가 되시나요? 아, 다행이다. 여기서부터 이해 못한다고 하면 어떻게 하나 간 졸였네. 자, 이런 때는 그렇게 전세로 들어온 사람 이름이 등기부등본에 적히죠? 얼마에 들어왔는지도 적히죠? 오케이, 좋아.

자, 이제 일산 아파트를 담보로 목돈을 끌어 쓰는 두 번째 방법이 있습니다. 이걸 아는 분이 별로 없는데, 부동산신탁회사라는 게 있어요. 여러분이 일산 아파트를 부동산신탁회사에 맡길 수가 있어요. 그러면 부동산신탁회사가 그 아파트를 관리해주고, 여러분은 대신 어떤 증서를 받아요. 그 증서를 은행에 가지고 가서 대출을 받을 수가 있어요. 그렇게 대출을 받을 때에는 등기부등본에는 그 집 담보로 돈 빌렸다, 얼마 빌렸다, 이렇게 적히는 게 없어요. 그때 등기부등본에는 대신 뭐가 적히느냐 하면 소유권 이전, 신탁, 수탁자는 무슨 무슨 부동산신탁회사, 이런 말이 적히게 됩니다.

이렇게 신탁 계약을 맺고 나면 여러분은 일산 아파트로 전세를 놓으면 안 돼요. 전세도 안 되고 월세도 안 되고 그걸 팔아도 안 돼요. 그런 거래를 하려면 아무리 여러분 집이라도 신탁회사 허락을 받고 해야 돼요. 그런데 여러분이 공인중개사랑 짜고 그 집을 전세 매물로 내놔요. 그러면 세상 물정 모르는 20대, 30대 신혼부부들이 와서 부동산중개업소에서 그 매물을 소개받겠죠. 등기부등본 떼어보고 소유권 이전, 신탁, 수탁자는 무슨 무슨 부동산신탁회사, 그런 단어를 보고 이게 무슨 뜻이냐고 물어요. 그러면 거기서 공인중개사가 그건 그냥 부동산 관리해주는 업체다, 집주인이 가진 집이 많아서 일일이 다 관리를 할 수가 없다, 그래서 그런 업체를 쓴다, 이렇게 뻥을 치는 거예요. 그러면 신혼부부는 그런가보다, 하고 계약을 하는 거죠.

이렇게 집주인은 집 하나를 담보로 은행에서 목돈을 대출받고, 신혼부부한테서도 또 돈을 받는 거죠. 신혼부부랑 한 계약은 원래 성립될 수가 없는 거예요. 신탁 계약을 한 집은 집주인이 그렇게 빌려줄 수가 없으니까. 그래서 나중에 그 집이 경매에 넘어가면 신혼부부는 전세사기 피해자 인정을 받는 건 고사하고 아예 세입자 인정을 못 받아요.

그때 은행에서 와서 그 신혼부부에게 뭐라고 하느냐 하면, 당신들은 여태까지 이 집을 불법 점거하고 있었던 거라고 해요. 어느 날 은행 직원이랑 법원 직원이랑 열쇠업자가 예고 없이 불쑥 찾아옵니다. 그 신혼부부가 살고 있는 건물을 1층부터 꼭대기 층까지 돌아다니면서 잠겨 있는 집은 문을 따고 들어가요. 안에 누가 살고 있는지 확인하고, 문에 '부동산 점유이전금지가처분 집행 고시문'이라는 종이를 붙여요. 떼어내면 처벌받는다고 적혀 있는 종이죠. 신혼부부는 그렇게 보증금 한 푼도 못 받고 집에서 쫓겨나는 거죠.

신탁사기가 어떤 건지 이해가 가세요? 그래요, 감사합니다. 별 기대는 안 했는데 그래도 많은 분들이 고개를 끄덕여주시네요. 제가 이걸 몇백 번을 설명했겠어요. 처음에는 이렇게 쉽게 못했는데 하면서 요령이 늘었죠.

암 환자랑 전세사기 피해자랑 다른 점이 그거예요. 암 환자가 의사한테 암에 대해 설명하지는 않잖아요. 의사한테 암에 대해 설명을 듣지. 그런데 전세사기 피해자는 수사기관이랑 입법부에 전세사기에 대해 자기가 설명을 해줘야 해요.

암 환자랑 전세사기 피해자가 다른 점 마지막으로 한 가지만 더 말씀드릴게요. 암 환자들 중에는 암에 걸린 다음에 깨달음을 얻었다고 하시는 분들이 많더라고요. 삶이 얼마나 소중한가, 주변 사람들이 얼마나 고마운가, 지금 이 순간 어떻게 살아야 하는가, 그런 걸 깨달으셨대요. 암이 고맙다고 하는 분까지 봤어요.

전세사기 피해자도 뭔가를 깨닫게 돼요. 세상이 얼마나 허술한가. 내가 살고 있는 사회시스템이 얼마나 부조리한가. 도대체 그 신탁회사는 뭘 한 걸까요? 제가 불법 점거를 해온 거라면 왜 2년 동안 그걸 막지 않은 거예요? 건물 관리비는 왜 신탁회사가 아니라 사기꾼이 받아가고 있었던 거예요?

법이 얼마나 불친절한가, 제도가 얼마나 무성의한가도 깨달았죠. 등기부등본에 소유권 이전, 신탁, 수탁자는 무슨 무슨 부동산신탁회사, 이런 말이 적혀 있었으니까 제가 더 알아봤어야 한다고 그러더라고요. 그러면 처음부터 등기부등본을 뗄 때 그런 설명이 나오게 하면 되잖아요? 이 집은 신탁 계약이 되어 있으니 전세로 들어가고 싶으신 분은 반드시 신탁회사로 연락을 하셔야 합니다, 하고요. 아니면 등기부등본에 소유권 이전, 신탁, 수탁자는 무슨 무슨 부동산신탁회사, 하고 찍히는 집에 대해서는 공인중개사가 반드시 설명을 하게 법을 만들었으면 되잖아요. 약사들이 약 줄 때 어떻게 먹어야 하는지 설명하는 것처럼요.

정의란 무엇인가도 알게 되죠. 수백 명의 인생을 파괴한 사람이 1심에서 징역 12년 받고, 2심에서 7년으로 감형되고 그래요. 감형 이유가 뭐냐 하면 피해 회복을 위해 노력했다는 거예요. 그건 감형받든지 안 받든지 당연히 해야 하는 거 아니에요? 피해 금액을 징역살이 기간으로 나눠보니까 1년에 24억 원이더라고요. 공인중개사? 그냥 업무정지 처분만 받았어요. 처음에는 저희한테 자기가 돈에 눈이 멀었다, 리베이트를 조금씩 받았다, 이렇게 될 줄 몰랐다고 빌었다고요. 그런데 나중에 말을 바꿨어요. 자기는 부동산 신탁이 뭔지 몰랐대요. 자기도 속은 거래요.

이런 일들을 겪고 나면 삶이 얼마나 소중한가, 주변 사람들이 얼마나 고마운가, 지금 이 순간 어떻게 살아야 하는가, 그런 걸 생각하게 되는 게 아니라 그냥 내면이 뒤틀려요. 처음 보는 사람을 만나도 직업이 뭔지, 어느 대학 나왔는지, 그런 게 전혀 궁금하지가 않아. 어디 사냐, 아파트냐 빌라냐, 자가냐 임대냐, 그런 게 궁금해져요.

심리학자들이 연구를 했대요. 복권에 당첨된 사람이 1년 뒤에도 행복한가. 그렇지 않대요. 복권 당첨 전에 느끼던 행복 수준으로 돌아온대요. 그런데 놀라운 게, 사고로 팔다리를 잃은 사람도 1년 뒤에는 그렇게 불행하지 않대요. 사고 이전에 느끼던 행복 수준으로 돌아온대요. 여러분, 전세사기를 당한 사람은 어떨 거 같아요? 전세사기 당하고 1년 뒤에 이전에 느끼던 행복 수준으로 다시 돌아올 거 같아요? 절대 못 돌아옵니다. 그 사람은 1년 내내 불행해요. 이후에도 계속 불행해. 우리 부부 돈 7억 원, 우리 부부 돈 7억 원,

이러면서 살고 있어요. 전세사기가 팔다리 잃은 것보다 더 큰 일인 거 같아요.

아, 3부에 장애인 코미디 나오는데 이런 유머 하면 안 되나? 아냐, 괜찮을 거예요. 전세사기 코미디와 달리 장애인 코미디는 여러분이 진심으로 응원해주실 거잖아요. 암환자도 응원해주시고 장애인도 응원해주시다가 틈나면 전세사기 피해자도 생각해주세요. 저희는 뭘 깨달아도 좆 같은 것만 깨달았거든요. 그래도 예전의 행복을 되찾기 위해 노력해보겠습니다. 여기 대한민국이잖아요. 원하는 것은 무엇이건 얻을 수 있고 뜻하는 것은 무엇이건 될 수가 있는 곳. 아, 이 노래 몰라요? 그래서 아까 88올림픽 얘기하는데 안 웃으셨구나.

저 이제 내려가기 전에 여러분께 부탁 하나 드려도 될까요? 큰 부탁 아니에요. 탄원서 서명해달라 그런 거 아니야. 후원해달라는 것도 아니야. 후원해주시면 좋죠. 지금은 후원 계좌 안 열렸고 크라우드 펀딩을 할 때가 있는데 펀딩 오픈하면 제 인스타에 링크 올릴게요. 일단 제 인스타 팔로우부터 하셔야겠네요.

아니, 아니, 제 인스타 팔로우해달라는 부탁을 드리려는 것도 아니고요. 제가 드리는 부탁은 그거보다도 더 단순해요. 제가 '신탁은'이라고 선창하면 여러분이 '사기다!' 하고 외쳐주시는 거예요. 간단하잖아요? 해주실 수 있죠? 그러면 부탁드릴게요.

여러분이 크게 외쳐주시면 외쳐주실수록 저희 전세사기 피해자, 신탁사기 피해자들이 힘을 얻습니다.

자, 신탁은!

신탁은!

신탁으으은!

감사합니다, 감사합니다. 지금까지 여러분의 사기 캐릭터, 신탁이었습니다.

작가의 말
초상, 오해, 뒤늦게

1.

정아은 작가와 친했느냐고 누가 묻는다고 하면 조금 고민하다가 그랬다고 답할 거 같다. 그녀가 한겨레문학상을 받은 2013년에 서로 알게 됐고, 세상을 떠난 2024년까지 간간이 만나 맥주를 마셨다. 2024년에는 세 번 만나서 한 번은 맥주 마시러 가자는 제안을 내가 거절했고 두 번은 마셨다. 친목 모임 '한우 작가'들을 제외하면 내가 1년에 세 번씩 만나는 다른 소설가는 달리 없었다.

그러나 우리는 동갑이고 데뷔 연도도 비슷함에도 불구하고 서로를 아은아, 강명아, 하고 부르지 않았다. 언제나 깍듯하게 상대를 '작가님'이라고 불렀다. 나는 10여 년 전부터 상대가 나이가 몇 살이건 직위가 높건 낮건 나와 친하건 그렇지 않건 누구에게나 존댓말을 쓴다. 그것은 내가 예의가 바르기도 하고, 스스로를 민주사회의 시민으로 여기고 있기 때문이기도 하고, 모든 사람과 내심 거리를 두고 싶어하기 때문이기도 하다. 정아은 작가도 그런 사람인 것 같았다.

우리는 가족 애기라든가, 어린 시절 같은 사적인 주제로는 대화를 나누지 않았다. 그런 선은 넘지 말자고 미리 합의라도 한 듯했다. 대신 그 어떤 주제보다 더 내밀한 소재로 제법 깊이 이야기를 나눴다. 글 쓰는 작업에 대한 이야기였다. 정아은 작가는 《전두환의 마지막 33년》 출간 전에 양쪽 진영에서 비판받을 것 같아 두렵다고 했다. 그녀는 '내가 너보다 똑똑하다'고 주장하고 싶어하는 인터넷 논객이 나를 저격했을 때 내게 응원한다는 문자메시지를 보냈다. 또 다른 '내가 너보다 똑똑해' 인터넷 논객이 나를 저격한 일화를 《이렇게 작가가 되었습니다》에 쓰면서 어떤 응원보다 강력하게 내 편을 들어주었다. 나는 정 작가를 월급사실주의 동인에 끌어들이려고 2년간 애썼다. 정 작가는 첫해에는 단편소설을 못 쓴다며 거절했다가, 둘째 해에 참여를 결정하면서 "오늘부터 단편 쓰는 법을 공부하겠다"고 말했다.

2.

'이 사람은 나와 같은 부류구나' 하는 생각을 함께 했던 것 같다. 단순히 소설가로서의 동질감을 말하는 게 아니다. 세상을 이해하고 자기 사고를 발전시키려 끊임없이 노력하는 사람, 집단의 분위기에 자기가 해야 할 판단을 맡기지 않는 사람, 사실을 존중하는 사람이라는 생각이 들었다. 장편소설 작가라는 자기 인식이 확고하고, 지금 우리가 살고 있는 한국 사회라는 당대 현실에 관심이 많고, 문학이 뭔가를 할 수 있다고 믿고, 에세이를 쓸 때 엄청나게 솔직하게 쓰는 사람.

내가 멋대로 그녀의 초상을 그리는 걸까? 나와 닮은 모습으로? 내가 분명히 아는 바는 이렇다. 정아은 작가는 책을 무척 많이 읽었는데 다른 소설가에 비해 비문학 독서의 비중이 높았고 과학보다는 사회를 다루는 책들이었다. 공부라는 생각으로 읽었다. 그녀는 진영 논리를 '부족주의'라 부르며 싫어했고, 보수로 분류되건 진보로 분류되건 그런 부족주의에 빠진 사람은 낮게 평가했다. '당신은 어느 편이냐'를 묻지 않았으며, 그런 생각에 조너선 하이트의 책이 영향을 미쳤다고 했다. 미투운동을 지지하면서도 그 운동이 "무고한 피해자가 발생했을 때 제대로 사과하지 않았"으며 "대의를 이룬다는 명분을 내세워 구체를 놓치거나 작은 희생을 못 본 척하지 않으면 좋겠"다고 인터뷰에서 쓴소리를 하는 사람이었다(《채널예스》 2021년 12월 2일 인터뷰).

정아은 작가는 치열한 리얼리즘 소설가였고 특히 "교육

현장, 외모 지상주의, 노동의 소외, 대중의 광기, 지식인의 위선 등 당대 첨예한 현실"(《한겨레》 2024년 12월 20일 부고 기사)을 소재로 삼았다. 그녀는 소재 선택뿐 아니라 취재도 치열하게 했다. 《맨얼굴의 사랑》을 쓸 때는 성형외과 상담실장들과 연예계 관계자를, 《그 남자의 집으로 들어갔다》를 쓸 때는 비평계 관계자들을 취재했다. 취재를 치열하게 하는 만큼 르포르타주에 대한 관심과 애정도 컸고, 결국 《전두환의 마지막 33년》을 썼다. 그 책을 쓸 때는 "앉으나 서나 전두환 생각뿐이었다"고 농담했다. 다음 논픽션 주제는 대통령 영부인이었다. '누구누구 나쁜 년' 하고 욕하는 내용이 아니라고, 대통령 영부인이라는 자리 자체가 흥미롭다고 했다. 아무런 법적 지위가 없지만 남편 옆에서 정치적 역할을 수행해야 하며 대중의 가십과 정적들의 공격 대상이 되어야 하는 기묘한 여성의 자리.

3.

한국 사회라는 당대 현실에 관심이 많고, 문학이 뭔가를 할 수 있다고 믿었지만 그녀는 이른바 민족문학, 민중문학의 세계관에는 동의하지 않았다. 샴페인 좌파, SNS 좌파에 대해서도 매우 싸늘했다. 그 세계관이 사실에 부합하지 않고, 그런 태도들이 솔직하지 않다고 여겼던 것이다. 그녀는 자신에게 커다란 인정 욕구가 있음을 정직하게 인정했다. 동시에 칭찬을 노리는 위선적인 언행을 혐오했다. 그 정도로 정직했다.

정아은 작가는 내게 최병천 신성장경제연구소 소장의 《좋은 불평등》을 권했는데 그 책은 치밀한 논리와 근거로 '운동권 세계관'을 여러 대목에서 반박한다. 나는 정 작가와 북토크를 한 자리에서 최 소장을 만나 명함을 교환했다(그런데 최 소장의 휴대폰에는 내 번호가 〈동아일보〉 기자로, 내 휴대폰에는 그가 취재원으로 이미 저장되어 있었다. 두 사람 다 그때까지 그 사실을 몰랐지만). 몇 달 뒤 정 작가와 최 소장, 나는 셋이서 맥주를 마셨다. 그렇게 술을 마시다 최 소장과 내기를 했는데 내용은 기억이 안 나고 내가 이겼다는 사실만 기억이 난다. 몇몇 정치인 인물평을 했고, 그 외에는 책 얘기를 주로 했다. 지금 그 단톡방을 살펴보니 "아까 얘기했던 책이 이거예요" 하는 메시지들이 잔뜩 남아 있다.

무엇보다 정아은 작가는 야심이 큰 소설가였다. 《그 남자의 집으로 들어갔다》와 《어느 날 몸 밖으로 나간 여자는》 같은 기획, 《전두환의 마지막 33년》 같은 프로젝트는 그런 야심 없이 손댈 수 없다. 정 작가는 '자연스럽게 매일 쓰다보니 책이 되었다'는 식으로 집필하지 않았다. 매번 분명한 목표가 있어서, '이걸 쓰겠다'고 마음먹고 거기에 도전했다. 슬럼프 때문에 마음고생을 심하게 겪기도 했지만 자신이 성장하고 있다는 자각도 있었던 것 같다. 언젠가는 쓰려고 마음먹은 최후의 목표도 분명히 있었던 것 같은데, 그것만큼은 누구에게도 말하지 않았다. 어느 인터뷰에서 《토지》 같은 소설이라는 식으로 잠깐 내비친 적이 있었을 뿐.

4.

정아은 작가는 문단이라는 단어를 잘 사용하는 편은 아니었다. 기본적으로 문단문학, 장르문학 같은 구분 자체가 부정확하고 더 나아가 무의미하다고 보는 견해였다. '당신은 어느 편이냐'를 묻지 않는 사람으로서 '누구는 문단 작가, 누구는 장르 작가'라고 딱지를 붙이지 않았다. 한국 소설가들의 작품을 다양하게 읽고 서평을 썼다. 집단의 분위기에 자기가 해야 할 판단을 맡기지 않는 사람, "가해자 혹은 피해자는 고정된 배역이 아니다"(《한겨레》 2024년 5월 17일 '정아은의 책들 사이로')라고 말하는 사람으로서 '문단=가해자, 착취자'라는 간편한 악마화에 동의하지도 않았다. 그녀는 장르소설 팬덤의 무조건적인 동료애나 열광에 기대려는 노력을 한 적이 없고, 문학적 관심사와 방법론도 자신이 살고 있는 당대 시공간과 리얼리즘을 벗어나지 않았다.

그럼에도 문단이라 부르건, 순수문학계라고 부르건, 아니면 유명 문예지를 보유한 문학 출판사들과 그 지면에 글을 싣는 문학평론가들의 공동체라고 부르건, 그곳에 대해 말할 때에는 늘 냉소적인 말투이기는 했다. 나는 그런 냉소를 그녀와 공유했다. 그곳에서는 장편소설보다 단편소설이, 차갑고 불편한 사실보다 피해자를 중심으로 재구성한 위로의 서사가, 정확한 현실 인식과 배후의 힘에 대한 탐구보다 섬세한 감수성과 세련된 표현이 더 높은 평가를 받는 것 같았다. 그녀는 그런 불만을 여러 사람 앞에서 공개적으로 드러내거나 자신이 부당한 대우를 받고 있다고 분개하는 모습을 보이지는 않았다. 어느 정도는 자존심 때문이었을 거라 짐작한다.

문단이라고 부르건, 순수문학계라고 부르건, 뭐라 부르건 그곳 역시 정아은 작가를 오해했다고 나는 생각한다. 나는 어느 문학평론가가 정아은 작가의 작품을 엉뚱하게 읽는 모습을 문자 그대로 눈앞에서 지켜봤다. 게스트의 추천작을 진행자들과 함께 이야기하는 한 독서 팟캐스트에 출연해서다. 내 추천작은 《잠실동 사람들》이었다. 이 장편소설 결말에서 잠실동의 드센 어머니들로부터 시달림을 당하던 초등학교 교사 김미하는 음독자살을 시도한다. 나는 그 음독자살 시도가 김미하의 계획이자 시위라고 읽었고, 그게 유일하고 당연한 해석이라고 봤다. 연금 수령까지 1년밖에 남지 않은 김미하는 약을 먹은 뒤 20분 만에 동료 교사에게 연락해서 병원에 가고, 위세척을 받아 건강을 회복하며, 그녀의 자살 시도는 학부모들에게 금세 알려진다. 김미하는 병원에 찾아온 학부모들을 만나지 않고, 병가를 쓰고 복귀해 6학년 담당으로 자리를 옮긴다. 그때까지 김미하에 대한 공격을 주도하던 해성 엄마 장유미는 거꾸로 학부모 집단에서 따돌림을 받게 된다. 이런 정보들이 파악하기 어렵게 제시되는 것도 아니다. 그때까지 《잠실동 사람들》을 이런저런 이유로 비판하던 문학평론가는 내 말을 듣고서 그게 맞는 해석 같다고 인정했다.

　나는 그런 반응이 뜨악했다. 김미하의 의도를 어떻게 보느냐에 따라 다른 캐릭터에 대한 평가도, 작가의 문제의식에 대한 이해도 크게 바뀌기 때문이다. 문학평론가는 김미하의 남편 캐릭터에 애정이 간다고 했다. 김미하의 남편은 사학 비리를 고발했다가 학교에서 잘리고 무기력해지는 전직 교수다. 그냥 무기력해지는 게 아니라 "집 안에 틀어박혀 책만 보며 누구도 만나지 않는 꽁생원", "사소한 일로 트집을 잡고 소리 지르는 남편", "대의를 앞세워 가족을 희생시키는 사람"이 된다. 즉 정아은 작가가 그 캐릭터를 통해 보여주려는 것은 '현실 앞에서 좌절하는 영웅 혹은 순교자'가 아니다. '사소한 일에 트집을 잡으면서 실제로는 아무 도움도 되지 못하는 과거의 운동가'다. 김미하는 남편 도움 없이 혼자 힘으로 곤경에서 벗어난다.

이 대목에서 정아은 작가는 전교조를 두 번 언급한다. 김미하는 전교조를 탈퇴했으며, 초등학교의 교장 최정상 역시 한때 전교조를 유일한 대안으로 여겼으나 이제는 실망해서 지지를 접은 지 오래다. 김미하와 최정상에게 전교조는 과거에 대의를 외쳤지만 현재는 아무 실제적인 도움도 주지 못하는, 김미하의 남편과 같은 존재다. 김미하의 의도를 제대로 파악하지 못하면 이 신랄한 야유도 보지 못한다.

5.

나도 정아은 작가를 오해했다. 나는 그녀가 다른 작가들과 거의 교류하지 않고 조용히 자기 할 일을 하는 사람이라고 여겼다(그녀의 가족도 그렇게 생각했던 것 같았다). 그래서 정아은 작가를 추모하는 소설집을 내자고 제안했을 때, 내가 아는 몇몇은 호응하리라고 예상했지만 이렇게 많은 작가들이 선뜻 나설 줄은 몰랐다. 정 작가가 사고로 세상을 떠난 뒤에야 그녀가 다른 작가들과 깊은 인연을 다양하게 맺었음을 알게 됐다. 그녀는 사람이 많이 모이는 자리를 피하고, 소수의 사람들을 개별적으로 만나는 방식을 선호했던 것 같았다.

소설집에는 각자 정아은 작가를 떠올릴 때 생각나는 것

으로 단편소설을 쓰고, 왜 그런 작품을 썼는지는 소설에 덧붙이는 산문으로 설명하기로 했다. 나는 '부동산'이라는 단어가 떠올랐다. 《잠실동 사람들》 때문이기도 했고, 정아은 작가는 《잠실동 사람들》 이후에도 자신이 관심 갖는 주제가 '돈, 빈부 격차, 부동산'이라고 계속 말했다.

〈신탁의 마이크〉를 쓰기 위해 전세사기 피해자들을 취재하면서 이 사건이 어떤 더 큰 변화의 징후일까 곰곰이 생각했다. 정아은 작가라면 어떤 대답을 내놨을까? 개인의 범죄 피해 회복을 사회가 어느 정도나 지원해줘야 하는 걸까? 정 작가라면 어떻게 생각할까? 여러 사람을 취재한 뒤 비슷한 소재로 단편을 두 편 혹은 세 편씩 쓰는 방식도 실험 중인데 그에 대해 정아은 작가는 뭐라고 말할까. 전세 사기 외에도 같이 취재해서 소설을 쓸 만한, 써야 할 현재 한국 사회의 문제에 대해 정 작가는 어떤 아이디어가 있을까. 그리고…… 아, 정말 물어볼 게 많구나. 뒤늦게.

오만과 판견

김현진

이 세상에는 진리가 하나 있으니, 어지간히 재산을 긁어모은 자본가들은 반드시 자서전을 쓰고 싶어한다는 것이다. 상황이 어려운 출판사의 직원들에게는 이 사실이 머릿속에 하도 깊이 박혀 있어, 그들은 어떤 실업가가 큰 재산을 모았다는 소식만 들었다 하면 순식간에 그의 자서전 출간을 제안하는 메일을 재빨리 쓰면서 베스트셀러의 희망에 휩싸여, 이미 그를 자신들과 출간 계약을 맺은 전속 작가처럼 간주한다. 물론 그 실업가의 이름이 작가로 나가겠지만, 그 자서전을 실제로 쓰는 것은 출판사의 형편이 조금 나을 때는 고용된 대필 작가가, 운명의 여신이 외면하는 시절이라면 그 출판사에서 보도자료를 가장 잘 쓰는 불운한 편집자의 몫이 될 것이다.

하지만 독자여, 이들이 돈을 위해 뭐든지 하는 천박한 글 장사꾼이라고 생각해서는 안 된다. 이렇게 돈 냄새가 물

쎈 풍기는 책을 출간하여 얻은 수익을 정말로 하고 싶은 책을 출간하는 데 쓰는 속사정이 꽤 있다는 것을 볼 때, 우리는 출판인들의 진정성을 결코 무시해서는 안 되리라. 그러므로 이곳 베넷출판처럼 가족들이 꾸려나가는 영세한 출판사가 저자를 섭외하려면 좀 뻔뻔스러울 정도의 적극성을 반드시 지녀야만 했다. 베넷출판의 자그마한 회의실에는 이런 적극성을 지닌 이와 그렇지 않은 이들이 뒤섞여 있었다. 전자인 편집장이 열렬하게 말했다.

"모두, 마포구 레드로드도서관 개관식 알죠?"

후자인 사장은 묵묵부답이었다.

"어떻게 그런 소식을 모르실 수가! 그 떡상했다는 펨벌리 코인을 모르세요?"

손위 언니인 김재인 팀장만큼 미인은 아니지만 반짝거리는 눈에서 풍기는 지적인 인상이 매력적인 김리지 주임이 설명했다.

"소위 대박을 쳤다는 펨벌리 코인을 만든 더비셔 인베스트먼트가 한국인 청년들의 세계적 쾌거라고 떠들썩합니다. '유퀴즈'에도 나왔고요."

"그 사람들이 레드로드도서관이랑 무슨 상관인데?"

편집장은 다시 가슴을 콩콩 쳤다.

"아휴, 하여튼 저 양반은 태평도 해라!"

리지는 편집장이 더 가슴을 치기 전에 서둘러 보충했다.

"레드로드도서관 건립 비용을 사실상 더비셔 인베스트먼트에서 전액 댔다고 합니다. 한국에서 두 번째 노벨문학상이 나올 수 있도록 지원하셨다니 젊은이들이 대단하다고 칭송이 드높아요. 공동창업자 이빈 CFO가 후원자 대표 자격으로 개관식에서 테이프 커팅을 한답니다."

편집장이 끼어들었다.

"코인과 우리가 무슨 상관이냐 하면요, 모름지기 성공한 사업가라면 모두 자서전을 쓰고 싶어하는 법이에요. 대한민국 출판사라는 출판사는 다 그 사람의 자서전을 내고 싶어서 혈안이 되었어요. 게다가 이빈이란 사람은 미혼에 생긴 것도 아주 번듯하다고요! 게다가 그 정도 재력이 있는 사람들이라면 본인이 자기 책을 기본으로 1만 부, 아니 5만 부 정도는 너끈히 구입해서 회사 직원들이나 거래처 같은 주변 사람들에게 잔뜩 뿌리기 마련이에요! 막아야 되는 어음이 매달 있어서 간이 마르는 우리 같은 출판사는 그런 사람들의 판권을 꽉 붙잡아야 살아남을 수가 있다고요! 그런 젊고 매력적인 사람들의 이야기는 분명히 2차 판권도 팔려서 OTT로 영상화도 될 거예요! 어떻게 해서든 얼굴도장을 찍어서 꼭 판권을 확보해야 한다고요. 아아, 사장님은 2차 판권으로 떼돈 번 출판사가 요즘 얼마나 많은데 그럴싸한 저자를 데려올 생각은 하나도 없고, 리지 주임은 저 양반이랑 무슨 인문학 책을 만드네, 정아은 작가 유고집을 만드네…… 돈 안 되는 것들만…… 부녀가 똑같다니까! 아, 속상해라! 제 약한 신경이 늘 고통 받고 있어요! 어쨌든 꼭 그 개관식 초대장을 구해야 해요. 심지어 그 도서관 지하에는 아주 품위 있는 와인 바까지 마련되어 있어서 2부 행사까지 한다고요! 이빈 CFO만 오겠어요? 그 회사 직원들이 아주 많이 오겠죠! 그럼 우리 재인 팀장 같은 사랑스러운 아가씨들이 거기서 좋은 기회를 잡지 못하라는 법이 어딨겠어요?"

"어떤 좋은 기회를 말하는 거지?"

"아이참, 여러 가지로 좋은 기회죠! 우리 사랑스러운 아가씨들의 앞날을 생각하는 것도 나밖에 없지. 저 양반은 그저 만사태평이라니까!"

며칠 후, 사장은 리지 주임이 쓴 보도자료를 검토하며 심상하게 말했다.

"우리 리지 주임이 역시 글솜씨가 있어. 이빈, 아니 빈 리 CFO도 마음에 들어할 거야."

"빈 리라뇨?"

리지가 눈을 동그랗게 떴지만 사장의 말투는 여전히

여상했다.

"고등학교 때부터 미국에서 유학하고 그곳에서 펨벌리를 개발해서 이빈보다는 빈 리가 더 익숙하니 그렇게 불러달라고 하더군."

편집장이 눈을 세모꼴로 떴다.

"이빈인지 빈 리인지 갑자기 그게 무슨 소리세요? 펨벌리! 빈 리! 아주 펨벌리고 빈 리고 이름만 들어도 골치가 아파요. 판권 따위 이미 다 넘어갔어요! 그 사람은 창배나 문화동네에서 자서전을 낼 거라고 소문이 파다하다고요! 이제 두 번 다시 ㅍ이고 ㅂ이고 제 앞에서 꺼내지 마세요!"

"그럼 이 개관식 초대장은 아무 소용이 없겠군."

편집장이 의자를 뒤로 넘어뜨리며 벌떡 일어났다.

"개관식 초대장이요? 그걸 구하셨다고요?"

편집장의 얼굴이 기쁨으로 새빨개졌다.

"오, 저는 사장님이 내심 회사를 얼마나 생각하시는 분인지 늘 알고 있었다니까요!"

사장은 개관식 초대장을 리지의 손에 건네준 후, 그제야 사장실에 틀어박혀 모두가 출간을 반대하는 지루한 인문학 원고를 들여다볼 수 있게 되었다.

진짜 마호가니로 된 테이블과 고급 샹들리에가 부드

러운 조도로 책들을 품위 있게 내려다보는 레드로드도서관 열람실의 리본 테이프를 흰 장갑을 끼고 커팅한 이빈, 아니 빈 리 CFO는 과연 인물이 번듯했다. 정치인과 지역 유지들의 인사말에 이어 빈 리 CFO가 한 축하 연설도 재치가 있었으며 짧다는 미덕으로 사람들의 호감을 듬뿍 샀다. 캘리포니아에서 쭉 유학을 했다더니 과연 그늘 한 점 없이 밝은 인상을 한 빈 리 CFO 옆에는 부루퉁한 인상이지만 미남이 아니라고는 말할 수 없는 젊은 남자가 서 있었는데, 곧 흥분된 귓속말로 편집자들 사이에 그가 누군지에 대한 정보가 돌았다. 그는 유서 깊은 양반 부잣집의 자손으로, 왜정 때까지만 해도 서울 사대문 안에서 남양주까지는 나가야 그 집 땅이 아닐 정도로 부유했으며, 거액의 독립운동 자금을 쾌척했음에도 대를 이어 내려오는 탁월한 사업 수완으로 인해 현재 제약회사, 백화점, 영화와 드라마 제작사, 놀이동산, 멀티플렉스 영화관, 대형마트 등을 소유한 다아시기업의 장남, 피츠윌리엄 윤이었다. 아버지 대까지는 재벌 총수로 경영에 관여했지만 사업의 투명성을 위해 전문경영인에게 각 기업을 맡기고 자신은 다아시문화재단 대표만을 맡고 있으며, 가족 기업이나 자본과 상관없이 더비셔 인베스트먼트의 CEO로 대성공을 이끌어낸 인물이었다. 빈 리가 댄 도서관 건립 자금은 10, 아니 5퍼센트밖에 안 되고 피츠윌리엄 윤이 90에서 95퍼센트를 맡았다는 이야기가 산불처럼 좌중을 지나갔다.

게다가 빈 리 CFO는 캘리포니아주립대 출신이지만 피츠윌리엄 윤 CEO는 영국의 이튼스쿨 출신에 옥스퍼드를 졸업해 유명한 영화배우 베네딕트 컴버배치나 에디 레드메인과도 친분이 있는 사이라는 이야기까지 떠돌자, 빈 리 CFO의 원고를 노리던 사람들은 언제 그랬냐는 듯 이글거리는 눈빛으로 피츠윌리엄 윤을 주시하기 시작했다. 그때 재인이 용기를 내어 좌중의 관심을 모두 잃은 빈 리에게 살며시 다가가 열심히 준비해온 빈 리 자서전 출간기획서를 내밀었다. 빈 리는 책을 쓴다는 것은 지금까지 생각해본 적이 없었지만 재인의 아름다운 외모, 그리고 외모뿐이 아니라 명석한 두뇌의 소유자가 작성했을 것이 분명한 알기 쉽고 간명한 기획안에 감탄했다. 언뜻 선량하고 소극적인 것만 같지만 좋은 책에 대해 높은 기준을 지닌 편집자로서의 자부심에도 마음이 끌렸으며, 무엇보다 말이 많지 않으면서도 그저 편안한 흔치 않은 대화 상대를 만났기에 그녀의 출산 제의를 당장 받아들이고 싶어졌다. 빈 리가 이렇게 재인과 이야기를 나누는 동안 피츠윌리엄 윤은 누구와도 말을 섞지 않고 한쪽 구석에 시큰둥한 표정을 한 채 기대서 있었다. 보다 못한 빈 리가 피츠윌리엄 윤에게 말했다.

"왜 이렇게 누구와도 대화 없이 목석처럼 서 있는 거야? 우린 귀국한 지 얼마 안 됐으니까 아는 사람도 없는데 이런 기회에 여러 사람과 어울려야지. 게다가 이곳엔 지성과 매력을 모두 갖춘 여성 편집자 분들이 이렇게 많지 않나?"

피츠윌리엄 윤은 눈썹을 치켜올렸다.

"내가 보기에 그런 편집자는 여기 딱 한 분뿐인 것 같은데. 자네와 이야기하고 있는 여성 분 말이지. 나는 아무나의 심심풀이 대화 상대는 되고 싶지 않아. 나로선 자네가 왜 그렇게 늘 사교적으로 굴려고 애를 쓰는지 이해가 안 되는군."

그러나 그 대화를 듣지 못한 사람들은 어떻게 해서든 피츠윌리엄 윤에게 말을 붙이기 위해 애를 쓰고 있었다. 그 중 그의 찌푸린 표정을 아랑곳 않을 만한 용기가 있는 한 편집자가 물었다.

"한국이 두 번째 노벨문학상을 타도록 지원하시겠다는 포부가 무척 감동적이었어요. 계기가 어떻게 되시죠? 역시 한강 작가의 작품들을 좋아하셔서일까요?"

윤은 여전히 시큰둥한 표정으로 대꾸했다.

"저의 호오가 뭐가 중요하겠습니까. 그분의 작품은 저에게는 좀 혼란스러운 부분이 있었습니다. 아시다시피 《채식주의자》에는 부친이 개를 잡아먹는 장면이 있는데, 그 에

피소드가 영미판엔 빠졌더군요. 영미권 독자들에게 충격을 줄까봐 삭제한 것인지, 무슨 다른 이유가 있는 것인지, 솔직히 저는 그 점이 좀 미묘하게 느껴지더군요. 물론 그저 제 기분일 뿐입니다만."

좌중에 경악이 스쳐 지나갔다. 어떻게 한강 작가에 대해 그 모양으로 말할 수가! 우리나라 최초의 노벨문학상 수상자를! 《채식주의자》에 대한 감상이 그따위일 수가! 영미판에 개 잡는 장면이 빠졌다 한들 그게 무슨 상관이람! 순식간에 피츠윌리엄 윤은 그 수많은 재산과 학벌과 성공과 잘생긴 얼굴에도 불구하고 그 자리의 편집자들에게 밉상과 비호감의 대상이 되었다. 리지도 생각했다. 저 사람은 오만 그 자체군. 그러거나 말거나 빈 리와 재인은 그들만의 세계에 빠져 있었다.

"제가 귀국하면서 국내 체재할 때 쓸 고풍스러운 집을 하나 마련했는데, 정원이 요즘 계절에 정말 아름답습니다. 평창동이라 조용하기도 하고요. 한번 방문해서 회의를 하시면 어떨까요? 정원에서 식사를 하고 차를 마시는 것도 아주 각별합니다. 제 여동생들도 재인 씨를 분명 좋아할 겁니다."

재인이 이런 초대를 받은 것을 알게 된 편집장은 너무나 기뻐 펄쩍 뛰었다.

"역시 우리 재인 팀장! 빈 리가 홀딱 반한 게 분명해!

단순히 책 이야기로 미팅을 하려면 회사로 부르거나 카페에서 만나도 충분한데 굳이 집으로 초대한 건 마음이 있는 거지! 오, 사랑스러운 우리 재인!"

하지만 불행하게도, 혹은 행복하게도 재인은 비 오는 날 익숙지 않은 평창동 골목길을 오르다가 마구 돌진해 오는 음식 배달 오토바이를 피하려던 중 호되게 넘어져 도저히 혼자 힘으로 움직일 수 없게 되었다. 빈 리는 개인 주치의에게 집으로 왕진을 부탁했다.

"발목 부상이 꽤 심하답니다. 선생님 말씀으론 당분간 발목을 절대 움직이지 말라더군요. 차라리 잘되었지 않습니까? 단시간 집중해서 일을 처리하는 게 제 스타일이거든요. 발목이 나을 동안 여기서 정양하시면서 기획을 구체화하시면 어떨까요?"

빈 리의 집에 며칠 머무르게 되었다는 재인의 연락에 편집장이 환성을 올리고 있을 때 리지가 조심스레 물었다.

"어머니, 아니 편집장님, 재인 언니를 카카오택시라도 불러서 집으로 태워 와야 하는 게 아닐까요? 아무리 그래도 생판 남의 집이고 남자의 집인데……"

편집장은 콧방귀를 뀌었다. 리지는 편집장이 재인의 부상이 너무 심하진 않되 상당히 오래 가는 그런 종류라서 빈 리의 집에 재인이 가능한 한 오래 머물기를 바란다는 것을 눈치챘다. 편집장도 숨길 생각이 전혀 없었다.

"남의 집일지 내 집일지는 두고 봐야지. 한 지붕 아래 있다보면 청춘남녀 사이에 무슨 일이 일어날지는 아무도 모르는 일 아니겠니?"

편집장의 만류에도 불구하고 언니가 걱정된 리지는 꼬불꼬불 골목길을 올라가는 마을버스 종로13번을 타고 빈 리의 저택을 더듬더듬 찾았다. 언니도 언니지만, 피츠윌리엄 윤이 빈 리와 한 집에 기거한다는 것을 전해 들은 후 그에게 책 출간을 제의할 기회라고 여겨 서둘러 출간기획서도 준비했다.

'무척 오만한 사람이니까 우리처럼 조그만 출판사는 거들떠보지도 않겠지. 그런 오만한 사람과 판권 계약을 맺을 수 있을지는 모르겠지만 해보기 전에는 모르는 일이야.'

빈 리는 재인의 동생인 리지를 대환영했고, 언니가 발목이 삐었을 뿐 무사하고 건강한 것을 본 리지는 무척 안심했지만, 그런 그녀를 보며 빈 리의 두 여동생은 속닥속닥거렸다.

"세상에, 여기까지 걸어올 수가 있다니요! 숙녀답지 못하고 야만스러워라! 자기 자동차도 없다는 게 말이나 되나요? 뭐 마을버스 종로13번을 타고 왔다고요? 저는 그런 흉

측스러운 교통수단이 있는지조차 몰랐어요! 그런 초라한 탈것은 이 동네의 품위를 해칠 뿐이에요. 아무래도 오세훈 시장님께 연통을 넣어봐야겠어요. 한강택시 같은 게 많이 생기면 얼마나 좋을까!"

그중 한 여동생은 누가 봐도 피츠윌리엄 윤에게 관심이 있다는 표가 났다.

"피츠윌리엄 씨, 아까부터 우리가 나누고 있던 이야기인데요. 피츠윌리엄 씨는 어떤 여성을 이상적으로 생각하시나요?"

"아무래도 교양이 중요하다고 봅니다. 외국어나 악기는 물론이고, 서구 문화에만 통달한 것이 아니라 우리 고유의 붓글씨에도 능해야겠지요. 다양한 교양을 익히고 있을 뿐 아니라 몸가짐도 우아하고 단정하며 근면해야 하는 것은 물론이고요. 그리고 광범위한 독서로 정신을 계발해 풍성한 내면을 갖추어야 진정 교양 있는 여성이라는 찬탄을 들을 자격이 있겠지요. 이를테면, 헨리 데이비드 소로에 대한 대화 정도는 일상적으로 나눌 수 있어야겠지요."

리지는 풋 하고 웃었다.

"《시민불복종》이나 《월든》을 좋아하시나보군요. 투자로 부를 이룩하신 분 치고는 아주 특별한 취향을 지니셨다고밖에 말할 수 없겠어요."

피츠윌리엄 윤의 얼굴이 살짝 굳어졌다.

"제 부와는 상관이 없습니다. 배울 만한 점이 있는 사상은 언제나 존중할 뿐이죠."

리지는 입을 손으로 가리며 웃음을 감추었다.

"지금까지 그런 대화가 가능했던 여성이 한 분이라도 계셨는지요? 저는 지금껏 그런 여성을 한 분도 보지 못한 것 같아요. 아마 저의 식견이 아직 좁은 탓이겠죠? 아, 제가 여기에 온 이유는 물론 사랑하는 제 언니의 안부를 확인하는 것도 있지만 어느 식견 있는 남성 분에게 책을 출간하자는 제의를 하기 위함도 있답니다. 그분이 바로 피츠윌리엄 윤 대표님이세요."

리지 주임은 피츠윌리엄 윤을 똑바로 바라보며 출간기획서가 들어 있는 봉투를 내밀었다. 그 당당한 태도를 보며 빈 리의 두 여동생은 다시 속닥거렸다.

"같은 여자를 험담하면 자기가 올라가는 줄 아는 여자들이 꼭 있지."

하지만 피츠윌리엄 윤은 리지의 그런 태도가 나쁘지 않게 여겨졌다. 봉투를 열고 바로 눈앞에서 출간기획서를 읽고 있는데도 전혀 겸연쩍어하지 않고 여전히 당당한 태도로 그를 바라보는 눈빛이 유독 반짝거린다는 생각을 하며, 피츠윌리엄 윤은 다 읽은 기획서를 접었다.

"어떠신지요?"

리지의 질문에 피츠윌리엄은 고개를 끄덕였다.

"규모가 큰 출판사는 아니군요. 지금 가장 중점을 두고 기획하시는 책은 어떤 게 있지요?"

"정아은 작가의 유고집을 준비 중입니다."

"들어본 적이 없는데…… 지금 검색해보니 출간 장르가 다양했군요. 다소 중구난방으로 책을 낸 분 같군요. 작은 회사일수록 경영을 합리적으로 해나가려면 팔릴 만한 책에 전략적으로 가장 힘을 줘야 하지 않을까 싶은데요."

"그건 중구난방이 아니라 다재다능이라고 생각합니다."

"뭐 기획서 자체는, 나쁘지 않군요. 괜찮은 대필 작가를 찾아주시죠. 베넷출판 덕에 작가 소리 좀 들어볼까 하는 마음이 생겼습니다."

리지의 미간에 주름이 생겼다.

"작가 소리를 듣고 싶으시다고요? 대표님, 작가라는 건 글을 쓰는 사람을 말하는 겁니다. 말씀드렸다시피 대표님이 갖춘 식견이라면 틀림없이 글을 쓰실 수 있어요."

"나는 바쁜 사람입니다. 다들 그런 식으로 하지 않나요?"

"다들 그런 식으로 한다고 해서 꼭 거기 편승할 필요는 없지요. 출판을 그렇게 하찮게 보신다면, 윤 대표님의 책은 이쪽에서 거절하겠습니다."

피츠윌리엄은 어깨를 펴고 턱을 치켜든 채 또박또박 이야기하는 리지의 눈을 계속 바라보지 않을 수 없었다.

"그리고 소로라고 하셔서 말인데요, 부잣집 아들이던 소로가 월든 호수에 가기 전에 같은 부잣집 친구들과 캠핑을 갔다가 산불을 내서 367만 평의 숲을 태워버린 건 알고 계시겠죠? 월든 호수에서 생활할 때, 그의 본가가 조금만 걸으면 있는 대저택이었다는 것도 물론 알고 계시겠죠? 번화가와 불과 1.5킬로미터 떨어져 있는 그 오두막에서 생활하면서, 그의 빨래와 식사는 여동생이 매일 저녁 방문해서 책임졌다는 것도 아시나요? 이거야말로 사실상 '가사불복종' 아니겠어요? 늘 사람으로 가득 차 있는 그곳에서 2년간 '고독하게' 생활한 다음 아버지가 운영하는 연필공장에서 일하며 평생 부친의 대저택에서 편히 지냈다는 것도 역시 아시겠죠?"

윤은 고개를 저었다.

"몰랐……습니다."

"정아은 작가님에 대해서도 모르시니까요. 저는 그분이 차세대 박완서가 될 것이라 여겼습니다. 저희 회사 규모가 작아 그분의 유고집을 내기에 지금 경제적으로 어려움이 있지만, 저는 정말 자랑스럽게, 영광으로 생각하는 필생의 프로젝트예요."

리지는 윤에게 싸늘하게 목례해 보인 후 재인을 찾아 택시를 불렀다. 이렇게 재인이 갑작스럽게 떠나게 되자 빈 리는 아쉬움을 감추지 못했지만, 재인에게 악수를 청하며 미국 출장을 다녀오게 되었는데 돌아오면 바로 다시 미팅 일정을 잡자고 몇 번이나 말했다. 두 사람의 악수는 아주 길 었다.

편집장, 아니 집이니까 어머니와 여동생들이 빈 리와 어땠느냐고 와르르 달려와 재인을 둘러쌌다. 편집장, 아니 어머니는 재인이 그 집에 더 있지 않고 온 것이 꽤나 불만이 었기에, 리지를 노려보며 찬바람이 돌 정도로 쌀쌀하게 굴 었다. 빈 리가 기약할 수 없는 출장을 떠났는데 그새 섹시한 캘리포니아 아가씨와 연이라도 맺으면 어쩌란 말인가! 어 머니의 생각에 그렇게 되면 그건 다 리지의 탓이었다.

재인과 리지는 묵묵히 일하면서 빈 리의 연락을 기다 렸지만 빈 리의 연락은 뚝 끊겼다. 다 된 밥인 줄 알았는데 아니었냐고 베넷출판은 초상집이 되었다. 어음은 어쩌나, 모두 속으로 걱정하고 있을 때 어려서부터 책을 읽으면서 교훈적인 부분을 이야기하기 좋아하는 사원 마리가 안경을 치켜올리며 말했다.

"그러니까 우리는 가치 없는 필자들 앞에서는 행동을 조심해야 해. 얼핏 친절하게 대했다가는 자기 책을 내달라고 졸졸 따라다니니까. 갑자기 잠수를 타는 그런 필자도 가치 없는 필자고, 나무위키를 취소선까지 복사해서 자기 원고에 복붙해놓고도 뭘 잘못했는지 모르는 그런 필자도 물론이고, 마감을 매일 어기거나 광고를 더 해달라고 하는 필자는……"

마리의 장광설이 더 길어지기 전에 사장이 마리의 어깨를 톡톡 쳤다.

"마리야, 우리 모두 필자에 대한 교훈은 충분히 얻은 것 같구나. 더 수고하지 않아도 되겠어."

빈 리가 정말로 믿음사나 시궁사와 책을 낸다는 소문이 파다했다. 리지는 재인을 그토록 사모하는 눈으로 바라보던 그 남자가 이렇게 쉽게 마음이 바뀌었다는 게 믿어지지 않았다. 개관 파티에서 빈 리는 아무리 쾌활하고 잘 웃어도 항상 피츠윌리엄 윤의 그늘에 있는 사람처럼 보였다. 어쩌면 피츠윌리엄이 빈 리를 설득해 베넷출판에서 책을 내지 말라고 했을 것도 같았다. 마침 국제도서전에서 피츠윌리엄을 마주친 리지는 차갑게 목례했다가 참지 못하고 빈 리의 일은 어떻게 된 것이냐고 따져 물었다. 피츠윌리엄은 산뜻하게 고개를 끄덕였다.

"제가 베넷출판에서 출간하는 건 좀 생각해보라고 했습니다."

"대체 왜죠?"

"빈 리는 얼굴에 생각하는 게 다 나오는 친구죠. 얼굴에 김리지 주임님의 언니 분에게 푹 빠져 있다는 게 바로 보이더군요."

"그게 어쨌다는 거죠? 저희 언니는 예쁘고 선량해서 다들 빠져들곤 한다고요! 그런 필자가 한두 명도 아니었지요! 하지만 올바르지 못한 행실을 한 적은 한 번도 없습니다!"

"저는 결혼에 있어서 두 사람이 서로를 좋아하는 마음이 어느 정도는 되어야 한다고 생각합니다. 그런데 재인 팀장님이 빈 리를 좋아하는 마음은 상당히 작아 보이더군요."

"정말 이상한 말씀만 하시는군요! 언니가 며칠이나 침대에 널브러져 울면서 치토스만 먹은 것도 모르시면서! 언니는 천성이 저와 달리 너무 얌전해서 누군가를 좋아하는 마음을 잘 표현하지 못하는 것뿐이에요. 오, 위대하신 피츠윌리엄 씨, 아무리 당신이 냉정한 투기꾼에 기업사냥꾼이라고 해도, 서로를 좋아하는 젊은이들을 그렇게 나서서 갈라놓다니요!"

"투기꾼이라고 하셨습니까?"

"네, 그래요! 투기꾼이라고 했어요! 그리고 사과할 생각도 없고요! 투자니 코인이니 뭐니 말은 번지르르하지만 사실 그 본질은 투기나 도박에서 기인한 게 아니던가요!"

"사실 김리지 주임님, 갑작스럽지만 저는 주임님에게 제 반려자가 되어달라고 청하려 했습니다. 지금도 그럴 생각이고요. 물론 당신 출판사에서 책을 내거나 하는 건 부끄러운 일이지만, 영국과 미국, 한국을 통틀어 리지 씨같이 활기차고 용감한 여성은 처음 봤기 때문입니다. 출판사나 당신 가족들을 생각했을 때는 제게는 다소 수치가 되겠지만……"

"언니의 행복은 빼앗고 제게는 '수치스러운' 결혼을 하자고요! 그리고 저희 가족들을 모욕하시고! 이런 상황에 제가 대표님의 책을 출판할 수 있다고 생각하시나요?"

"저도 지금 많은 노력을 하고 있는 중입니다. 그럼 리지 씨도 조금 양보를 해야겠죠. 그러면 제가 이런 영세 출판사에서 책을 출간해 사회적 사망을 하는 걸 기뻐할 줄 아셨나요? 거기다 합리적 경영에는 전혀 관심이 없는 당신의 아버지와 돈이 되는 책이라면 다 달려든다는 평판인 당신 어머니의 사위가 되는 것을 제가 영예로 여길 거라 생각하셨습니까?"

"됐습니다. 더는 듣지 않겠어요. 그 영광스러운 대좌에

올릴 여성은 다른 사람을 찾아보시죠."

기분은 몹시 나빴지만 리지는 어음이 처리되어야 정아은 작가의 유고집을 출간할 비용이 겨우겨우 생긴다는 생각에 골치가 아팠다. 피츠윌리엄 윤이나 빈 리의 판권을 땄다면 유고집을 순조롭게 출판할 수 있었겠지만…… 그를 투기꾼이라고까지 했으니 이미 물 건너간 얘기였다. 피츠윌리엄 윤이 리지에게 아주 모욕적으로 청혼했고, 리지도 모욕적으로 거절했으니 역시 물 건너간 얘기였다. 며칠 후 사장이 한국출판인협회에서 받은 초대장을 재인에게 주었다.

"리지 주임 요즘 힘이 없는 것 같으니 바람 좀 쐬고 오지 그래."

리지는 기꺼이 반차를 내고 재인과 회사를 나왔다. 지금 어음 사정이 불안해 회사가 어떻게 될지 풍전등화라, 사장은 조용한 사무실에 앉아 앞으로의 대책을 생각하고 싶은 모양이었다. 뜻밖에도 재인이 리지를 조심스레 데려간 곳은 옛날 한옥 양식을 그대로 따르고 있어 문화재로 지정된 피츠윌리엄 윤의 집이었다. 그중에서도 그들이 매혹된 것은 희귀본이 엄청나게 쌓여 있는 윤씨 집안의 서재였다. 책을 좋아하는 리지에게는 눈이 빙빙 돌아갈 것 같은 풍경이었다.

'지난번 청혼을 내가 거절하지 않았더라면 이 서재가

내 것이었을지도 몰라. 그러면 정아은 작가님 유고집 제작도, 어음 처리 같은 것도 다 자유롭게 할 수 있었겠지. 지금 편집장님, 아니 엄마는 사무실에서 엉엉 운 지 며칠이 됐어. 이번에야말로 부도라고 말이지…… 가만, 이렇게 아름다운 서재를 가진 사람이 과연 나쁘기만 한 사람일까……?'

그때 키가 크고 어깨가 널찍한 사람 그림자가 비쳤다. 바로 집주인, 피츠윌리엄 윤이었다. 딱딱한 표정은 여전했지만 이번에는 꽤나 미소 같은 것을 짓고 있는 얼굴이었다. 지난번에 리지와 모욕을 주고받은 것은 생각도 나지 않는다는 듯 쾌활하고 신사적인 태도로 피츠윌리엄 윤은 집 구석구석을 안내하고, 일반인이 볼 수 없는 구역도 기꺼이 주인의 특권으로 관람하도록 해주었으며, 자매의 구경이 끝나갈 무렵 그의 개인 응접실에서 차를 마시자고 권유했다.

재인과 리지가 품위 있으면서도 편안한 응접실 소파에 앉자, 피츠윌리엄 윤은 일하는 사람이 몇 명이나 있는데도 모두 물리고 서둘러 김치냉장고에서 가문의 비법으로 만들어진 수정과를 꺼내 가보인 도자기 잔에 따른 후 잣까지 세심하게 대여섯 알 띄운 다음 아름다운 문양으로 찍어낸 다식, 인삼을 절여 만든 인삼정과, 신선한 과즙으로 만든 과편果片 등 희귀한 한과를 소담하게 곁들여 내왔다. 두 사람이 세월의 더께로 그윽한 색이 된 닥나무 쟁반을 든 그의 모습에 깜짝 놀라고, 먹거리와 마실 거리의 고상한 맛에 또 놀랐을 때 피츠윌리엄 윤은 전화를 받고 오겠다며 양해를 구했다. 재인이 눈을 동그랗게 뜨고 물었다.

"저 사람하고 모욕을 주고받은 게 맞아? 오늘 저 사람은 굉장히 신사답고, 유쾌하고, 남을 모욕할 사람으로는 보이지 않아. 우리가 어디 잘난 게 있는 것도 아닌데 이렇게 귀한 간식까지 직접 대접하다니 난 거의 황송해지려고 해."

리지는 수정과를 마시며 생각했다. 저 김치냉장고도 내 김치냉장고였어야 해, 이 수정과도 내 수정과였어야 해, 이 집도 내 집이었어야 해…… 그때 재인의 전화가 울렸다. 편집장이 거의 울먹이고 있었다. 리지가 아버지, 아니 사장과 함께 기획한 인문학 시리즈가 창고에서 자리만 차지하고 있다가 어디 언론에 난 것도 아닌데 엄청나게 팔렸다는 거였다. 어음이나 부도는 걱정할 것 없어졌고, 오히려 꽤 이윤이 생겨 리지가 애를 태우던 정아은 작가 유고집을 드디어 출판할 제작비가 생기기까지 한 거였다. 리지와 재인은 손을 맞잡고 기뻐서 깡충깡충 뛰었다. 빨리 출판사로 들어가보려고 일어서는데 통화를 끝낸 피츠윌리엄 윤이 들어왔다. 갈 채비를 차리는 두 사람을 보고 진심으로 아쉽다는 표정으로 악수를 청해왔다.

"곧 다시 놀러 오겠다고 약속하지 않으시면, 전 아마

이 손을 놓아드리지 못할 겁니다."

리지는 빨리 출판사로 돌아가보고 싶어 정신이 없었기 때문에 예의 바르게 작별 인사를 하지 못하고 나오자마자 달음질을 쳤다. 리지가 사무실 문을 열기도 전에 사장이 보기 드문 활짝 웃는 얼굴로 문을 열었다.

"무, 무슨 일이에요?"

숨을 몰아쉬는 리지에게 사장이 의기양양하게 외쳤다.

"터졌어! 터졌다고!"

수년간 골치를 썩이던 보일러가 터졌나. 사무실을 얼른 일별했지만 그런 흔적은 없었다. 사장은 계속 환호했다.

"몇 년 전에 왜 다들 반대하는데 나랑 리지 주임만 밀었던 인문학 사전 있잖아, 그게 지금 주문이 엄청나게 들어왔어! 계속 찍어야 할 것 같아! 그리고 정아은 작가 소설집 있지! 그것도 지금 다 떨어져서 찍어야 해!"

"아니 그 책들이 왜 지금에 와서……"

편집장이 생글생글 웃으며 끼어들었다.

"그 왜! 똥 씹은 표정이던 남자 있지! 피츠윌리엄…… 뭐라더라? 하여튼 그 사람이 자기네 그룹 직원들 읽으라고 다 사서 돌려서 우리한테 악성 재고로 남아 있던 책들까지 다시 세상 빛을 보게 됐다니까. 그리고 빈 리가 계약하겠다고 연락이 왔어! 일이 풀리려면 이렇게 되는구나! 이게 역주행인가 그거 맞지? 아, 우린 살았어!"

다들 기뻐서 펄쩍펄쩍 뛰느라 리지가 사무실에서 사라진 것은 아무도 눈치채지 못했다. 피츠윌리엄 윤의 집으로 도로 달려가 숨을 가라앉히며 그가 있는지 묻자 그가 직접 문을 열어주러 와, 리지는 붉어진 얼굴을 감추려고 얼굴을 숙였다. 피츠윌리엄은 정원의 작은 정자로 리지를 이끌었다.

"대표님, 어째서 저희에게 이런 도움을…… 제가 그렇게 모욕적인 말을 했는데도요."

"리지 씨의 말에는 틀린 부분이 없었습니다. 저는 지금까지 참 오만한 인간이었다는 생각이 들더군요. 운 좋게 회사에서 높은 자리에 앉아서 사람들에게 이래라저래라 하는 것이 습관이 되었고, 과분한 성공을 거둔 것이 제 선입견이나 오만이 모두 옳다는 증거라고 여겼던 것 같습니다. 실은 주임님께 사과하는 마음으로 정아은 작가님의 책을 다 읽어보았습니다. 소설 말고도 참 여러 분야에 부딪혀 좋은 책들을 내셨더군요. 그런 분의 유고집이라면 당연히 세상 빛을 봐야겠지요."

"저기, 회사에 책을 돌리셨다고……"

"그럴 만한 가치가 있는 책들이었습니다. 서구에서는 기업가들이 MBA보다 MFA(Master of Fine Art) 학위를 더 쳐주게 된 지 오래됐습니다. 그건 앞으로 문화야말로 가장 강한 힘을 갖게 될 거라는 뜻이겠지요. 저희도 시류에 뒤떨어지지 않아야 하니 그 일환으로 한 일입니다. 물론 리지 씨를 응원하고 싶은 마음이 아주 없었다고 잡아뗄 수는 없습니다만."

리지는 피츠윌리엄 윤을 향해 환한 웃음을 지었다.

"덕분에 당장의 어려움도 가셨고 정아은 작가님 유고집 정말 하고 싶은 거 다 해서 만들 수 있을 것 같아요. 정말 감사합니다. 저, 빈 리 씨 마음을 바꾼 것도 피츠윌리엄 대표님이시겠죠?"

"김재인 팀장님이 저한테는 차가운 인상이었는데, 제가 친구의 연애를 참견한 것이 주제넘었다는 생각이 들었습니다. 그리고 김리지 주임님 같은 분이 에디터로 계신 회사라면 믿을 수 있으니 작은 출판사에 대한 편견을 버리고 작업해보라고 권했죠."

"감……"

"혹시 감사하실 거면, 필요 없습니다. 처음에 훼방 놓은 건 저니까요. 저, 그러면 숙원 사업이던 유고집을 출간하시고 나면 다음 프로젝트로는 무엇을 하실 건가요?"

"그……글쎄요."

"저와 다시 한번 이야기해주실 생각은 없으신지요? 대필 작가를 쓰겠다는 말 같은 건 절대 안 하겠습니다."

리지는 피츠윌리엄의 진지한 얼굴을 보고 풋 하고 웃

었다. 이전의 딱딱하고 거만한 모습을 부드러운 미소가 커튼처럼 가리고 있었다. 리지가 장난스럽게 물었다.

"그럼, 지금 당장 기획회의를 해볼까요? 당신처럼 오만한 분과 판권 계약은 처음이라 떨리는데요."

"언제든지 원하시는 대로. 이제부터 제 모든 오만도, 판권도, 영원히 당신의 것입니다."

작가의 말
완벽한 삼각형

    제인 오스틴의 《오만과 편견》은 아은 언니가 단연 가장 사랑한 작품이었습니다. 미스터 다아시가 평생의 연인이고 이상형이라고 열띤 목소리로 이야기하던 모습이 눈에 선합니다. 이 졸저는 그런 아은 언니를 한번 웃겨보고 싶다는 간절한 마음으로 쓰인 것입니다. 넋으로나마 언니가 깔깔 웃어주기를, 그 웃는 얼굴을 한없이 그리워하면서.

    그리고 언니를 추억하는 에세이를 쓴다는 생각만으로도 고통스러워 약간의 반칙을 동원했습니다. 아은 언니 생전에 종종 라종일 선생님 댁에 찾아가 셋이서 이야기를 수없이 나누곤 했습니다. 그 완벽한 삼각형의 한쪽이 무너진 폐허를 홀로 보려니 용기가 나지 않아, 언니가 빠진 채 둘만 남겨진 저와 라종일 선생님이 언니에 대해 슬픔을 나누어 가진 편지로 언니를 늘 기억하려고 합니다. 선생님과 제가 이야기하고 있다면, 누군가 언니를 기억하고 있다면, 언니를 읽고 있다면, 언니는 완전히 떠난 것이 아니라 굳게 믿으면서.

*

늘 경애하는 라종일 선생님께

이렇게 적고 보니 아은 언니야말로 선생님을 경애하는 사람이었다는 생각이 듭니다. 언니는 늘 사랑할 때 진심이었어요. 좋아하는 걸 발견했을 때 그 웃는 얼굴은 세상 모르는 소녀처럼 천진해 보이는, 여러 가지 면모를 지닌 사람이었죠. 하지만 결코 세상 모르는 소녀라고는 할 수 없는 사람이었죠. 직장을 다니거나 일을 하면서도 끊임없이 여러 분야의 책들을 읽어치우는, 지적이면서도 유머러스하고, 그 웃는 얼굴 뒤로 부단히 노력하여 근면하게 쓰는 사람, 저로서는 부럽기만 한 이름 있는 문학상을 수상한 작가이면서도 생활의 간난신고, 쓰기의 간난신고로 솔직하게 신음하는 사람이었습니다. 그렇지만 밝게 웃는 순간에는 마치 꽃이 피고 해가 나는 듯 주위까지 밝아져 나이를 가늠할 수 없는 정말이지 소녀 같은 사람이었지요. 언니가 선생님 이야기를 할 때는 늘 그렇게 소녀 같은 얼굴이었습니다. 선생님을 정말로 존경하고, 늘 깊은,

정말 깊은 애정을 품고 있었어요. 선생님과 언니와 저는 삼각관계다, 이런 농담을 하기도 했지요.

아은 언니를 만난 지는 벌써 12년 정도 됩니다. 제 메일로 갑자기 자기소개와 함께 저를 만나보고 싶다는 연락이 왔어요. 언니의 데뷔작인 한겨레문학상 수상작 《모던 하트》를 흥미롭게 읽었고, 그 후 《잠실동 사람들》을 읽고 한국문학에서 박완서의 자리는 바로 이 사람이 이어받을 것이다, 라고 주변에도 떠들고 다니던 중이었으니 그런 초대를 거절할 이유가 없었지요. 하지만 그게 참 용감한 일이었단 걸 지금에야 실감합니다. 일면식도 없는 사람을 만나보고 싶다는 생각이 든다는 이유로 만나자는 이야기를 하는 것은, 사실 굉장히 용기가 필요한 일인 것 같습니다. 저는 그런 용기가 없어서 무척 부럽기도 했습니다. 그러고 보니 선생님도 벌써 16년 전, 당시 비서를 통해 뜬금없이 저를 만나고 싶다는 연락을 해오셨죠. "강준만 교수가 늘 남 욕을 하는 걸 보다가 어떤 칼럼에서 누굴 좋게 말하는 것은 처음 봤다. 그래서 만나고 싶다"라니, 재미있는 것을 보면 사족을 못 쓰는 저는 그런 재미있는 이유를 참을 수 없었기 때문에 기꺼이 선생님을 뵈러 갔습니다. 그러고 보니 살면서 그런 식으로 저를 만나고 싶다고 부딪혀온 사람은 선생님과 아은 언니, 이렇게 두 분뿐입니다.

지난 한여름 선생님 댁에 갔을 때, 늘 아은 언니와 셋이 선생님 댁 식탁에 앉아 이야기를 나누는 데 익숙해져 있다가 그 완벽한 삼각형에서 한 꼭짓점이 빠지고 선생님과 둘만 있는 시간이, 언니의 빈 자리가 얼마나 크게 느껴지던지요. 우린 항상 완벽한 삼각형, 삼위일체 그 자체였는데 말이에요. 마지막으로 선생님과 언니를 함께 만난 것이 즐거운 자리여서 더욱 그랬던 것 같습니다. 한겨울, 계엄 때문에 분위기가 좀 흉흉하긴 했지만 선생님 생신 축하 자리를 겸한 회동으로 제가 가져온 케이크를 살뜰하게 잘라 이 사람 저 사람에게 세심하게 챙겨 나누어주던, 작은 새처럼 바지런한 언니의 몸짓이 아직도 눈에 선합니다. 아은 언니가 떠나고 나서 선생님 댁에 거의 반년이 넘도록 가지 못한 것은, 언니가 늘 앉아 있던 그 자리가 비어 있는 것을 눈으로 직접 보기가 두려웠기 때문이었습니다.

물론 저는 장례식도 갔고 화장장도 따라갔고 재가 된 언니가 유골함에 담겨 있는 모습도 보았습니다. 아직도 따뜻한 유골함을 어루만지며 거짓말일 수도 있어, 언니 어디 감췄어, 하고 누구에게라 할 것 없이 소리치고 싶었습니다. 언니가 떠났다는 소식을 전했을 때 선생님은 제게 전화로 분하다, 화가 난다, 라고 하셨죠. 누가 들으면 가까운 이의 죽음에 대한 반응으로는 이상한 것일지 모르지만, 저도 똑같이 그랬습니다. 물론 슬픔이 먼저였습니다. 하지만 무엇보다 분했습니다. 그렇게 한순간에 우리를 떠나다니요. 그 미소와 새가 지저귀는 듯 경쾌한 목소리와 다감한 대화들이 바로 어제 일처럼 선연히 가슴에 새겨져 있는데 이렇게 한순간에 우리에게서 그 모든 것을 빼앗아버리다니요. 그리고 언니의 작품 활동은, 정말 이제부터인데, 이제 그간의 경험을 바탕으로 최고로 좋은 책을 쓸 수 있는 시기에 진입했다고 생각했는데 다시는 아은 언니의 글을 읽을 수 없다니. 억울했습니다. 분했습니다. 따지고 싶었습니다. 원망스러웠습니다. 원통했습니다.

정신을 차리고 보니 언제나 언니와 함께 셋이 선생님 댁 식탁에 앉아 이야기를 나누고 있었기 때문에, 아무리 기억을 더듬어보아도 두 분이 언제 처음 만나게 되었는지는 생각이 나질 않습니다. 제가 소개해드렸던가요? 언니가 들뜬 목소리로 선생님의 《아웅산 테러리스트 강민철》이 너무나 훌륭한 책이라고 상찬을 거듭하던 기억은 뚜렷합니다. 늘 세 사람이 함께였던 듯 느껴지는 걸 보니, 아은 언니는 그렇게 봄비나 물안개처럼 고요하고 은은하게 스며드는 사람이었습니다. 그렇게 스며들어 잊을 수 없게 하는 사람이었습니다.

언니가 떠나고 나서 저는 미친 듯이 언니가 쓴 책들을 죄다 다시 읽었습니다. 물론 모두 몇 번씩 읽은 책들이었지만 되풀이해서 계속 읽었습니다. 언니가 떠났다는 것을 믿을 수가 없어서, 언니가 세상에 남긴 것들을 붙잡고 있으면 언니가 조금이라도 더 세상에 남아 있을 것만 같아서, 언니의 글자들을 붙들면 조금 더 붙들려 있어줄 것 같아서, 언니를 조금이라도 더 느낄 수 있을 것 같아서, 그렇게 책들을 거의 광기 어린 슬픔에 사로잡혀 읽은 다음에는 언니를 아는 사람들을 만나고 싶었습니다. 사람들에게 묻어 있는 언니의 조각들이라도 얻고 싶었어요. 하지만 선생님이 아시다시피 저는 워낙 칩거해 사는지라 인간관계도 협소하고 작가 친구는 언니 단 한 사람뿐이었기에 그런 만남을 갖는 것은 쉽지 않았습니다. 혼자 그리움을 껌처럼 질겅질겅 씹다가, 아은 언니가 생전에 사랑했던 편집자 분과 슬픔을 약간은 나눌 수 있었지만, 마음이 워낙 쪼그라들어 있던 터라 그분께 연락하는 것이 폐가 되지 않을까, 하며 내향형 인간은 더더욱 어두운 동굴처럼 슬픔으로 가득한 직육면체 상자 안에 멍하니 앉아 있었습니다. 위를 보아도 아무것도 보이지 않았어요.

이제는 언니가 우리 곁을 떠났다는 것을 받아들일 수밖에 없는 지금, 간절한 마음으로 선생님께서 가지고 계신 언니의 조각을 나눠 받고 싶습니다. 두 분이 언제 처음 만나셨는지 기억하시는지요? 어떠한 자리였나요? 아은 언니의 첫인상은 어떠했나요? 언니는 선생님께 어떤 사람이었나요? 언니의 글들을 읽으며 어떤 생각을 하셨나요? 언니와 어떤 이야기를 할 때 즐거우셨고 어떨 때 인상적이었나요? 정아은이라는 사람은 어떤 사람이었는지, 선생님의 조각과 저의 조각을 맞춰서, 언니를 세상에 조금 더 잡아놓고 싶은, 어리석고 또 어리석은 소망을, 저는 아직도 품고 있습니다.

*

현진에게

고인이 된 정아은 작가에 관한 기억을 펼쳐놓은 글을 잘 보았습니다. 그 기억 중 저도 그 삼각형의 꼭짓점 한 귀퉁이를 차지하고 있었기에, 새삼 고인에 관한 생각을 하게 되었습니다. 세상을 오래 살다보면 가까운 육친이나 학교 시절의 동창생 같은 경우 말고도 아주 많은 사람들을 만나게 됩니다. 대부분은 자신이 종사하는 일과 관련된 분들이지요. 그러나 특별히 개인적인 관심 때문에 만나게 되는 분들도 있습니다. 사실은 제게도 매우 드문 일로, 일생에 몇 차례나 그런 경우가 있었나 생각해보면 그다지 기억이 나지 않을 정도입니다.

그래서 두 분과의 만남은 아주 특별한 것이었습니다. 제가 먼저 현진을 알았고, 그 인연을 시작으로 10여 년도 전에 《가장 사소한 구원》이라는 책을 함께 썼지요. 현진이 인생에게 너무나 심한 고통을 받고 있을 때 서로 편지를 주고받았던 것이 엊그제 같습니다. 저에게 정아은 작가를 만나게 한 것은 바로 현진이었습니다. 현진이 소개하지 않았더라면 업무 분야라거나 관심이 겹치는 일이 정 작가와는 없었으니 평생 만날 기회가 없었겠지요. 처음 만났을 때 아들들과 함께 읽고 있다며 《아웅산 테러리스트 강민철》에 대해 진지한 얼굴로 열성을 다해 감상을 이야기하던 모습을 기억합니다. 그렇게 몇 차례 만나서 이야기를 나누어가면서, 정아은 작가는 제가 늘 특별히 마음이 쓰이는 사람, 그런 몇 안 되는 저의 지인 중 한 사람이 되었습니다.

정아은 작가의 작품들을 읽으면서, 이 작품들은 대부분 우리가 살고 있는 현실의 문제들에 진지하게 천착하고 있다는 생각이 들었습니다. 그래서 몇 년 전, 현진이 이야기했던 제 집의 식탁에 앉아 정아은 작가가 전두환의 전기를 쓰겠다는 이야기를 했을 때 현진은 무슨 그런 소리를 하냐고 질색팔

색을 했지만, 저는 정 작가가 그런 저술을 하려는 의미를 자연스럽게 받아들일 수 있었습니다. 그 후 그는 정말로 그 방대한 작업에 들어갔고, 글을 쓰는 도중 저에게 간혹 자문을 구해왔습니다. 그럴 때마다 제가 역사적으로 알고 있는 사실 혹은 그것은 이런 의미였을 것이다, 라고 정치공학적으로 생각했던 것들을 기억의 창고에서 꺼내 정 작가의 질문에 대답하기 위해 노력했습니다. 그리고 제가 해줄 수 없는 특별한 이야기를 정 작가에게 해줄 수 있는 분들을 만날 수 있도록 마음을 썼습니다. 이를테면 저보다 전두환 씨를 잘 아는 분들이나 그 측근에 있었던 분들을 제 인맥이 닿는 대로 소개하여 정 작가가 인터뷰 등을 통해 원하는 정보를 얻을 수 있기를 바랐지요. 물론 정 작가에 대한 인간적 호감으로 그러하기도 했지만, 무엇보다 '전두환 전기'라는 이 저술은 역사적으로 큰 의미가 있겠다고 생각했기 때문이었습니다.

그 방대한 작업을 마무리한 후에도 정아은 작가는 출간 전에 저의 의견을 구했고 저는 내용이 대체로 괜찮다고 평했었지요. 작가로서 갖는 날카로운 문제의식과 딱딱하지 않고 기품 있게 이어지는 문장들을 보며 앞으로 더욱 큰 작가가 되겠구나, 생각했습니다. 정 작가와 출판사에서 제게 이 책의 추천사를 써주기를 부탁했는데, 물론 기꺼이 썼습니다. 이 책

《전두환의 마지막 33년》은 우리 현대사에 폭군으로 기억되는 인물의 안팎을 함께 살펴본 의미 있는 시도였습니다. 역사적으로 의미 있는 이런 시도는 앞으로도 꾸준히 계속되어야 하지 않을까, 라는 생각까지 했었지요. 출판도 일정 이상의 성공이었다고 들었습니다.

그런데 하필 정아은 작가는 당시 어려움을 겪고 있었던 것 같습니다. 저에게 해온 이야기들을 보면 괴로움이 많았습니다. 그러나 나는 이런 일을 문인들이 흔히 겪는 거의 일상적인 일이려니, 작가라는 것은 참 배고프고 힘이 드는 일이구나, 정도로 치부해버리고 크게 마음을 쓰지 않았습니다. 사실은 정아은 작가가 본인의 어려움에 관한 이야기를 하면서도 가벼운 표현을 쓰며 유쾌하게 말하다가 또 활짝 웃는 장난스러운 모습이어서 더욱 크게 심각히 여기지 않았습니다. 생전에 좀 더 말을 걸고 좀 더 손을 내밀 것을. 그래서 갑작스러운 비보를 받고 한동안 제대로 반응도 하지 못했습니다. 해외 출장 중이라 장례식에 참석하지도 못해서 제게는 더욱 실감이 나지 않는 것 같습니다.

지금도 정아은 작가를 생각할 때마다 그리움이 바위처럼 마음을 짓누릅니다. 현진과 정 작가와 마지막으로 만났을 때는 모든 사람이 새해를 기약하고 즐거워하는 크고 작은 축제 분위기의 계절이었는데, 그런 환경에서도 쓸쓸히 글을 쓰고 또 썼겠구나, 하고 종종 생각합니다. 저도 현진이 그랬던 것처럼 정 작가의 저술을 다시 한번씩 읽어보면서 고인의 삶과 하고자 했던 일 등에 대해서 생각해볼 시간을 갖고자 합니다. 혹 함께하실 분이 계실지 기대해봅니다. 우리가 그렇게 정아은 작가에 대해 이야기하는 동안만큼은, 그는 우리 곁을 떠난 것이 아니니까요.

현진, 그리고 정아은 작가를 그리워하는 많은 분들이 조지 엘리엇의 글을 보고 조금이나마 위로가 되길 바랍니다.

우리가 죽은 이들을 잊지 않는 한 그들은 죽은 것이 아니다.

정아은 작가를 기억하는 사람이 이리도 많으니 그의 영혼은 우리와 함께 있을 것입니다. 정 작가의 책 《고전에 무릎 꿇다》(전자책, 2024)에 그의 목소리가 들리는 곳이 있습니다.

그때 나는 어디 있을까. 육신을 떠난 내 영혼은 어디를 거닐고 있을까.

육신을 떠난 그의 영혼이 부디 너무 멀리 가지 말고 가끔 우리 셋이 앉아 있던 그 식탁으로 와주길 바라는 간절한 마음이 늘 있습니다.

그러나 언젠가 셋이서 또 함께 앉을 날이 올 것입니다.
용기를 내세요.
우리는 분명히 다시 만나서 함께 앉아
아무 고통 없이, 괴로움도 없이
오로지 재회의 기쁨으로 흠뻑 충만하여
오래도록 이야기를 나눌 것입니다.

라종일 드림

홍대 앞 집엔, 그녀가 산다

조영주

그녀는 나비가 되었다고 한다. 겨울밤에만 가끔 볼 수 있는 붉은 수정을 닮은 작고 가냘픈 나비가.

*

그녀를 처음 만난 건 홍대 앞 플리마켓에서였다. 그녀는 플리마켓에서 귀걸이를 팔고 있었다. 나는 여자친구에게 줄 선물을 찾고 있었다. 여자친구는 작은 선물을 좋아했다. 특별히 생일이거나 기념일이 아닌, 아무 날도 아닐 때 받는 선물을. 나는 그런 여자친구에게 선물하는 걸 좋아했다. 여자친구가 나를 보고 함박 웃을 때마다 생기는 보조개가 마음에 들었다. 필쩡을 끼고 좌판을 내려다보자니, 그녀가 말을 걸어왔다.

"여자친구 줄 거죠?"

이 말을 걸어왔을 때, 나는 그녀의 눈이 아닌 눈썹을 보았다. 자연스러운 곡선, 다듬은 것 같지 않은 눈썹과 그 아래 쌍꺼풀 없이 좌우로 긴 가느다란 눈이 잘 어울렸다. 나는 그녀의 눈썹에 시선을 고정한 채 말했다.

"어떻게 아셨어요?"

"아마 이게 좋을 거예요."

그녀는 대답 대신 내가 거들떠도 보지 않던 로즈골드 나비 귀걸이를 골라주었다. 내 생각엔 그것보다 무슨 보석 같은 게 박힌 화려한 금빛 귀걸이가 여자친구에게 어울릴 것 같았다. 하지만 그녀는 이걸로 해야만 한다고, 그래야만 여자친구가 좋아할 거라고 강하게 말하며 눈썹을 살짝 찡그렸고, 나는 그녀의 조곤조곤한 말투보다 눈썹의 움직임에 뭔가 홀린 듯 설득당했다.

결과적으로 그녀의 말은 옳았다. 잠시 후 근처 카페에서 만난 여자친구는 그녀가 귀걸이를 상자에 포장한 방식부터 종이함을 열자 나타난 작은 로즈골드 빛 나비 귀걸이까지 모두 마음에 들어했다.

"오빠! 나 로즈골드 좋아하는 거 기억하고 있었어?"

"으응, 물론이지."

나는 슬그머니 시선을 돌렸다. 그러자 여자친구는 수상하다는 표정을 지었다.

"뭐야, 기억 못하고 있었잖아?"

괜히 8년이나 사귄 게 아니다. 여자친구는 내 거짓말할 때의 버릇을 잘 알고 있었다.

"이거 오빠가 고른 거 맞아? 나 몰래 바람이라도 피운 거 아냐?"

"바, 바람이라니 무슨 소리야. 방금 약속 시간보다 일찍 와서 놀이터 플리마켓 갔다가 추천받아 산 거야. 진짜야. 게다가 나는 이거 아니고 다른 거 사려고 했어. 금색에 투명한 보석이 약간 무지갯빛으로 번쩍거리는 그런 거."

"아, 믿기네."

여자친구는 나의 말에 바로 납득했다.

"오빠 센스면 그게 맞지. 반짝이는 지르콘에 촌스러운 황금색. 하지만 난 싫어하는 그거."

평소의 나라면 여자친구의 빈정거림에 울컥했겠지만 이 순간은 달랐다. 여자친구의 말에 그녀의 찡그리던 눈썹을 떠올린 탓이었다.

그녀의 눈썹은 와이파이 같은 것이었을까. 저 멀리, 여자친구의 속내를 알아내는 와이파이. 눈썹을 살짝 찡그려 여자친구의 속내를 알아낸 후 내게 강하게 추천한 것이었을 수도. 그렇게 생각하자 연이어 머릿속에 이런 생각이 떠올랐다. 어쩌면, 지금 이 순간, 내가 그녀의 눈썹을, 가늘고

긴 눈과 조곤조곤 말하던 작은 입술을 떠올린 것을 알아채고 눈썹을 살짝 찡그리거나 눈썹꼬리를 부드럽게 내리며 웃고 있을지도 모른다고. 그래서 아마 나는 다음 날인 일요일 혼자 다시 홍대 플리마켓을, 그녀를 찾은 것일지도 몰랐다. 그녀가 정말 내 생각을 했나 궁금해서.

일요일에도 변함없이 그녀는 같은 자리에서 좌판을 깔고 또 나비 귀걸이를 팔고 있었다. 그녀 앞에는 한 남자가 서 있었다. 남자는 어제의 나처럼 뚫어져라 그녀의 나비 귀걸이를 보고 있었다. 그녀는 나에게 그랬듯이 남자에게 다가갔다. 뭔가 말을 시켰다. 이번에도 그녀는 눈썹을 꿈틀거렸고, 남자는 놀란 표정을 지었다.

나는 그녀가 내게 그러했듯이 여자친구의 취향에 적중한 귀걸이를 골라주었으리라 생각했다. 다음으로 일어날 일은 남자가 계산을 하는 것이리라. 하지만 뜻밖에도 그녀는 갑자기 짐을 꾸리기 시작했다. 구경을 하던 남자는 그런 그녀를 열심히 도왔고, 둘은 함께 그 자리를 떠나 걸어갔다.

이때 나는 왜 그들을 쫓았을까. 지금 생각해보면 잘 이해가 되지 않는다. 아마도 그건 그녀의 걸음걸이가 어딘지 모르게 땅에 닿을 듯 말 듯 하늘거리는 나비를 연상시킨 반면, 남자의 걸음은 지네와 같다 느낀 탓이리라. 나는 지네가 나비를 잡아먹을 것 같다는 두려움을 느꼈다.

그녀와 남자는 벌집 같은 홍대의 골목을 따라 걸었다. 나는 그들과 거리를 두고 걷다가 얼마 안 가 놓쳤다. 분명 여기 어딘가로 그녀와 남자가 들어갔을 것 같았다. 나는 근처의 카페를, 일본 가정식 음식점을, 지금 막 문을 연 사케집을 기웃거렸지만 그녀와 남자는 보이지 않았다. 대체 그들은 어디로 간 걸까. 나는 이 물음에 사로잡혔다. 그날 밤 꿈을 꿨다. 꿈속에서 나는 그녀를, 정확히는 그녀의 눈썹을 만났다. 그녀의 눈썹은 꿈틀거리다 못해 날아올랐다. 날아오른 그녀의 눈썹은 한 마리의 나비로 변했다. 검고 가는 그 나비는 흔들거리며 하늘을 날았다. 하늘을 나는 나비를 따라 내가, 또 낮에 보았던 한 남자가, 또 다른 남자들이 뭔가에 홀린 듯 나비의 뒤를 따랐다. 꿈의 기억이 이렇듯 생생한 이유는 다음 날에도, 또 다음 날에도 이 꿈을 연달아 꾼 탓이었다. 그래서 아마도 나는 그다음 날에, 다시 홍대 앞 플리마켓을 찾았으리라. 그녀에게 묻고 싶었다. 어쩌면 정말 내 꿈에 다녀간 것이냐고. 당신의 눈썹은 나비냐고.

세 번째 찾은 플리마켓, 그녀는 역시 나비 귀걸이를 팔고 있었다. 이번에는 아무도 그녀의 앞에 서 있지 않았다. 그녀는 심드렁했고, 나는 그녀의 그런 표정을 깨고 싶어 다가갔다. 그녀는 내가 눈앞에 와서 섰는데도 관심을 보이지 않았다. 핸드폰만 들여다봤다. 나는 그녀가 핸드폰으로 누군가와 대화를 하고 있다고 상상했다. 상대는 어제 사라졌던 남자일 것이다.

"로즈골드 좋아했어요."

내 말에 그녀는 고개를 들었다. 잠시 의아한 표정을 짓더니 생긋 웃었다.

"아. 여친 선물."

"네."

"그랬군요. 일부러 전해주지 않아도 되는데."

그녀는 다시 핸드폰으로 시선을 돌렸다. 여전히 내게는 관심이 없었다. 나는 왠지 안달이 나서 다시 한번 말했다.

"또 추천해주실래요?"

"여친 선물?"

"아뇨. 헤어졌어요."

"진짜?"

"네."

그녀의 눈썹이 꿈틀거렸다. 내 거짓말을 눈치챘을까. 나는 애써 그녀의 눈썹을 무시하고 말했다.

"엄마 선물 뭐 좋은 거 없을까요?"

"나비는 엄마한테 좀 그런데."

"왜요?"

"제가 파는 나비는 불륜을 상징하거든요."

"진짜 그런 뜻이 있는 거예요? 아니면 지어낸 거예요?"

그녀는 대답 대신 그저 웃기만 했다.

"그런 나비를 여친 주라고 했어요?"

"뜻을 모르면 상관없잖아요."

"그럼 지금은 왜 말했어요?"

"엄마 선물이라니까."

그녀는 내 거짓말에 조금 전처럼 묘하게 웃더니 아무렇지 않게, 대화를 이어가려는 듯 덧붙여 물었다.

"혈액형이 뭐예요?"

"네?"

"혈액형이 뭐냐고요."

"에, 에이형이요. 알에이치플러스고요."

"그렇구나."

그녀의 눈썹이 살짝 처졌다.

"그건 왜 물어보는데요?"

"그냥요."

그녀는 손을 들어 대충 좌판을 훑더니 수많은 나비들 사이에서 몇 개 안 되는 그믐달 모양의 귀걸이를 찾아 보여주었다.

"엄마한테 이거 갖다드리세요."

"이건 뭐, 의미가 없나봐요?"

"제 기준에서는."

나는 그렇게 또 귀걸이를 샀다. 물론 엄마에게 줄 생각은, 여자친구에게 줄 생각은, 없었다. 나는 이 귀걸이를 내 자취방 원룸 침대 옆 스탠드에 걸어놓았다. 늦은 밤, 은은한 스탠드 불빛에 빛나는 그믐달 귀걸이는 묘한 느낌이 났다.

처음엔 왜 그런 느낌이 나는지 몰랐다가 침대에 모로 누웠을 때 깨달았다. 옆으로 보니 그것은 그녀의 눈썹을 닮아 있었다. 내 모든 것을 꿰뚫어 보는 듯한, 꿈속에서 검은 나비로 등장한 그녀의 눈썹을.

이제 매일 밤 나는 잠들기 전 그믐달 귀걸이를 보았고, 일어나서도 다시 그믐달 귀걸이를 보았다. 그때마다 그녀가 보고 싶어졌다. 그녀에 대한 마음은, 꿈속 검은 나비에게 홀린 듯 좀비처럼 걸어가던 내 모습과 꼭 닮아, 실생활에도 영향을 미쳤다. 그 주 토요일, 여자친구와 1박 2일 함께 있는 내내 계속 그녀를 생각했고, 헤어지자마자 바로 일요일 저녁, 또 홍대 앞 플리마켓을 찾았다. 그곳에서 나는 또 하필 그녀가 심각한 표정의 남자와 무언가 대화를 하다가 좌판을 접고 가는 것을 목격했고, 조금 거리가 있어 그녀의 대화를 정확히 들을 수는 없었지만, 그녀의 질문만큼은 또렷이 들을 수 있었다.

"혈액형이 뭐예요?"

이날도 나는 그녀와 남자를 놓쳤다. 하지만 그녀가 던졌던 질문은 머릿속에 완벽하게 박혀버렸다. 혈액형이 뭐예요, 혈액형이 뭐예요, 혈액형이 뭐예요…… 대체 그게 무슨 암호라도 되는 걸까. 왜 그 질문을 한 후 그녀는 눈썹꼬리를 내렸을까. 왜 어떤 남자는 함께 가고 어떤 남자는 함께 가지 않는 걸까. 나는 그 질문의 의미를 알아내지 못하면 아무 일도 못할 것 같은 기분이 들기에 이르렀다. 그래서 다음날은, 무려 월요일인데도, 회사에는 아프다고 병가를 낸 채 아침부터 홍대를 찾고야 말았다. 그녀는 지금 막 좌판을 깔고 있었다. 나는 그녀에게 다가갔다. 그녀는 나를 보고 살짝 놀란 표정을 지었으나 바로 다시 나를 사로잡았던 미소를 지으며 말했다.

"또 귀걸이 사려고요? 여친 선물?"

"여친 헤어졌다니까요."

"그럼 왜?"

"저기요. 저는 왜 안 돼요?"

"무슨, 말씀이세요?"

"제가 토요일부터 지켜봤는데요, 혈액형이 뭐냐고 묻고 나서 남자들이랑 갔잖아요. 그런데 그거 왜 나는 안 되는데요?"

그녀는 어이가 없다는 표정으로 피식 웃었다.

"그게 그렇게 궁금하세요?"

"네."

"제 타입이 아니세요. 됐어요?"

"네?"

"귀걸이 살 거예요?"

"아니, 그……"

나는 할 말이 없었다.

"가세요."

갑갑했다. 하지만 그녀의 질문에 더 뭐라고 덧붙여야 할지 알 수 없었다. 나는 결국 어제와 마찬가지로 근처에 숨어서 그녀를 지켜보는 수밖에 없었다.

그녀의 좌판은 생각보다 훨씬 인기가 많았다. 많은 사람들이, 특히 커플들이 그녀의 좌판에 왔고, 대부분 커플 중 남자가 귀걸이를 골랐다. 그것 역시 기이한 장면이었다. 어째서 직접 귀걸이를 할 여성이 아닌 남성이 고르는 걸까? 여성들은 왜 그런 남성의 선택에 불만을 표하지 않을까? 물론 이런 남자에게는 그녀도 혈액형이 뭐냐고 묻는 일은 없었다.

이날은 혼자 오는 남자 손님이 도통 없었다. 나는 약간 아쉽기도 하고, 기분이 좋기도 했다. 밤이 되어 좌판을 걷을 시간이 되었을 무렵에야 한 남자가 나타났다. 그 남자는 나이가 지나치게 많았다. 내 아버지 또래, 아니 그보다 더 많아 보였다. 그 남자를 보자마자 나는 설마 저 남자 때문에 좌판을 닫지는 않을 거라고 생각했다. 하지만 그녀는 무언가 질문을 했고, 아마도 내가 짐작하기로 그것은 "혈액형이 뭐예요?"였고, 그녀는 또 그 남자의 대답에 좌판을 닫았다.

다른 남자들은 그녀가 좌판을 닫을 때 거들 기력이 있었지만, 이 남자는 달랐다. 따라 하는 시늉도 내지 못했고, 걸을 때는 그녀에게 살짝 기댄 채 천천히 움직여야 했다. 그래서 속으로 더 열불이 났다. 저 남자는 되는데 나는 안 되는 게 대체 뭐란 말인가? 설마 정말 혈액형? 그래도 딱 하나 좋은 게 있었다. 남자의 걸음이 느린 덕분에, 이번에야말로 나는 그녀의 집을 알아낼 수 있었다.

그녀는 지난번 그 골목으로 향했다. 카페를 지나, 일본 가정식집을 지나, 카레집 옆 골목으로 들어갔고, 그로부터 두 번째 빌라 반지하로 향했다. 얼마 지나지 않아 빌라 반지하 창에 불빛이 들어왔다. 몸을 숙이면 길가에서도 안이 들여다보일 그곳이 그녀의 집인 모양이었다. 그리고 아마도, 그녀와 그 남자는, 그리고 또 다른 남자들은 저 집에서…… 내 머릿속에 결코 그럴 리 없다는 생각이 들면서도 확신에 가까운 의심이 뭉게뭉게 뿜어져 나오기 시작했다.

나는 알고 싶지 않으면서도 알고 싶다는 생각으로 최

대한 남들의 의심을 사지 않도록 통화를 하는 척 핸드폰을 든 채 살금살금 빌라 반지하 창으로 다가갔다. 담배를 피우는 척 쭈그리고 앉아 창문에 귀를 기울였다. 그런 내 귀에 아주 낯익은, 나와 여친이 내 원룸 자취방에서 만날 때 자주 내던 그 소리가 들리고야 말았다.

정말, 정말인가. 정말로, 정말로 그런 건가. 나는 실망했다. 동시에 대체 그놈의 혈액형이 뭐기에 나는 안 되고 다른 남자들은 모두 되는 건가, 어째서 방으로 데려가는 건가, 이해가 되지 않는 것을 넘어서 이젠 화가 났다. 나는 단 한 번도 그녀의 소유인 적이 없었고, 그녀는 내 소유인 적이 없었다. 우리는 그저 귀걸이를 사고 판 사이에 불과했는데도 나는 그녀에게 집착했고, 배신당했다고 느끼고 있었다.

한 시간 후 남자가 비틀거리며 나왔다. 그녀는 배웅을 나오지 않았다. 나는 남자가 카레집을 지나쳐 골목에서 사라지는 것을 확인한 후 반지하 계단을 내려갔다. 하나, 둘, 셋, 넷, 다섯, 여섯, 정확히 여섯 계단을 내려가자 그녀의 집 B01호였다. 나는 심호흡을 크게 한 후 벨을 찾았다. 벨은 없었다. 어쩔 수 없이 문을 두드렸다.

누구냐고 물으면 뭐라고 할까 고민했다. 사실 문이 열려도 뭐라고 해야 할지 몰랐다. 다행히 그녀는 아무것도 묻지 않고 문을 열어주었다. 어쩌면 그녀는 내가 조금 전 왔다

간 나이 든 남자라고 착각한 것일지도 몰랐다. 나는 그녀가 문을 열자마자 활짝 문을 젖혔다. 쾅 소리 나도록 벽에 문이 닿게 한 후 말했다.

"왜죠?"

"네?"

"왜 저는 안 되고 다른 사람은 되죠? 왜냐고요?"

"당신은 혈액형이 다르니까요."

"그게 왜 문제가 되는데요?"

"당신은 내가 사랑하는 사람과 혈액형이 다르니까."

그녀의 눈썹이 살짝 올라갔다.

"내가 사랑하는 남자는 혈액형이 오형이에요. 나는 그 남자의 아이를 갖고 싶어요. 그래서 오형 남자들과 자고 있어요."

아무리 생각해도 이해할 수 없는 말이었다. 사랑하는 남자의 아이를 갖고 싶은데, 오형 남자들과 자고 있다는 게 무슨 소리인가?

"저기, 잘 모르시는 거 같은데 DNA라는 게 있어요. 친자감별법이라는 게 있다고요. 혹시라도……"

"알아요. 그 남자도 나도."

"알아요? 둘 다? 그런데도 그런 소리를 해요?"

"네. 우린 둘 다 알아요. 하지만 시어머니가 모르시거든요. 어떻게든 애가 생기길 바라시거든요."

"잠깐만요. 남편이 있다고요? 아니, 남편이 있는데, 남편이 무정자증이라는 건가요? 어떻게든 애를 만들어 시어머니에게 보여주려고 이러고 있다고요?"

"네."

"왜요?"

"사랑하니까. 우린 다시 같이 살고 싶으니까."

"허."

"그만 돌아가줄래요? 곧 남편이 올 시간이에요."

"남편이 여기 온다고요?"

"남편은요, 내가 다른 남자랑 섹스를 하는 날엔 꼭 와요. 날 정화시켜줘요. 번데기가 나비가 되듯 그렇게 나를 새롭게 만들어줘요."

"아니, 제가 정말 이해가 안 돼서 묻는 건데요, 왜 저한테 이런 말을 하시는 거예요?"

그녀는 살짝 웃었다.

"글쎄요?"

나는 그 웃음에 순간 이상한 기분이 들었다. 동시에 지금 들은 이야기가 그냥 나를 쫓아내려고 꾸민 이야기가 아닌가 싶은 생각이 들었다.

"혹시 지금 한 이야기 다 거짓말이에요?"

그녀는 다시 한번 빙그레 웃더니 이렇게 덧붙였다.

"남편이 올 시간이라서, 이만 가주시겠어요?"

이 말에, 그녀의 말에, 물러났다면 어떻게 됐을까. 하지만 이때의 나는 말 그대로 뭔가에 홀린 기분이었기에, 문을 닫으며 그녀의 집 안으로 들어갔고, 그녀는 묘한 미소를 지으며 나를 바라보았고, 나는 방금 그녀가 다른 남자를 안았을 것이 분명한 매트리스 위에 그녀를 넘어뜨렸다.

한참 그녀의 몸을 탐해 내 수컷이 사그라든 것을 느꼈음에도 나는 그녀에게서 빠져나올 수 없었다. 지금 이 순간 그녀의 몸에서 떨어진다면 말도 안 되는 일이 일어날 것 같다는 공포가 밀려들었다. 그 공포는 반지하 창문으로 가끔 스며드는 누군가의 발소리, 웃음소리, 그리고 자동차 헤드라이트 불빛과 같았다. 그래서 아마 나는 그녀를 꼭 끌어안은 채 이렇게 물었으리라.

"남편 안 왔네."

나는 왠지 반말을 하고 있었다.

"왔을 거야."

"하지만 이 꼴을 보면 가만둘 리가 없잖아. 누가 다른 남자랑 자고 있는 여자를 그냥 두고 봐."

"그런 남자도 세상엔 있어."

"역시 거짓말이지? 내가 뭔가 마음에 들지 않아 그러

는 거지?"

그녀는 또 미소를 지었다. 그녀의 입에서 비린내가 나는 것만 같았다. 가만히 보니 그녀의 입술에서 실과 같은 흰 것이 묻어 나오는 것도 같았다. 한참 후에 모든 것이 지나고 생각해보니 그것은 그녀가 내 수컷을 입으로 탐한 흔적이었다. 하지만 이 순간 내 눈에는 그것이 어쩐지, 번데기가 껍질을 벗고 나비가 될 때 흘러나오는 진액처럼 보였다.

결국 내가 그녀에게서 떨어진 것은 그녀가 잠이 든 후였다. 나는 잠이 든 그녀의 얼굴을 바라볼 자신이 없었다. 그리고 그녀가 내게서 등을 돌린 채 모로 누운 것 역시 보기 두려웠다. 반지하 창문으로 들어온 불빛에 그녀의 등 그림자가 마치 나비의 날개처럼 길게 드리워진 탓이었다. 이제 나비가 되어버린 번데기는 더는 아무것도 필요가 없었다. 그 자체로 너무나 아름다웠기에.

나는 나비를 방해하고 싶지 않았다. 뭔가에 홀린 기분이 들어 집을 나섰다. 반지하 계단을 올라왔다. 그대로 그곳에서 지켜 서서 정말 그녀의 남편이라는 작자가 오나 안 오나 확인하고 싶은 마음도 있었으나, 그러지 않기로 했다.

그녀의 남편이 진짜 온다면 나는 허탈해질 것이고, 그녀의 남편이 오지 않는다면 그렇게까지 엄청난 거짓말을 해서 날 속이려 했다는 사실에, 허무함에 빠질 것이었다. 다만 그럴 뿐인 것이다. 그러니 이곳에서 내가 시간을 아무리 보내도 앞으로 아무 일도 일어나지 않을 것은 확실했다. 차라리 이대로 두는 게 나았다.

나는 골목을 터덜터덜 나오며 핸드폰을 손에 들었다. 여친이 니무 보고 싶었다. 현실로 돌아가고 싶었다.

작가의 말
나비는 세 가지 모습으로

정아은 작가님을 기리는 책을 낸다는 말에 무턱대고 쓰겠다는 말을 했습니다만, 구체적으로 이거다 싶은 주제는 떠오르지 않았습니다. 그런데 지난 2025년 4월 탄핵 직후 출간된 소설집 《우리의 연애는 모두의 관심사》를 읽고 나니, '아, 이것을 써야겠다'는 생각이 단번에 들었습니다.

정아은 작가님은 이 소설집에 작품을 실을 예정이었습니다. 이 책의 주제는 금지된 사랑이었습니다. 정아은 작가님의 작품이 실리지 않은 이 책을 단번에 읽으며, 갑자기 그런 생각이 들었습니다. 아아, 정아은 작가님이 떠나기 전 마지막으로 쓰려고 했던 주제로 이야기를 써보자. 변변찮은 실력이지만, 막연히 이런 이야기를 쓰시지 않았을까, 생각하며 독후감 같은 소설을 써보자, 하고요. 그렇게 써내려간 이야기가 〈홍대 앞집엔, 그녀가 산다〉입니다.

이 글은 무려 21년 전 썼던 영화 시나리오 〈홍대 앞집엔,

그녀가 산다〉의 소설 버전이기도 합니다. 완벽하게 잊고 있었는데 《우리의 연애는 모두의 관심사》에 실린 장강명, 차무진, 소향, 정명섭 작가님의 작품들을 보자니 생생하게 떠올랐습니다. 이런 감각과 정아은 작가님을 생각하며 떠오른 단상들을 모아 응축해보았습니다.

나비는 세 가지 모습으로 생을 삽니다. 애벌레로 기고, 번데기로 붙고, 이윽고 나비로 날아오릅니다. 그것은 홍대 앞집에 사는 그녀의 모습과 꼭 닮은 꼴입니다.

홍대 앞집에 사는 그녀는 기묘하기 짝이 없습니다. 혈액형을 묻고, 그 혈액형이 오형이면 함께 자고, 아니면 맙니다. 얼핏 보기엔 정말 그럴듯한 이유가 있는 것 같습니다만, 사실 아무 이유가 없는 것도 같습니다. 어쩌면 그것은 그저 나비가 되기 위한 본능일지도 모릅니다. 애벌레가 번데기가 되고 나비가 되기 위한 탈피의 수단으로서, 그저 남자를 놀리고 그를 유혹해 하나의 쾌락을 느껴 또 하나의 자신을 영달하려는 것일 수도요. 저는 이런 그녀의 모습을 통해 《우리의 연애는 모두의 관심사》를 읽으며 느낀 감상을 표현하고 싶었습니다.

정아은 작가님과의 만남은 그리 길지 않았습니다. 죽음 역시 짧게 기렸습니다. 작가님을 떠나보내던 날, 저는 평택에서 기차를 타고 올라갔고, 잠깐 빈소에 앉아서 멍하니 있었고, 그러고는 바로 기차를 타고 다시 내려갔습니다. 다른 이들이 함께 맥주를 기울이며 정아은 작가님을 떠나보낼 때, 저는 내려가는 기차 안에서 창밖을 내다보며 저 밤하늘 어딘가로 정아은 작가님이 훨훨 날아가실까 하는 생각을 했습니다. 그렇다면 작가님은 세상에서 제일 아름다운 나비가 되었으면 좋겠다고, 자유로우면서도 기이하도록 특이한 그런 나비가 되었으면 좋겠다고 말이에요.

지금도 저 먼 하늘에서 멋진 글을 쓰고 계실 정아은 작가님을 생각하며, 졸고를 줄입니다.

특약 사항

주원규

1.

서른 평 우리의 보금자리가 텅 빈 것처럼 느껴진 건 두 달 전부터다. 아내가 가출이란 이름으로 집을 나간 게 정확히는 60일째, 하루만 더 채우면 두 달이다.

숫자에 특별한 의미를 부여하고 싶은 마음은 없다. 숫자, 기념일, 의미, 이런 걸 중요하게 생각했던 건 오히려 아내였으니까. 20대 후반에 소개팅으로 만난 그녀는 연애 초기부터 다음 만남은 언제, 몇 시로 할지 세심하게 신경 쓰고, 그 만남의 날짜, 만나는 시간에 의미를 부여했다. 이를테면 여섯 시에 만나게 되면 저녁을 먹는 만남이니 우리가 더한층 친밀해지는 시간으로 간주한다든지, 평일 이른 오후, 이를테면 두 시나 세 시에 만나는 날이 있으면 평범한 일상보다는 더욱 특별한 의미가 부여되는 날로 규정했다.

100일, 200일, 1주년, 1주년 하고도 상반기, 이런 식으로 의미가 규정되었으니 단연 우리 결혼을 위한 프러포즈의 의미도 대단했을 것이다.

그런데, 돌이켜보면 다소 의외의 구석이 발견되곤 했다. 아내는 일반적으로 쉽게 생각하고 넘어갈 수 있는 일상의 약속에는 큰 의미를 부여했지만, 크게 생각하고 받아들임 직한 의미가 생기는 날에는 그야말로 담담했고, 심지어 무심하기까지 했다. 나는 프러포즈를 아내와 나의 인생에서 일종의 정점을 이루는 의식으로 생각했지만, 아내는 다른 소소한 기념일에 비해 큰 이벤트로 생각하지 않았다.

이러한 예외의 정점은 단연 결혼이었다. 결혼식 날짜를 정하고 주례를 부탁할 분을 찾고 결혼식장을 선택하는 일들에 관해서는 꼼꼼하고, 경우에 따라선 지나칠 정도로 까다로웠지만, 정작 결혼식 당일에는 모든 일에 지나칠 정도로 무심했다. 결혼식을 위한 준비, 의미 부여에는 철저했지만, 결혼식 그 자체에 대해선 어떤 희열이나 기쁨도 없는 듯이 철저하게 무관심했던 것이 아내의 특질이었다.

왜 지금 와서, 그러니까 아내가 가출한 지 두 달이 다 되어가는 지금, 그 생각을 하게 되었을까. 이유는 비교적 단순하다. 아내의 가출 이유나 동기를 찾기 위해서다. 뭐든 문제의 근원을 찾으면 해결책도 찾을 수 있을 거란 나의 고질적인 집착에서 비롯된 생각이었지만, 어쨌든 난 그랬다.

그렇게 문제의 원인을 찾아 거슬러 올라가자 문제의 중심이 비교적 수월하게 보였다. 이 집에 이사를 오면서부터 곧 아내와 나 사이의 균열이 시작된 것이다. 그리고 그 균열은 위에 언급한 아내의 특질과 밀접히 관련된 것이기도 했다.

2.

아내는 돈이나 자산 증식엔 아예 관심이 없는 줄 알았다. 소개팅으로 만난 아내와 연애하던 호시절에는 분명 그랬다. 물론 연애 시절에야 상대의 모든 게 긍정적으로 보이니 그냥 지나치고 넘어간 것일 수도 있다. 하지만 결혼 이후, 신혼집을 정하는 과정에서 아내는 부동산이나 미래 계획에 남다른 열의를 보였다. 연애 시절 내가 알던 그 여자인가 싶을 정도였다. 아내의 가치관을 들은 뒤 겪게 된 정서적 차이는 대단했다.

결혼을 결심하고 식을 올리기까지, 우리는 집 문제에 관해 놀라울 정도로 무심했다. 전주 출신으로 평범한 중소기업의 경리로 일하던 아내는 당시 서울 원룸에 살았고, 서울 출신에 10대 대기업에서 평사원으로 근무하던 나는 청년대출을 받아 서울 도봉구의 15평대 주공아파트 전세로 거주하고 있었다. 결혼하게 되면 아내와 내 아파트에서 이른바 신접살림을 시작할 생각이었고, 아내도 당연히 그럴 것으로 생각했다. 그런데 웬걸, 신혼여행 때부터 아내는 우리의 미래 계획을 말하며, 잠실동으로 이사할 것을 주장했다. 주장이라기보단 당위였다. 난 왜 굳이 잠실이냐고 물었고, 그에 관한 아내의 주관은 확고했다.

강남은 너무 시끄럽고 주택가의 느낌이 안 들어. 삼성, 학동도 그렇고. 청담은 좋긴 하지만 집값이 너무 비싸. 우리 형편에 월세로 시작해서 월세로 죽을 수도 있을 듯.

서초는?

법원을 끼고 있어 왠지 무섭고, 집값도 너무 부담스럽고.

그렇다고 왜 잠실이어야 하지? 굳이?

우리 아이도 낳을 거잖아. 자기, 딩크족 아니지?

갑자기 왜 그런 뜬금없는 말을? 아이, 낳아야지. 자기 닮은 예쁜 딸.

맘에도 없는 소리는 치우고. 아이를 키우려면 교육이나 부동산, 모든 측면에서 잠실이 최적화된 곳이란 말이지.

강북은 어떤데?

미안하지만, 도봉구는 아이들 교육 환경이나 부동산 가치가 많이 떨어진다고 생각해. 이거, 절대 지역 비하 아닌 거 알지?

아내는 잠실이란 장소, 그곳이 가진 도시개발의 기한이나 역사적 의미에 민감하게 반응했다. 잠실은 서울의 고도성장과 흐름을 같이하면서도, 어딘가 모르게 졸부 느낌이나 천민자본주의적인 느낌이 나는 강남, 압구정보다는 더 교양을 갖춘 동네라고 힘주어 말했다. 솔직히 잠실이 그 정도 가치와 위상을 지녔는지 공감하기 어려웠다. 그렇다고 아내의 말에 토를 달거나 이의를 제기하고 싶은 마음 또한 없었기에 이사를 준비했다.

결심만으로 도봉구 주공아파트 전세에서 잠실동 아파트 매매로 우상향하는 건 결코 쉬운 일이 아니었다. 전세조차 70퍼센트 대출을 끼고 있는 상황에서 아파트, 그것도 잠실동 아파트를 매매하는 일이었다. 엄청난 대출 이자를 감당해야 하는 막중한 숙제가 기다리고 있었다.

불행인지 다행인지 대출 한도는 제법 괜찮았다. 대한민국 10대 대기업 평사원의 위치란, 그 거대한 조직 구조에서 보면 비참한 카스트제도의 하위 계급에 속하겠지만, 전체적인 시각에서 보면 사회적 성공 가능성이 큰 부류에 드는 법이었으니까. 제1금융권과 제2금융권까지 다 알아보았고, 이른바 '영끌'을 하면 잠실동에 30년 가까이 되는 오래된 복도식 아파트를 매매가의 90퍼센트 대출로 얻을 수 있었다. 내 집 마련의 꿈이 목전까지 왔던 것인데, 그래도 더 좋은 조건을 찾기 위해 발버둥치던 중, 부동산 앱에서 놀라울 정도로 합리적인 가격의 급매 아파트를 발견하기에 이르렀다. 지성이면 감천이란 말이 이런 경우 통하는 걸까, 하는 생각이 들 정도로 반가웠다. 하지만 그 반가움이 뜻 모를 불안의 시작이 될 줄은 몰랐다. 인생도, 시간도, 그 어느 것도 쉽게 알 수 없지만, 그 반가움의 경우는 특별히 그 의미가 더했다.

3.

급매가 진행되는 아파트의 경우 채무·채권 관계가 복잡한 경우가 많다. 대출 이자를 더 감당하지 못하거나 사업자 대출을 얻어 그 담보 부담이 생기는 경우, 이도 저도 아니면 파산이나 개인회생을 신청하는 경우가 대개 그렇다. 급매 아파트여서 시세보다 족히 20퍼센트는 더 싸게 나왔기에 대출이나 복잡한 채권 관계를 애초부터 각오하고 부동산을 찾았다. 하지만 이 급매 아파트는 깨끗했다. 그 흔한 대출조차 없었다.

왜 갑자기 아파트를 급매로 내어놓는 걸까. 하자가 있는 걸까. 무슨 문제가 있는 건 아닐까. 아니었다. 아파트는 비록 28년 된 낡은 복도식 아파트였지만, 그래도 있을 건 다 있었다. 잠실동엔 재건축을 기다리는 구형 아파트가 워낙 많았기에 오히려 재건축 때 혜택을 볼 수 있다는 이점도 있었다.

아내에게 아파트를 보여주었다. 무려 서른 평이었다. 둘이 지내기엔 매우 넉넉하고, 아이가 생겨 세 식구가 되더라도 사는 데 지장이 없을 것이었다. 아내는 사실 서른 평이든 스무 평이든 관심이 없었다. 주거 조건이나 환경, 층수, 주차장 사용 여부, 관리비, 이런 것에도 관심을 두지 않았다. 오직 잠실동이면 되었다. 아내가 특별히 의미를 부여하는 그 특질의 범주에 평수, 환경 등의 요소는 고려되지 않았다.

매매 계약은 일사천리로 진행되었고, 이사 준비도 수월했다. 업무 시간의 대부분을 복사만 하면서 회사 내에서 천덕꾸러기 막내 취급받던, 매일 퇴사를 꿈꾸던 내가 속한 10대 대기업이 이때처럼 만족스러웠던 적도 없었다. 비록 2금융권까지 끌어당겼지만, 대출이 매매가의 90퍼센트까지 가능했으므로 전세 비용으로 일정 기간의 대출 이자를 감당할 여력까지 생겼다. 나와 아내는 희망에 부풀었다. 아내가 선호하는 특별한 숫자처럼, 모든 게 계획대로, 흐름대로 진행되었다.

단 하나, 급매 아파트 계약에서는 좀처럼 보기 어려운

특약 사항, 그 하나를 제외하고는.

4.

매매 후 1년간, 거실에 있는 100호 크기의 사진 액자를 치우지 말 것. 전 주인에게 한 달에 한 번, 그 거실에 있는 사진 액자가 무사히 걸려 있는지를 확인시켜줄 것.

이사하고 첫날, 도봉구 주공아파트에서 가지고 온 소파를 서른 평 아파트에 놓으니 거실이 휑한 느낌마저 들었다. 그래도 나와 아내는 그 첫날을 기억하기 위해 소파에 앉아 축하의 맥주를 한 잔 마셨다. 맥주를 마시면서 나는 아내에게 미처 말하지 못했던, 이 급매 아파트 계약의 기이한 특약 사항을 말해주었다. 아내가 거실 벽을 가리키며 저 이상하게 크기만 한 액자는 왜 떼지 않느냐고 질문했을 때였다. 내 설명을 조용히 듣던 아내는 그 설명이 하나도 중요하지 않다는 듯이 무심하게 말을 이어갔다. 사진에서 눈을 떼지 않으며.

이상해.

뭐가?

일단 사진이 너무 커.

그리고?

저 사진을 1년 동안 우리 집에서 뗄 수 없다는 게 너무 섬뜩하게 느껴져. 그리고……

섬뜩할 것까지야. 그리고?

저 사진 속 할아버지, 너무 이상해.

뭐가 이상한데?

전두환을 닮았어.

5.

그러고 보니 전두환을 닮은 게 아니라 100호 크기의 사진 속 인물은 전두환이었다. 훤하게 벗어진 머리, 어딘가 먼 곳을 그윽이 응시하는 무쌍의 두 눈, 호기롭게 차려입은 별 견장이 도드라진 군복까지. 사진 속 인물은 전두환이 틀림없었다.

전두환이란 인물이 당신에게 어떤 의미가 있는 건지 아내에게 물었다. 아내는 별 관심 없다고 답했다. 나는 아내의 대답에 안도하며 말했다. 사진 속 인물이 전두환이든 뭐든, 그건 하나도 중요하지 않다고, 그냥 1년만 걸어두면 끝이라고.

그런데, 내 생각처럼 쉽게 흘러가지 않았다. 아내는 그 사진을 보며 괴로워했다. 심지어 어느 날부터인가 거실로 나오지 않았다. 온종일 안방 화장실을 사용하며 스스로를 방 안에 감금했다. 나는 아내를 이해하지 못했다.

단지 전두환 사진이 붙어 있을 뿐이야.

그렇지, 단지.

자기도 내게 말했잖아. 저 인간, 별 관심 없다고. 저 인간은 그냥 국사 교과서에 나오는 몹쓸 군인일 뿐이라고.

그래. 그랬어.

그런데 왜 그래? 왜 저 사진을 신경 쓰면서 거실로 나오지도 못하냐고?

이상한 의미가 부여되잖아.

뭐가?

왜 1년 동안 저 사진을 걸어둬야 하느냐고. 이상해. 너무 이상해 미칠 것 같아.

자기야. 아무 의미 없어. 우린 대신 자기가 말한 최적의 장소, 나중에 아이를 낳고 키워도 걱정 없고, 교육에도 좋고 주거 환경도 최적인 잠실동에서 살 수 있는 특권을 누리게 되는 거라고.

그래도 안 돼. 이상해.

대체 뭐가 이상해?

저 사진을 왜, 왜 걸어둬야 하는데?

고작 1년이라니까.

왜 '고작'이 아니라 '무려' 1년 동안이나 걸어둬야 하느냐고! 왜?

6.

아내의 예민함을 이해하지 못했다. 정말이지 그건 예민함이라고 생각했다. 그냥 벽에 걸어놓는 사진이라고만 생각했다. 그렇게만 생각하고 참고 견디면 그만큼 얻을 수 있는 이익이 많다고 생각했다.

아내는 달랐다. 아내는 무엇보다 1년이란 시간을 견딜 수 없어했다. 한 달이 열두 번 반복되기만 하면 되는 것 같은데, 그걸 견디지 못했다. 아내가 진심으로 힘들어하는 기색을 느꼈을 때, 나는 방법을 떠올렸다. 아내에게 우리 당분간 고시원이나 찜질방에 가 있으면 어떻겠냐고 제안했지만, 아내는 완고했다. 잠실동 우리 집을 두고 왜 우리가 다른 곳에서 지내야 하느냐는 게 그녀의 주장이었다.

일주일 내내 아내와 신경전을 벌인 뒤, 퍼뜩 다른 방법이 떠올랐다. 사진을 한 달에 한 번, 찍어서 인증할 때만 빼고 베란다에 보관해두는 것이었다. 나는 나의 뒤늦은 깨달음과 그 절묘한 방법에 한탄과 탄성을 동시에 내질렀다. 이렇게 손쉬운 방법이 있었는데, 이런 식으로 아내와 소모전을 벌이다니! 사람이 당황하고 감정이 격해지면 판단력을 잃어버린다는데, 아마도 이런 경우를 두고 말하는 것 같았다.

전두환 사진을 베란다에 처박아두자는 나의 제안에 아내는 흔쾌히 반응했다. 다시 소파에 앉아 맥주를 마실 수 있고, 함께 밤을 보낼 수도 있을 것 같다고 기분 좋게 말했다. 아내가 저렇게 좋아하는데! 그때 속으로 쾌재를 불렀던 기억이 선명하다. 그러나 쾌재를 부르며 기분 좋은 밤을 보낸 건 거기까지가 전부였다.

그날 바로 실행에 옮겼다. 보기에도 버거운 100호 크기의 액자를 단숨에 거실 벽에서 떼어내 베란다 옆 다용도실에 처박아둔 뒤, 나와 아내는 곧바로 낡은 소파에 나란히 앉아 맥주를 마셨다. 그날 밤, 열정적이라고 말하긴 어렵지만 나름, 의미 있는 교감을 나눴다.

하룻밤이 지난 아침, 아내와 주방 아일랜드 식탁에 앉아 삶은 달걀과 요거트를 먹고 있을 때, 내 핸드폰으로 발신자 표시제한 전화가 걸려왔다. 처음엔 받지 않았는데, 한 번, 두 번, 계속해서 쉬지 않고 걸려오는 것이었다. 아내는 받아보라고 했고, 나는 미심쩍은 마음을 가라앉히며 전화를 받았다. 그 뒤, 펼쳐지는 불명의 상대와의 대화는 곁에서 가만히 듣기만 하던 아내의 유난한 특질을 그 심연까지 자극하기에 충분했다. 유독 그 액자에 반응하던 아내의 예민함을.

약속을 왜, 지키지 않는 거죠?

무슨 말씀이세요? 당신은 또 누굽니까?

특약 사항을 잊지 않았을 것으로 생각하는데, 왜, 어째서, 약속을 지키지 않느냐고요.

아…… 전 집주인 분이신가요? 그런데 왜 발신자 표시 제한으로 전화를 거신 거죠?

그게 중요한가요? 본질이 뭔지 영 모르시는 분이네.

제가 뭘 모른다는 겁니까?

본질은 왜 약속을 지키지 않느냐는 거요. 그리고…… 그리고…… 잠깐만, 내 말, 듣고 있소?

듣고 있으니 계속해요.

특약 사항을 성실히 이행하지 않았을 때, 어떤 대가를 치를지 모르지 않으면서 왜 약속을 어기냐 이 말이요.

아니, 그게요. 잠시만요.

아. 혹시…… 특약 사항을 모르는 거요? 다시 고지해드릴까?

　……

1년간 거실 사진 액자를 성실히, 외부인에게 전시하듯 걸어놓지 않으면 위약금은 매매대금의 세 배로 측정한다.

이 특약 사항 말이요.

순간 그 특약 사항에 관한 억울함을 감정을 담아 성토할 뻔했다. 계약을 체결할 때, 공인중개사에게 분명 이 특약 사항을 받아들일 수 없다고, 삭제해달라고 요청하긴 했었다. 공인중개사는 단호했다. 집주인이 집에 남다른 애착을 가진 분이라 그것만큼은 양보할 수 없다며, 특약 사항을 넣지 않으면 이렇게 싼 가격에 급매로 팔 이유가 없다고 말했던 걸 분명 기억한다. 요식행위에 불과하니 그냥 서명하라고. 그 말을 덥석 받아들인 게 이런 불씨가 되어 돌아오다니. 순간, 내 목소리와 말투는 달라졌다.

저기요. 그러지 마시고……

이상한 말로 날 홀릴 생각은 마시오. 나, 그렇게 호락호락한 인간, 아니란 말이요.

네. 알고 있습니다, 선생님.

알고 있다니 다행이오. 자 그럼, 잘 들으시오. 지금 당장 사진 액자를 벽에 다시 걸어놓으시오. 한 번 실수한 건 참고 넘어가주지.

지금…… 당장요?

당연하지. 지금 당장!

그런데, 지금은 좀 곤란한데요.

왜, 뭐가 곤란하다는 말이요?

제 아내가 전두환 사진이 벽에 걸리는 걸 끔찍이도 싫어해서요.

아내가 싫어한다고? 아내가 싫어한다는 그 사소하고 보잘것없는 이유로 매매대금의 세 배를 위약금으로 물어줄 셈이요?

아니, 아니요. 그런 건 절대 아닙니다.

그게 아니면 지금 당장 사진을 거실 벽에 걸어놓으시오. 어서!

저기요. 그런데요, 선생님.

또 뭐요?

제가 사진을 베란다에 옮겨두었다는 걸 어떻게 아셨습니까?

그건 본질이 아니죠.

아니요. 본질이 아니라 본질 맞죠. 알고 싶습니다. 어떻게 아셨어요? 제가 사진을 옮겨놓았다는 걸.

전 집주인으로 추정되는 남자는 나의 궁금증엔 답하지 않았다. 대신 전두환을 사진을 한순간이라도 벽에서 떼지 말라고 다시 한번 경고했다.

니는 진두환 사신을 베란다에서 꺼내 다시 벽에 걸어놓았다. 그러면서도 전화를 끊지 않고 계속 물었다.

말씀해주세요. 우리 부부를 감시하거나 몰래 지켜본

겁니까? 일종의 그거 뭐야, 관음증 같은 겁니까?

　남자는 여전히 아무 말도 없었다. 전화를 끊지도 않았다. 분명 나를, 우리가 사는 아파트를 지켜보고 있는 게 틀림없었다. 설명하기 어려운 음험한 목소리의 남자는 내가 100호 크기의 전두환 사진을 다시 거실, 그 서른 평 아파트 공간에서 가장 눈에 띄는 곳에 걸어놓기 전에는 전화를 끊을 생각이 없어 보였다.

　대체 어디서…… 우릴 지켜보는 겁니까?

　왜…… 지켜보는 겁니까?

　하나만 더…… 대체 이 황망하기 그지없는 전두환 사진을…… 왜 걸어둬야 하는 겁니까?

　왜……?

　나는 띄엄띄엄 힘겹게 말을 이어가며 주위를 둘러봤다. 아파트 밖 창문 너머는 사방이 다른 아파트단지에 막혀 있었다. 아파트 숲에 가로막힌 전경을 바라보았다. 재건축 환영 현수막만이 여기저기에 나부끼며 펄럭이고 있었다.

7.

　그날 이후로 아내는 돌아오지 않았다. 낡은 소파에 앉아 있는 나는 여전히 100호 크기의 전두환 사진을 떼어내지 못하고 바라보고 있다. 아마 남자도 나를 바라보고 있을 것이다. 특약 기간은 아직도 8개월이 넘게 남았다. 그리고 어쩌면 앞으로 아내는 다시 잠실동에 돌아오지 못할지도 모른다는 불길한 생각, 나아가 우리의 보금자리, 잠실동 아파트 서른 평 거실을 기괴하게 수놓은 전두환 사진은 특약 기간인 1년이 지난 후에도, 언제까지라도 그 자리에 붙박이처럼 붙어 있을지도 모른다는 불안이 아른거렸다.

작가의 말
듣는 사람, 정아은

　대부분의 기억에서 떠오르는 정아은 작가의 본질은 들음 혹은 듣는 것이었다. 거기서부터 출발한다. 아은 작가는 내게 들음의 정서를 알려주었고, 그 들음의 방식으로 지금도 듣고 있다. 정아은 작가의 흔적, 그녀의 말, 생각에 관해서, 기억하고 듣고 또 듣는 일이 지금 이 글을 쓰는 순간까지 이어지고 있다.

　그러면,
　일단 나의 얘기부터 풀어보고 싶다.

　어떤 근거냐고 따져 물으면 딱히 할 말은 없지만, 나는 나 자신을 주로 듣는 쪽에 가까운 유형으로 이해하고 있었다. 거창하지만 크게 인간관계를 나눌 때, 그 유형을 듣는 쪽인지 말하는 쪽인지로 구분 짓는 경우가 다반사라고 생각한다. 물론 듣는 쪽이라고 해서 꼭 인자하거나 사려 깊거나 상대를 배려하는 유형에 속하는 건 아니다. 내가 듣는 쪽에 서서 상대를 대하는 주요한 이유는 상대와 빨리 헤어지려는 목적이 강한 편이기 때문이다. 쉽게 말해 상대에 대한 관심이나 애정이 태생저으로 부족한 편이리고 해야 힐까.

나는 상대를 만나야 하는 목적과 이유가 썩 타당해야만 약속을 잡는 편이다. 그렇게 만나 그 만남의 목적이 거의 해소되는 지점에 이르면 주로 듣게 된다. 목적과 관련한 해야 할 말을 다 했으니 더 할 말도 없었다. 상대에게 궁금한 것도 많지 않은 편이다. 대화 상대와 더 깊은 고민을 교류할 필요성을 크게 느끼지를 못했다. 그렇다고 박절하게 속내를 고백해서 상대를 깊은 무안의 늪에 빠뜨릴 용기도 없는 애매모호한 나 같은 스타일은, 결국 그저 들어주는 것으로 상대와의 약속을 빨리 작파하고 싶은 마음을 우회적으로 표현하는 것이다. 말하고 나니 꽤 비인간적으로 보이긴 하나, 어쩔 수 없다. 사람마다 유형이란 게 있을 수밖에 없다면, 나는 그런 유형의 인간인 것이다.

왜 그런 생각을 했는지 모르지만, 나는 아은 작가도 나와 비슷할 거라고 생각했다. 주로 듣는 쪽이라고. 물론 더 내밀한 사상과 가치관의 공유, 소통 차원으로 나아가면 아은 작가의 어떤 다른 측면이 기다릴지도 모르는 일이지만, 여하튼 그녀가 듣는 유형에 속한다고 확신했다. 나의 이런 확신은 적지 않은 시간, 아은 작가와의 소통을 통해 검증된 결과라고 말할 수 있었다.

주로 듣는 쪽이라는 점 말고도, 아은 작가와 나는 비슷한 구석이 많았다. 나이가 동갑이란 점이 그랬고, 같은 신문사에서 주관하는 문학상 수상자란 점도 비슷했다. 추구하는 장르는 달랐지만 아은 작가도 나도 판타지의 장르적 컨벤션을 활용하기보다는, 인간 그 자체의 삶이 지닌 비극적 리얼리즘에 뿌리를 두고 있다는 점도 비슷했다.

그런데 아은 작가와 나는 결정적으로 다른 점이 있었다. 그것이 바로 아은 작가만의 고유한 특징이었다. 내가 전혀 가지지 못한 그녀만의 정체성이었다. 아은 작가는 단지 의무나 목적 해소의 차원에서 듣는 게 아니었다. 정말로 상대의 말, 상대의 생각이 궁금해서 듣는 것이었다.

세파에 찌든 영업사원처럼 일을 해치우듯 사람과의 관계를 지속해오던 나란 사람의 관점에서 볼 때, 아은 작가의 그 사람에 관한 궁금증이 궁금했다. 사람에게서 직접 듣게 되는 그 사람의 실체나 본질에 관한 관심은 내겐 철저히 배제된 영역이었기 때문이다. 그런 나로서는 아은 작가가 늘 신기할 뿐이었고, 덧붙여 말하면 놀라울 정도였다. 그러한 나의 신기함과 놀라움은 아은 작가와 내가 나눈 대화의 축적을 통해 더 선명해졌다.

작가 대 작가로서 개인적으로, 혹은 프로젝트 참여 형식으로 종종 아은 작가를 만나게 될 때가 있었다. 만날 때마다 그녀는 상대를 궁금해했다. 그녀는 상대를 무안하게 하지 않는 천부적인 재능을 지녔다. 상대가 무엇을 말해도 비하하거나 조롱하지 않았다. 제아무리 사소해 보이는 대화여도 최선을 다해 귀를 기울였다. 상대가 무슨 생각을 하는지, 무슨 고민이 있는지, 현재 심리 상태가 어떤지 전후 맥락을 세심하게 파악하고자 애썼다. 설령 대화 상대가 상식적이지 못한 선택을 할 때도, 아은 작가는 섣불리 예단하지 않았다. 일단 자신의 모든 판단을 유보하고, 상대가 어떤 근거에서 이른바 비상식적인 선택과 주장을 하는지 알아내고자 했다. 어째서 그런 삶의 궤적을 선택해야만 했는지를 깊이 고민하는 듯 보였다. 아니, 보였다기보다, 그게 아은 작가의 진심이었다.

나는 비효율적인 질문이나 대화는 최대한 억제하는 게 소위 교양인의 대화라 봤다. 대신 상호 발전적인 대화나 정보를 취득하는 대화가 효과적인 대화라 봤다. 하지만 아은 작가를 만나기만 하면 그 편견은 우습게 허물어졌다. 그녀는 정말이지 쓸모없는 잡념에 가까운 사상에다, 유니크함을 넘어 비상식에 가까운 가치관과 라이프스타일을 지닌 나의 세계를 매우 궁금해했다. 듣기 원했다. 그녀는 진심으로 듣고 또 들었다. 내가 어떤 사상과 시선을 가지고 세상을 바라보는지, 어떤 삶의 태도로 이 시대를 버티는지 못내 궁금해했다. 들으면서 그녀는 판단하지도, 평가하지도 않았다. 단지 왜 그런 생각과 말을 하는지 궁금해할 뿐이었다.

아은 작가를 떠나보내고, 비교적 오랜 시간 그녀에 관해 생각했다. 상대를 궁금해한다는 건 무슨 의미일까. 같은 하늘 아래 살아가는 그 어떤 사람의 생각과 삶, 그 어떤 사람의 가치관을 이해하려고 노력하는 건 어떤 유익이 있을까. 가톨릭 가정에서 태어나 가톨릭 세례명을 가지게 된 환경이 아은 작가로 하여금 '이웃'으로 대표되는 다른 사람에 대한 연민, 사랑에서 비롯되는 일종의 박애심을 품게 한 건 아닐지 추측해본다. 하지만 그녀의 사람에 관한 궁금증, 어떤 측면에서 집요할 정도로 상대의 세계관을 이해하고자 하는 열정은 박애심이란 추상적인 감정으로는 설명하기 어려워 보였다. 오히려 그건 그녀의 몸과 마음에 깊이 스며든 사람에 대한 구체적인 관심에 가까웠다. 아마 그럴 것이다.

하지만 결국 듣는 사람과 말하는 사람은 정해져야 했다. 듣는 사람 둘이 모였을 때, 한쪽은 반드시 말해야 한다는 규칙. 그 규칙에서 나도 예외일 수 없었다. 우리 둘의 대화에서 주로 말하는 쪽은 아은 작가가 아닌 나였다. 주로 글 쓰는 일로 만났던 아은 작가에게 나는 나의 당면과제와 고민, 더 깊게는 오랫동안 마음에 품어왔던 사람에 관한 고민을 털어놓곤 했다. 마지막 날도 그랬다. 한참을 내내 내 문제를 털어놓고 후련함을 느꼈던 그날, 처음이자 마지막으로 아은 작가에게 물었다. 왜 그렇게 듣느냐고. 나의 직설적인 물음에 그녀는 한 치의 망설임도 없이 답했다.

나를 이해하려고.
응?
내가 누군지, 내가 제대로 가고 있는지 이해하려고.

현상에서 익숙한 누군가의 부재를 실감한다는 것만큼 슬프고 시린 비극은 없다. 살아남은 자의 슬픔이라 했던가. 돌이켜보면 살아남은 것도 아닌 듯싶다. 지금의 시대를 살아낸다는 건 온전한 비극과 마주하는 고통의 경험, 그 경험의 퇴적일 뿐인지도 모른다. 그래서일까. 아은 작가의 빈자리는 그녀가 새로운 세계로의 여행을 떠난 지 벌써 1년이 다 되어가는 지금까지 선명하게 시리고, 그만큼 또 아프다.

하지만 이 아픔을 피하고 싶지 않다. 내게 횡액처럼 닥쳐온 이 사건과도 같은 아픔을 다른 감정으로 대체하고 싶지도 않다. 아픈 건 오롯이 아픈 거다. 아픔을 잊으려 하면 할수록 더 큰 아픔이 존재를 압도하기에, 나 역시 누구보다 시리게 그 원치 않는 경험을 지니고 있기에, 아픔을 부러 숨기고 싶지 않다. 단지 그 아픔의 광풍에 섣불리 휩쓸려 아은 작가를 잊는 일은 없었으면 싶다. 그로 인해 오히려 아은 작가가 우리의 기억에서 희미해지는 일만큼은 막고 싶다.

아은 작가가 남긴 찬란하게 빛나는 문학의 소산은 당연히 기념될 것이지만, 그 기념과는 별도로 지금 이 글을 쓰는 나는 아은 작가의 신비로운 미덕, 그녀만의 특질로 아로새겨질 '듣는 사람'의 정체성을 기억하고 싶다. 사람을 진심으로 이해하려 했던 그녀, 왜 세상은 이토록 아프고 힘들까에 관해 진지하고 치열하게 고민했던 아은 작가를 기억하는 이 마지막 순간순간을 부여잡고 싶다. 비록 시간의 풍상에 깎이고 퇴화하는 일이 있더라도 붙잡고 싶다. 살아남은 자의 슬픔으로, 거역할 수 없는 또렷한 아픔으로.

모두의 진심

최유안

현보의 문자를 받았을 때 나는 시장에서 사 온 미나리 한 움큼을 쥐고 있었다. 장날이었고 미나리가 제철이라며 경쟁적으로 소리를 높이는 아주머니들을 지나, 쭈그리고 앉아 가만한 손길로 이파리를 다듬는 어느 작고 마른 할머니에게서 받아 온 3,000원짜리 미나리 한 단. 흐르는 물에 씻어 도마 위로 올리고 끝을 막 쳐냈을 때, 경쾌하게 진동이 울렸다.

문자 속에서 현보는 내 이름을, 마치 어제도 부른 것 같은 익숙한 말투로 불렀다.

설아야.

나는 그 문자가 솟아오르는 미리보기 창을 언뜻 보고 그냥 두었다. 물기 묻은 손을 닦고 서둘러 문자를 주고받을 만큼 내게는 현보와의 친밀감이 없었다. 그러곤 기다란 미나리를 숭덩숭덩 잘라 끓고 있는 된장국에 집어넣었다. 팬에는 들기름을 넉넉히 두르고 계란물에 담갔다 뺀 두부를 부쳐냈다. 싱크대 앞으로 난 작은 창가 사이로 오랜만에 찾아드는 한낮 햇살이 좋아서였나, 김동률의 노랫소리가 좋아서였나…… 나는 밥을 다 먹고 설거지를 마칠 때까지 그 문자를 잊고 있었다. 그런데도, 설아야, 한 마디는 지워지지 않은 채 굳은 벽돌처럼 자리를 지키고 있었다.

할 말이 없었는데, 나는 현보에게 무엇이든 말해야 하는 사람이 되어 답했다.

안녕.

두 글자에 현보가 보내온 것은 인터넷 링크였다. 현보의 청첩장이 실려 있는. 짧게 미간이 좁혀졌다. 청첩장을 보내려는 거였구나. 현보는 내게 시간 되면 동기들과 함께 만나는 자리에 나올 수 있겠냐고 물었다. 장소는 청담동의 한 식당이었다.

나는 이제 서울에 살지도 않고, 서울까지 가려면 한참의 시간이 걸리는 데다, 서울에 나가야만 하는 큰일이 있지 않는 한 나가지 않는다고 말하려고 캘린더를 보다가…… 발견했다. 그날 어차피 서울에서 회의가 잡혀 있다는 사실. 나는 간단하게 알겠다고 답한 후에, 청첩장에 쓰인 결혼식 날짜를 확인했다. 안 간다는 말을 어떻게 하지, 생각하면서. 그렇게 시간만 흘러버렸다.

모임이 있는 날, 압구정역에서 내려 에스컬레이터를 타고 거리로 나왔을 때는 옅게 비가 내리고 있었다. 식당까지 걸어서 18분 거리였다. 횡단보도를 건너면 버스를 탈 수 있었는데 녹색 신호등이 깜빡거리는 중이었다. 손에 는 스마트폰 안에는 지금 내가 가는 식당의 메뉴판이 들려 있었다. 지금 곧 도착할 버스를 타지 않으면 기다리고 타고 내리는 시간이나 걷는 시간이나 비슷해 보였다. 횡단보도를 지나쳤다. 지금이라도 못 간다고 할까. 나는 걸으며 계속 떠오르는 그 생각을 쳐내지 못했다. 코스 형태의 중국식 요리를 주로 파는 식당이었는데 가장 저렴한 코스 요리 1인당 가격이 8만 원이었다. 이런 걸 얻어먹으면 결혼식 축의금으로 최소 15만 원은 내야 하는 거 아닐까. 가격의 묵직함 때문인지, 현보와 연구실 사람들을 만나러 간다는 사실 때문인지, 발걸음이 차츰 무거워지고 있었다.

모임의 참석자가 누가 되는지는 알 수 없었다. 현보가 주재하는 모임은 늘 그런 식으로 열렸으므로 놀라울 일도 아니었다. 붉은색 슬레이트 지붕이 인상적인 식당 앞에 도착했을 때는 약속 시간 20분 전이었다. 나는 조금 망설이다가 식당 안으로 발을 뻗었다. 금박 명찰이 붙은 회색 조끼를 입은 직원이 반기며 예약 여부를 물었다. 흔하지 않은 현보의 이름을 바로 알아들은 직원이 직사각형으로 기다란 식당 홀을 가로질러 룸들이 모여 있는 곳으로 앞장섰다.

　진한 회색이 고인 듯한 인상을 주는 룸은 여덟 명 정도 들어갈 수 있는 크기였는데, 벽에 듬성듬성 붙은 동그란 간접등과 스탠드에서 나오는 빛은 은은하다기보다 차라리 공간의 조도를 효과적으로 낮추는 데 쓰이는 것처럼 느낄 정도로 어두웠다. 안으로 들어갔을 때, 단발머리를 한 여자가 자리에 앉아 스마트폰으로 뭔가를 보고 있다가 인기척에 고개를 들었다. 진아였다. 진아가 먼저 나를 언니, 하고 불렀다. '졸업한 지 꽤 지났는데도 여전하다'는 말이 사이좋게 오고 갔다. 나는 진아가 앉은 좌석의 맞은편에 자리를 잡았다. 옅은 갈색 눈동자, 유난히 희고 가는 솜털이 눈에 띄던 피부가 정말이지 여전했다. 졸업하고 미국으로 가서 결혼했다는 얘기를 들었으므로, 진아가 이 모임에 참석했다는 건 좀 의외였다. 그런 내 마음을 읽는다는 듯, 진아는 한 달 전에 일이 있어서 한국에 들어왔다고, 다시 미국으로 돌아간다고, 궁금하다고 말하지 않은 소식을 들려주었다.

　피상적인 인사가 한차례 지나간 뒤에는 나눌 말이 별로 없었다. 진아의 손가락에 끼어 있는 반지가 벽 가운데 박힌 조명에서 흐른 빛의 굴절에 닿아 잠시 반짝였다. 못 만난 사이 나는 말수가 급격하게 줄어 있었지만 진아는 여전히 밝고 침묵에 약했다. 말수는 줄었지만 생각이 줄어든 건 아니라서 나는 줄어든 말만큼 생각하고 있었다. 진아는 결혼식에 대학원 동기들을 아무도 초청하지 않았고 덕분에 무수한 소문이 돌았다. 사회 초년생들 따위가 갈 수 없을 정도로 결혼식이 호화로웠다거나, 아니면 정말 단출해서 사람들을 불러 모으는 것조차 불가능했다거나, 결혼식을 하지 않았다거나. 내가 쓰던 연구실 말고도 앞과 옆 연구실의 사람들조차 가능한 모든 말을 했지만 사실 모두 큰 관심은 없었다. 그냥 그렇겠거니 했다. 나도 그랬다.

맨날 놀던 현보 오빠가 결혼을 이렇게 빨리할 줄 어떻게 알았겠어요.

진아가 하는 말에 제대로 동의하는 것도 하지 않는 것도 아닌 채, 나는 그치, 말하며 적당히 고개를 끄덕였다. 그 사이 룸으로 직원이 들어와 우롱찻잎을 우린 차를 테이블 위에 놓고 갔다. 진아는 제 신상과 정보들을 적당히 잘라가며 그간에 생긴 변화들을 알려주었다. 남편이 미국에서 목사를 하고 있으며, 졸업한 후에 박사 과정에 들어가 지금은 박사 과정이 끝나가고 있다는 거였다. 부지런히 살았네, 내가 말했고 진아는 내가 뭘 하는지도 궁금해했다. 나는 뭐, 이것저것 하면서 지낸다고, 뭐 인생에 큰일도 없었고 그렇다고 나쁜 일도 없이, 그렇게 지냈다고 말하려던 찰나에, 누군가 안쪽으로 들어왔다. 현보가 먼저 룸으로 들어왔고, 그 뒤로 익숙한 얼굴이 따라 들어왔다. 수형이었다. 나와 눈이 마주쳤을 때 수형의 눈빛이 미세하게 흔들렸다.

현보는 진아와 나를 번갈아 보고 오, 소리를 냈다. 표정에 큰 변화가 없었다. 진아는 입술이 한껏 치솟을 정도로 청량하고 밝게 웃었다. 진아의 얼굴에 붙어 있는 트레이드마크 같은 거였다. 현보가 진아 뒤로 돌아 부산하게 안쪽으로 들어가며 물었다.

잘 지냈어? 미국은 어때.

현보는 진아에게 그렇게 먼저 묻고는, 내 쪽으로도 고개를 돌렸다.

결혼은 안 해? 남자는 없어?

안 했고, 나는 그렇게 말하며 숨을 잠깐 돌리는 찰나에 수형 쪽을 바라봤다. 있어도 없어. 현보의 그런 질문은 정말 어떤 뜻이 있어서라거나 적의로 하는 말이 아니었다. 현보는 정말 누군가와 친하다고 생각할 때 그런 종류의 질문을 했다. 나름의 친밀감인 셈이었다. 짐작 가능한 내막에 나는 다시 숨을 죽이며 피식 웃었다.

우리가 대학원에 다니는 학생이었고, 중간고사가 한창 진행 중이던 어느 봄에, 연구실에 있던 내게 현보가 문득 꿈에 관해 물어본 적이 있었다.

꿈?

응. 앞으로 하고 싶은 그런 거 말이야.

갑작스러웠고, 특별히 정해둔 답이 있는 질문이 아니었으므로 나는 적당한 타이밍을 놓치고 나뭇잎이 흔들리는 창가만 바라봤다. 10대를 넘긴 지가 한참인데, 아직도 이런 질문을 받을 수 있구나, 하는 생각도 잠시 지났다. 대학원생이란 그저 아직 학교를 벗어나지 못한 학생 그 이상도 아니라고 생각하는 사람들이 더러 있지. 자기가 대학원생이면서도. 바람이 무척 심하게 부는 날이었고, 나뭇잎 색은 이제 막 진해져 녹음이 우거져가는 중이었다.

그런데, 그래서 내가 뭘 하고 싶었더라. 나는 한 방향으로 흔들리는 나뭇잎을 물끄러미 오래 바라봤다.

글쎄.

사실 그때 나는 한창 방황 중이었다. 면접 때는 언어 실력을 살려서 WTO나 UN에서 일하고 싶다고 말하고 대학원에 들어왔는데, 막상 대학원에 들어와 공부하고 그곳에서 진짜 일하는 사람들의 특강을 들으면서 알게 된 건 그곳을 들어가는 것도 문제지만 그곳에서 일하는 삶이 만만해 보이지 않는다는 거였다. 거창해 보이는 국제기구 간판 뒤에 숨어 있는 맹렬하고 살인적인 수위의 일들. 게다가 대학원 공부를 마치기만 하면 그런 일을 하게 된다는 보장도 없으니까, 전제에 오류가 있을 수도 있었다. 그래도 나는 중간고사를 치르고 기말고사를 치르고 종합시험을 보았다. 그건 당장 눈앞에 있는 일들이었다.

너 참 열심히 살잖아.

나는 현보의 얼굴을 가만히 들여다봤다.

그런가.

그렇게 말하는 내게 현보가 고개를 끄덕이고 있었다. 수업을 듣고, 시험을 치르고, 그런 게 열심히 사는 거라면.

너는?

나는 현보에게 질문을 돌렸다. 현보는 또 그렇게 질문한다면야, 하더니 잠시 생각하곤 말했다. 하고 싶은 일을 정해놓으면 인생이 재미가 없잖아. 그래서 안 정해. 그러더니 현보는 고개를 끄덕이며 결연하게 말을 맺었다. 인생 한 방이지. 내게도 없었고 현보에게도 없어 보이는 꿈이었지만, 나는 그 말이 내가 품은 옅은 절망감과는 방향이 다르다는 걸 알았다. 그래서였을까, 나는 현보의 확신으로 꽉 찬 말투가 무섭게 느껴졌다.

논문을 준비하던 학기부터 나는 원래 있었던 언어 실력을 살려서 번역 일을 시작했다. 처음부터 번역을 하겠다고 작정한 건 아니었다. 호기롭고 관성적으로 JPO에서 시작했으나 외무영사직으로, 코트라로, 일반 기업들로 기준을 낮춰도 자꾸 떨어지는 각종 시험 사이에서 발굴한 일이었다. 일이 조금씩 많아지면서 영역도 차츰 넓어졌다. 교과서, 이론서, 인문서, 돈이 될 만한 것들은 다 했다. 내가 언 땅에 삽질하는 동안 현보는 재미를 찾아 점점 높은 곳으로 올라갔다. 처음에는 기재부인가 통일부인가에서 일했고, 갑자기 그곳을 그만두더니 통계청인가에 들어가 일했다. 그 뒤에는 어느 정당에서 청년 위원으로 일한다고 했다. 그러던 어느 날, 누군가 현보가 청와대에 들어갔다는 소식을 전했다. 연구실 사람들 사이에서 연기처럼 피어올라 떠도는 말 중 하나였다. 다들 정말 대단하다고 했다. 그런 건 기회가 주어진다고 누구나 할 수 있는 일은 아니잖아. 누군가 말했을 때 나도 고개를 끄덕였다. 현보는 그 후로 점점 더 빈번하게 수다의 재료에 올랐다. 어느 날인가에는 알고 보니 현보의 할아버지가 통계청장이라는 소문이 흘러나왔고 또 어느 날에는 현보네 아버지가 외교부 쪽 고위직 인사라는 소문이 퍼졌다. 어쨌든 현보가 하는 일들은 공무원과 일반직을 오가는 것처럼 보였으므로, 현보의 할아버지가 통계청에 있든 현보의 아버지가 외교부 인사이든 썩 중요하지 않았다. 꼬리를 물 듯 현보의 일은 계속되었다. 스펙이 새로운 스펙의 기반이 되는 그런 모양으로. 나는 현보와 중간고사를 앞두고 나누었던 간단한 대화를 오랫동안 기억하고 있었고, 그 대단한 스펙들이 현보에게 겨우 재미로 느껴진다는 걸 알았으므로, 이상하게 무서웠다.

그런데 나는 도대체 현보의 무엇이 무서웠을까.

*

누군가 문을 가볍게 두드리는가 싶더니 곧 옆으로 밀렸다. 식당 직원이었다. 직원은 잘 다듬어진 눈빛과 자세와 말투로 가장 안쪽에 앉아 있는 현보를 향해, 괜찮으시면 음식을 가져다드려도 되겠는지 물었다. 나는 처음에는 직원을, 다음에는 현보를 놀란 눈으로 바라봤다.

이게 다 온 거야?

내가 그렇게 묻기 전에 진아가 물었다. 현보가 답하듯 고개를 끄덕였다. 시선은 진아가 아니라 직원을 향해 있었다. 알겠다고 짧게 답하며 직원이 문을 닫고 나가자마자 수형이 입술을 모아 소리를 낮춰 휘파람을 불며 가볍게 말했다. 맛있을 듯. 의미 없이 튀어나온 소리였는데 어쩐지 가라앉은 공기를 상쾌하게 돌려놓았다. 그 소리를 듣고서야 수형이 어떻게 지내고 있는지 아무도 물어보지 않았다는 걸 깨달았다. 나는 수형에게 건조한 투로 직장은 어떠냐고 물었다. 물으면서 살펴보니 수형과 현보 모두 양복 차림이었다. 수형은 푸른빛이 도는 흰 셔츠에 회색 슈트를 입고 있었고, 현보는 손에 들고 있던 갈색 슈트를 옷걸이에 걸고 앉은 채였다. 셔츠 손목 부분이 접혀 올라간 모습이 몸집에 비해 활동적이고 어딘가 날카로운 인상을 주었다.

백화점에 근무하는 수형은 직장에 관한 질문을 받자마자 고개를 흔들었다. 힘이 들어서? 진아가 물었고 수형이 고개를 까닥였다. 불황에는 답 없어. 그 말을 듣고 현보가 가볍게 한숨을 쉬었다.

고생이 많다.

현보가 말했다.

이 새끼들 말이야. 이렇게들 사람들이 고생하는데.

청자 없는 말을 붙들듯 현보가 다시 말했다.

또 욕만 하고 있을 수가 없긴 해. 그들은 또 나름대로 열심히들 살 거거든.

아무도 현보의 의중을 직접 묻지 못했다. 다시 문이 열리고 작은 접시가 사람 수에 맞게 탁자 위에 놓이는 중이었기 때문이다. 초당두부로 만든 게살수프와 계절 샐러드라고 직원이 말했을 때, 현보는 먹을 만한 술 같은 게 있느냐고 물었고, 공부가주와 수정방 중에 공부가주 자약을 주문했으며, 술을 먹지 못할 진아를 위해서는 산펠레그리노를 주문하는 살뜰함까지 보였다. 현보가 이 정도로 세심한 부류였나, 하고 생각하게 했다.

진아는 물론이고 수형도 굳이 나서 연락하지 않으면 볼 일 없는 사이라, 모임을 만든 현보가 자연스레 대화를 주도하지 않을 수 없었다. 이 모임이 결성된 이유도 물론 현보의 결혼이었음을 모두 잊지 않았다는 듯, 다들 축하한다고 이야기했다. 그런데도 누군가 궁금해하기 전에 현보는 제 사생활에 관련된 이야기를 꺼내지 않았다. 아니, 누군가 궁금해했어도 현보는 사생활이라고 생각하는 것을 쉽게 꺼내는 사람이 아니었다. 그런 건 시시콜콜해. 아마 현보는 그렇게 말할 거였다.

사사로운 소식 대신 나는 현보가 대통령실에서 근무한다는 소문이 사실이란 걸 알게 됐다. 대통령실의 규모나 각 수석실의 짜임에 대해서도 처음으로 들었다. 각 실마다 부처에서 파견된 각 급의 공무원들과 인턴이 있다는 사실도, VIP가(현보는 '대통령'이라는 단어를 한 번도 쓰지 않았다) 언제 출근하고 어떤 방식으로 근무하는지도, YS가 새벽 이른 시간의 달리기를 얼마나 좋아했으며 그 이후로 대통령실과 정부 부처들의 출근 시간이 자연스럽게 빨라졌는데, 이번 VIP는 출근이 빠르지 않아 그나마 수월하다는 것도, 현보는 마치 일상 이야기를 하듯 들려주었다. 다만 현보의 직위에 대해서 현보가 제대로 말해주지 않았고, 수형이 명함을 내밀었을 때도 우리 사이에 뭐 그런 걸 돌리느냐고 면박할 뿐이었으므로(수형은 역시나 전혀 민망해하지 않았다), 우리는 현보가 그곳에서 일한다는 사실을 문맥으로 추측할 뿐이었다.

    자리를 마칠 때까지 현보는 결혼에 관해 말을 아꼈다. 누구와 결혼한다거나 어떻게 만났다거나, 얼마나 사귀었고 무슨 일을 한다거나 하는 기본적인 이야기조차 전혀 꺼내지 않았다. 그렇다고 먼저 묻는 사람도 없었다. 모두 궁금해할 겨를이 없었는지도 모르겠다. 그 탓인가, 나와 같은 나이의 현보가 마치 두 배쯤 빠른 속도로 어른이 된 것 같았다. 자괴감이었을까. 목으로 물컹한 이물질이 올라오는 것 같아 나는 다시 힘을 주어 아래로 내려보냈다.

    나와 현보, 진아는 봄 학기에 들어왔고, 수형은 가을 학기에 입학했다. 불가리아에서 학제를 마무리하고 들어오며 시간이 어긋난 탓에 거의 한 학기를 놀았다고, 수형은 연구실에 들어온 첫날 말했다. 학교에 다니는 내내 우리 넷은 같은 연구실을 썼다. 대학원이지만 학생이 많았던 단과대 특성상 일곱 명이 동시에 한 연구실을 배정받았는데 자리가 딱히 정해지지는 않았고 비어 있는 경우도 잦았다.

보통의 경우에는 내가 연구실에 가장 일찍 나왔다. 수업 30분 전쯤에는 연구실에 도착해 가방을 풀고 수업이 있는 2층으로 내려갔다. 나와 전공이 같았던 수형은 듣는 수업도 거의 비슷했고, 거의 매일 수업에 늦었다. 이러다 간이 조각날지 모른다면서도 저녁이면 어김없이 술을 마셨다. 한 달쯤 뒤에 나는 수형이 대체 어떤 방식으로 술을 마시는지 궁금해 그가 제안한 자리에 따라가 새벽까지 술을 마셨고, 그다음 날에는 수업에 나타나지 않는 수형의 원룸으로 찾아가 머리가 떡이 되도록 종일 잠을 잔 그를 데리고 나와 국밥을 먹였다. 수형은 그 자리에서도 술을 마셨다. 그렇게 거듭 수형과 함께 술을 마시다가, 어느새 나는 그를 걱정해 소고기로 죽을 끓여 집 앞까지 가져다주는 실수를 범하고 있었다.

나는 나의 그 연민이 수형에 대한 호기심으로 변하지 않기를 바랐으나, 서서히 실패했다. 수형은 나처럼 감정에 변덕이 끓지도 않았고 수업뿐 아니라 무엇에도 열정이 없었다. 수형은 술이 들어가면 알감자 같은 머리통이 시뻘게지곤 했고 그러면서 평소보다 말을 더 많이 쏟아냈다. 그중에 강력하게 남아 있는 이야기는 아버지에 관한 것이었다. 그의 아버지는 미국으로 이민 가 LA에서 세탁소를 했고, 세탁소가 잘되어 그 옆에 가게를 조금 더 넓혀 채소 가게를 했으며, 〈조선일보〉를 신줏단지 모시듯 집에 쌓아두곤 했다…… 수형의 아버지는 그의 기억 속에 일정한 패턴으로 나타나곤 했는데, 수형은 그런 아버지에 대해 평가내리기를 거부했다. 그랬으니 대화에서도 수형의 아버지는 안줏거리 이상의 역할을 하지 못했다. 그런데 아버지 이야기를 하는 때에 수형은 늘 술을 몸 안에 퍼부었고 그다음 날이면 어김없이 알코올성 치매가 의심되는 수준으로 과제를 기억해내곤 했다. 나는 수형의 세상에 대한 빈약한 관심이, 빈약한 가치관에서 나오는 것 아닐까 종종 생각했다. 평생을 이방인으로 살아온 수형은 머릿속이 과도하게 복잡해지지 않도록 적당한 선에서 눙치는 방법을 온몸으로 익혔을지도 몰랐다.

    수형에 대해서라면, 이 정도만 기억하는 게 가장 좋다. 간간이 떠오르는 장면만으로도 나는 충분히 괴롭다. 원탁에 앉아 닭갈비에 소주를 먹다가 내가 수형에게 고백 비슷한 것을 했던 것, 벌게진 얼굴로 소주를 들이켜다 이미 알고 있었다는 듯 여유 있는 표정으로 입술을 끌어올리며 웃던 수형의 얼굴. 수형이 내게 친구끼리 그러지 말자는 말을 남겼던, 새벽. 그날 수형이 가지고 나왔던 빈 죽 그릇을 어둠 속에 던져버리고 이불을 끌어안고 악 소리를 내던 혐오에 가까운 내 마음까지.

어쨌든 수형과 현보가 완전히 다른 종류의 인간이라는 것은 나뿐 아니라 연구실의 모든 이들이 잘 알고 있었다. 그래서인가, 나는 현보가 수형과 계속 연을 맺어온 이유가 수형의 빈약성 때문이라고 생각했다. 그건 현보와는 조금 다른 모습이었다. 나 역시 현보의 눈에 띄는 점이 있었을 것이다. 하기야 현보가 학교 친구들을 부르는 이 작은 모임에 내가 있다는 것도 신기한 일이다.

내가 수형과 몇 개월 동안 시답잖은 감정놀음을 하고 있을 동안 현보는 연구실에 거의 나오지 않았다. 한 장소에 오래 앉아 성실하게 공부하는 인간은 아니었으니 누구도 현보가 연구실에 나오지 않는 것을 궁금해하지 않았다. 가끔 누군가 현보를 대변하기도 했다.

수업에 완전히 안 나오진 않잖아.

여기에 둘 적이 필요했을 뿐 현보가 하려는 일은 다른 데 있는 거 아니겠냐고 누군가 말했는데, 누군가에게 대학원은 그 이상의 의미가 아닐 수도 있지, 하는 말 탓이었는지, 다들 그저 식탁 위에 흐르는 술처럼 넘겨들었다. 그래서 우리 사이에 현보는 자주 없는 사람이었는데, 늘 있는 사람이기도 했다.

그러다 어느 날, 오래 신은 구두 밑창이 뜯어져 발을 질질 끌고 연구실에 들어갔을 때, 현보가 책을 읽고 있었다. 한쪽 다리를 다른 쪽에 얹은 모습이 무척 여유로워 보였다. 현보는 나를 보더니 선뜻 웃었고, 그다음에는 JPO 시험 결과를 물었다.

나 시험 안 봤어.

서류에서 떨어졌다는 말보다 나아 보였다. 현보가 말했다.

너처럼 성실한 애는 언젠가 잘될 거야.

그 말을 듣고 난 후에 내가 닳은 신발 밑창을 현보에게 보여주지 않기 위해 얼마나 노력하며 밖으로 나갔는지, 미끄러지는 연구실 바닥을 질질 끄는 신발 소리에 얼마나 예민했는지, 현보는 모른다.

*

현보는 지금도 내게 말하고 있다.

설아는 성실하잖아.

현보는 동파육과 전복찜이 담긴 그릇을 앞에 두고 몸을 앞으로 내밀었다. 무언가 비밀스러운 이야기를 한다는 듯, 목소리 톤이 낮아져 있었다.

그래서 말인데, 너희 일 좀 해볼래?

수형이 우물거리던 돼지 고기를 삼켜 넣으며 덩달아 조심스러운 목소리가 되어 물었다.

무슨 일?

현보는 '그러니까' 하고 운을 띄우더니 입에 술을 한 모금 급히 털어 넣고 말했다.

VIP가 젊은 사람들 생각이 궁금하다는 거야. 청년들의 어려움이 풀리질 않는다고 하는데 집값, 구직 시장 어려운 거 알지. 그런데 어디서부터 문제를 풀어야 하느냐, 물어보시거든. 지금이야 잠시 멈춰 있을 수밖에 없으시지만, 청년 세대와 공감하며 새로 시작하겠다는 거지. 근데 20대 남자애들 목소리만 듣는다고들 하잖아. 그러니 2030, 남자, 여자, 직장인, 자영업자, 프리랜서, 유학생 적당히 섞어서 청년들의 현재 모습을 듣자는 거야. 대강 틀은 이렇게 짜여 있고, 너희는 이름만 올리면 돼. 대기업 직장인, 미국에서 공부하는 박사 과정생, 성실한 프리랜서, 남녀 비율도 적당하고 좋잖아.

현보는 자못 진지한 톤으로 술잔을 들어 수형과 부딪치며 말했다. 어째서 내가 이 자리에 불려 나왔는지 이제 좀 알 것 같았다. 현보는 술을 한 모금 털어 넣더니 우리가 나라를 생각해야 한다고 강조했다.

나라를 생각해야 해. 우리같이 젊은 사람들이. 다들 자기 살기 바빠도.

현보는 다시 한번 강조했다. 젊은 사람들이 눈앞의 소소한 일에 전념하느라 국가를 생각하지 않는다고. 누군가는 이 나라의 미래를 생각해야 한다고.

현보가 수형과 술잔을 부딪쳤다. 부딪치는 술잔에서 경쾌한 소리가 났다.

신발 밑창이 뜯어진 시각에, 나는 진아와 함께였다. 수업이 끝난 직후에 나와 진아는 대학원 건물에서 나와 점심을 먹으러 기다란 잔디밭을 지나 학교 중앙에 있는 학생식당에 들렀다. 나는 소시지볶음과 김치찌개를, 진아는 돈가스덮밥을 골랐고, 볕이 잘 드는 학생식당 한쪽에 자리를 잡고 앉았다. 총선이 곧인 탓인지 식당 한편에 설치된 티브이에서는 선거 이야기가 한창이었다. 나는 소시지 한쪽을 잘라 입에 넣고 천천히 씹다가 문득 진아에게 물었다.

넌 한국에 투표권이 있는 거야?

진아가 돈가스 한쪽을 입에 물고 오물거리며 말했다.

그럼요, 언니.

환하게 웃으며 진아가 말했다.

저 한국 국적이에요.

진지하거나 모난 마음이 아니었지만 나는 문득 궁금

해졌다. 미국에서 자라고 미국 교육을 받았고 지금도 방학이면 미국으로 가버리는 한국인은 어떤 방식으로 투표를 할까.

너는 뭘 기준으로 선거를 해?

진아는 잠시 생각하더니 이내 말했다. 먹거나 말하는 동안 진아의 입술은 닫힌 적이 없었다. 동굴 같은 진아의 입이 이윽고 소리를 냈다.

1번이요.

1번?

네. 잘했으니까 1번 후보가 됐겠죠.

진아가 웃어서 나는 괜히 진아를 따라 웃었다. 그걸로 나는 내 의무를 다하고, 그들은 그들이 하던 일을 하고요. 그렇게 말하는 진아의 표정은 정말이지 아무런 날카로움 없이 맑고 순했다.

나는 진아의 답을 들으며, 내가 얼마나 갇힌 인간인가 생각했다. 어째서 나는 숙고하고 고민하고 결정에 어려움을 겪는가? 어째서 나는 그 모든 선거 과정을 제대로 지켜봐야 한다고 생각하는가? 이것은 교육된 습관인가, 혹은 어떤 면에 지나치게 엄격한 잣대를 들이미는 개인의 성향인가? 식당 홀로 밥 짓는 냄새가 몰려왔다. 티브이에서 나오는 뉴스를 들으며 나는 관성적인 숟가락질로 입안에 들어온 밥알을

꾹꾹 씹어 넘겼다. 총선이 목전에 다가오며 후보마다 유세에 총공세 중이라는 말로 앵커의 발언이 마무리됐다.

밥을 다 먹고 나오는 길에 계단에 막 발을 들였을 때, 문득 진아가 아이스크림을 먹고 싶다고 했다. 매점은 계단 중앙이 아니라 오른편에 있었고 그곳으로 가기 위해서는 발의 방향을 바꾸어야 했다. 그런데 발이 갑자기 꼬여 나는 왼쪽 발을 계단 턱에 잘못 디뎠고, 그러자 몸이 크게 흔들거렸으며, 최대한 순발력을 끌어모아 난간을 붙잡았다. 그러다 낡은 구두 앞코가 계단과 부딪혔다. 나는 모든 힘을 다해 쇠로 된 난간을 붙잡았다. 이대로 손을 놓치면 80단쯤 되는 계단에서 굴러떨어질 것 같았다. 몸을 일으켜 세우고 싶었지만 그럴수록 몸이 크게 휘청거렸다. 그때 검은 단화 앞쪽이 쩍 벌어졌다. 놀란 진아가 내게 다가와 몸을 붙들었는데 그사이에 밑창의 절반이 찢겨서 안으로 말렸다. 진아는 나를 일으켜 세웠다. 옆에 지나가는 사람들 두셋이 우리를 바라봤지만 크게 집중하지 않고 지나갔다.

언니, 일어날 수 있어요?

진아가 그렇게 말하며 내게 손을 내밀었다. 나는 진아의 손을 보고 있다가 내 손바닥을 펴서 흔들었다.

괜찮아.

다친 거 아니죠, 그렇게 진아는 내게 물었다. 진짜 괜찮

아. 그 말을 듣고 나서야 놀라 붉어졌던 진아의 얼굴이 다시 동그랗고 하얗게 돌아왔다.

언니!

꺄르르 소리를 내며 진아가 웃었다. 이게 뭐예요. 비꼬려는 것도 아니고 우스워하는 것도 아니었다. 진아는 정말 순수하게 당황했다. 걱정했으나 부끄러워하지는 않았다. 나를 부끄러워한 건 나였다. 매점에는 슬리퍼를 팔지 않았고 밑창을 잘라낼 가위 같은 것도 없었다. 진아는 학생회관 앞에서 택시를 타고 집으로 갔고 나는 밑창을 끌고 연구실로 돌아갔다. 그 후로 나는 진아를 떠올릴 때면 달랑거리던 신발 밑창과 함께 1번을 기억했다. 아니, 신발 밑창이 닳기 전에 신발을 버려버리거나, 투표장에 들어가서 종이에 적힌 1번을 보며 난데없는 열패감을 느낄 때 진아가 떠올랐다고 말하는 편이 솔직하다.

*

우리가 나왔을 때 음식값은 미리 치러져 있었다. 수형이 잘 먹었다는 말을, 장난스럽게 극존칭을 써가며 했다. 현보는 수형의 어깨를 토닥였다. 현보는 근처에서 할 일이 조금 더 남아 있다고 했다. 주말에도 국가를 위해 일하는 청년이라고, 수형이 한마디 거들었다.

아니, 위에서 진심 쪼니까.

그렇게 말하며 현보는 집게손가락을 하늘로 쳐들었다. 눈이 살짝 찌그러져 있었다. 나는 광화문 근처에서 회의가 있었으므로 버스를 타고 강북으로 올라가겠다고 했다. 진아는 집이 근처였다. 만나서 반가웠다고 진아가 말하자, 현보가 이름 올린다, 하고 답하듯 말했다. 진아는 해사하게 웃었다.

맘대로 해요. 김진아는 흔하디흔해.

나는 머뭇거렸지만 내가 머뭇거리는 걸 주의 깊게 본 사람은 없었다. 식당에서 나와 그대로 우리는 헤어졌다. 잘들 지내라고, 관련 사항을 정리해 수일 내에 메일을 보내겠다고, 현보가 마지막으로 작별 인사 같은 멘트를 남겼다.

나는 버스 좌석에 앉아 서울을 남에서 북으로 가르며, 사람들 지나가는 모습을 바라봤다. 포만감 덕분이었는지 그러다 잠이 들었다. 사람들 들고 나는 소리가 뒤섞였고, 학교 다닐 때의 기억들도 뒤섞였으며, 현보와 수형과 진아의 얼굴도 뒤섞였다. 정신을 차렸을 때는 벌써 광화문이었다.

버스에서 내려 약속 장소를 향해 걷고 있을 때, 나를 맞이한 건 한쪽 거리를 가득 메운 소리였다. 사람들의 무리였다. 크고 웅성거리는 소리, 산발적인 노랫소리, 무대가 곧 시작된다는 안내 소리. 번데기 냄새, 커피믹스 냄새, 곶감이나 대추를 파는 매대, 기가 막혀 호박엿…… 내 주변으로 가지런히 놓인 회색 플라스틱 의자들은 군데군데 비어 있었고 징과 꽹과리를 든 사람들은 거친 단어를 뿜어냈다. 무리가 보행로를 거의 모두 점령하고 있었다. 거리를 통과해 식당가로 가려면 그들 무리를 가로로 한 번, 세로로 한 번 지나야 했고, 나는 고개를 숙이고 재빠른 걸음으로 앞으로 나아갔다.

그때 누군가 내 몸을 치고 지났다. 몸 안에서 픽 하는 소리가 났다. 어깨에 메고 있던 가방이 바닥에 떨어져 안에 있던 물건들이 튀어나왔다. 반사적으로 주저앉았다.

죄송합니다.

나를 향해 말하는 쪽으로 고개를 돌렸다. 내 나이쯤으로 보이는 여자가 내 쪽으로 몸을 돌리고 서 있었다.

괜찮아요.

어떡하죠. 너무 죄송해요.

여자는 말하며 물건을 함께 정리해주겠다는 듯 몸을 구부리고 앉았다.

진짜 괜찮아요. 그냥 가세요.

나는 립밤과 동전 지갑을 주워 먼지를 털며 말했다. 여자가 나에게 뭔가를 내밀었다.

세 개 있어서 하나 드리는 거예요. 정말 죄송해요.

받으려고 손을 뻗은 게 아니었는데, 여자는 내 손에 옥수수 뻥튀기 봉지를 가져다 대었다.

두 개 사니까 하나 더 주더라고요.

여자가 그렇게 말하며 웃었다. 나도 따라 겉웃음 쳤다. 여자는 뻥튀기를 팔에 끼고 일어나 유쾌하게 앞으로 걸어가며 시위대의 구호를 따라 거세게 외쳤다. 탄핵 반대, 헌법 수호. 어쩐지 진이 빠진 나는 무리를 지나쳐 나오자마자 화단에 몸을 기댔다. 조경수 사이 겉흙에 태극기와 성조기가 꽂혀 있었다. 뒤쪽 무리를 바라보다가 가야 하는 방향으로 몸을 돌렸다. 톤이 높고 쨍쨍한 목소리로 노래를 부르는 네댓 사람의 소무리가 내 쪽을 향해 다가오고 있었다. 그들 중 한 사람이 소리 높여 외쳤다.

대한민국을 지켜내자.

그러자 주변에 있는 사람들이 전염되듯 그 말을 반복했다. 순식간에 그 문장이 구호가 되었다. 나는 귀에 들어온 문장을 반복해 읊조렸다. 그 순간 흙에 덜 꽂힌 태극기가 힘없이 옆으로 기울더니 결국 쓰러져버렸다. 쓰러진 태극기 옆으로 구겨진 종이 피켓 하나가 바람을 타고 날아들었다. 내란 척결, 민주주의 수호. 그 글귀는 내가 들었던 피켓과 같았다. 그때 나는 내가 진심으로 나라를 위한다고 생각했다. 흙을 그러모아 쓰러진 태극기를 다시 세웠다.

대한민국을 지켜내자.

모두의 진심이었다.

작가의 말
흔적을 더듬는 시간

　어느 겨울 어스름한 저녁, 동료 작가들과 이런저런 이야기를 나누는 중에 장강명 작가님으로부터 이 책을 준비한다는 소식을 들었을 때, 나는 정말 앞뒤를 생각하지 않은 채 말했다. 저도 함께하고 싶어요, 라고.
　그 이야기를 막상 꺼낸 후에 작가님께 되물었다. 그래도 되나요? 하고. 그 짧은 순간에 나는 이 책을 함께 써도 될 자격이 있는 건지 되묻고 있었다. 그도 그럴 것이, 무언가를 해나갈 순간과 멈추어야 할 순간을 구별하자고 나는 요즘 스스로에게 꽤 많이 다짐하는데, 이런 일이야말로 내가 하고 싶어한다고 해서 진짜 해도 되는 일인지 분간이 잘 안 가는 탓이었다. 장 작가님은 부드럽게 웃으며 고개를 끄덕였고, 나는 어쩐지 안심했다. 그 순간, 나는 그걸로 정아은 작가님께 진 빚을 조금이나마 갚을 수 있지 않을까, 생각했던 것 같다.
　그렇다고 내가 정아은 작가님과 인연이 깊어서 책을 함

께 쓰겠다고 나섰느냐면⋯⋯ 전혀 아니다.

나는 정아은 작가님을 한 번도 만난 적이 없다.

작가들 사이에서 알면서도 모르는 일은, 낯선 일이 아니다. 작가들은 작가들의 글을 읽으며 서로의 흔적을 더듬는 것 같다. 그러니 나 역시 읽었던 작가들보다 만나본 작가들이 아직 더 적은 게 당연한 일. 어쨌든 동시대를 살며 함께 글이라는 매개체로 이어진 작가들은, 애틋한 마음으로 책으로 서로를 알고, 책으로 서로를 읽고, 조용히 서로를 응원하는데, 그래서 만날 기회가 있으면, 그 사람이 문을 열고 들어오는 순간부터 알아챈다. 이미 그 사람의 얼굴과 말투와 관심 있는 것들을 알고 있는 채, 조용히 웃음을 띠면서.

나도 정아은 작가님을 그렇게 알고 있었다.

*

작년에 출간된 《인성에 비해 잘 풀린 사람》은 여덟 명의 작가가 함께한, 월급사실주의의 두 번째 책이다. 정아은 작가님과 나도 그 책의 저자에 포함되어 있었다. 정아은 작가님은 간호조무사의 이야기가 담긴 〈두 친구〉라는 단편소설을, 나는 프리랜서 통역사의 이야기가 담긴 〈쓸모 있는 삶〉을 책에 실었다. 책은 근로자의 날에 나왔다. 우리는 가나다 순으로 되어 있는 작가 소개란에 늘 붙어 있었다. 작가들의 이름을 앞에서부터 가나다로 세우면 정아은 작가님이 나보다 먼저 등장했고, 뒤에서부터 세우면 내가 먼저 등장하는 식이었다.

책이 출간되고 두 달 후, 불볕더위가 이어지던 어느 여름날, 우연히 읽은 신문 기사에 눈길이 멈췄다. 기사는 글을 읽고 소개하는 칼럼이었고, 그날 칼럼의 소재는 《인성에 비해 잘 풀린 사람》에 수록된 〈쓸모 있는 삶〉이었다. 멈춰 읽지 않을 수 없었다. 칼럼은 소설이 다루고 있는 사회문제의 내면화, 그러니까 통역사가 직업인 주인공이 한국에서 나타나는 사회문제를 통역의 방식이 아니라 자신의 말로 곱씹어내야 했을 때 느끼는 혼란스러움을 짚었다. 칼럼을 다 읽고 나서 글쓴이를 다시 확인했다. 정아은 작가님이었다. 나는 두근거리는 심장을 부여잡았다. 누군가 내 글을 알아봐주었고, 깊이 있는 서평을 남겨두었으며, 그것을 쓴 사람이 같은 형식의 글을 쓰는 작가인 데다 같은 책에 이름을 올린 이라면.

나는 그 칼럼을 스크랩해두고 종종 읽었다. 언젠가 그분을 만나게 되면, 꼭 기쁜 마음을 전해야지, 생각하면서. 월급사실주의 동인이 전체 메일을 주고받던 어느 날, 나는 메일을 닫았다가 갑자기 그 생각을 떠올리곤 메일함을 다시 열었다. 수신자 목록에서 정아은 작가님은 역시나 가나다 순서 때문에 내 메일 주소 앞에 있었다. 옳거니. 나는 당장에 작가님이 수신할 짧은 메일을 기어코 보내고야 말았다.

그날 칼럼을 읽고 받았던 응원을 기억하고 있다고. 오래도록 기억하면서 글을 쓰겠다고.

정 작가님은 며칠 뒤에 내게 답장을 보내왔다.

영감을 주는 소설을 써주어 고맙다고. 기회가 되면 밥 한 끼 사주고 싶다고. 당신이 내는 소설을 내가 첫 번째 독자로 읽겠다고.

나는 그 메일을 애틋하게, 여러 번 읽었다.

*

소식을 들었던 날 나는 어느 강연 자리에 있었다. 행사 주최 측 담당자 분들과 가벼운 인사를 나누고 강연을 준비하며 앉아 있다가 무심코 스마트폰을 꺼내 들었다. 강연까지 시간이 10분 정도 남아 있었다. 스마트폰에는 시시각각 날아든 각종 스팸과 광고 문자들이 쌓여 있었는데, 스팸들 사이로 메일함에 들어와 있는 메일의 제목이 심상치 않았다. 메일을 열어 읽다가 나는 그대로 얼어붙어버렸다. 올 수 있는 사람은 오늘 저녁에 장례식장으로 오면 된다고 했다. 처음에는 무슨 말인가 싶어 다시 읽었고 재차 읽었을 때는 진짜인가 싶어 또 읽었다. 아무리 읽어도 내용은 같았다. 메일함을 덮었을 때 강연 시간이 되어 있었다. 나는 강단에 서서, 내 강연을 기다리는 청중을 한동안 가만히 바라보고만 있었다. 내가 무슨 말을 꺼내야 강연이 시작될 텐데, 나는 한참 동안 눈만 끔뻑거리다가 어렵게 첫마디를 꺼냈다.

　죄송합니다.

　강연은 심각했다. 원래 웃기는 사람도 아닌 데다 소식을 접하며 받은 충격 때문인지 나는 심각한 얼굴로 심각한 이야기를 늘어놓았다. 주최 측에서 마련해준 샌드위치는 맛도 못 보고 가방에 넣었고 강연이 끝나자마자 차를 몰고 서울로 향했다. 평소에도 두 시간 반은 걸릴 거리였는데, 도로가 너무 많이 막혔다. 차가 서울로 진입했을 때는 이미 밤이 많이 늦은 시각이었다. 어찌해야 할지 몰랐던 그날 고속도로 위의 풍경이 아직도 기억에 생생하다.

*

　그 후로 며칠이 지난 후에, 책장을 살피다가 무거운 마음으로 책 한 권을 꺼냈다. 오랫동안 독서를 미뤄둔 책이었다. 그 책의 독서를 미뤄둔 이유는…… 책의 제목에 손을 닿고 싶지 않아서였다. 정말로 나는 그 책의 제목을 보며 고개를 흔들거나, 딴청을 부리거나, 다른 생각을 하기 일쑤였다. 나는 책의 제목에 등장하는 인물과 직접적인 연관관계가 전혀 없지만, 그 인물과 대면하는 건, 내게 너무 어려운 일이었다. 그게 글이라도 마찬가지였다. 아니, 그 형태가 글이면 더욱 어려웠다. 내게 글은 가장 익숙하고 가장 첨예한 방식이니까.

독서는 사람을 해치지 않아.

나는 나를 안심시키며 그 책을 꺼내 들었다. 그리고 제목에 등장하는 인물의 이름과 마주했다. 사는 동안 그의 이름을 수없이 많이 봤다. 그의 특이한 이름 때문에 그 이름이 한 사람을 가리키고 있다는 것도 잘 알고 있었다. 나는 그의 이름이 나오면 눈을 돌려버리는 습관이 있었다. 어째서였느냐고 묻는다면. 글쎄. 무서워서도 아니고, 슬퍼서도 아니었다. 지겨웠다. 그의 역사가 지겨웠고 그를 만들어낸 역사가 지겨웠다. 아직도 생산되는 그에 관한 미담도 평가도 지겨웠다.

어째서, 그 인물이었죠?

나는 답을 듣지 못할 질문을 혼잣말처럼 남기며 책장을 열었다.

나는 그가 몇 해 전 광주에 간다는 소식 한 줄을 읽고 펑펑 울었던 기억이 있다.

고백건대, 나는 오래도록 광주를 싫어했다.

곳곳에 침잠된 묵고 단단한 기운들과, 사람들의 오랜 분노, 그것이 만들어낸 화약고 같은 저항심을. 너무나 처참했던 그들의 죽음과 해결되지 않은 아픔을. 말하고 말 되어지고 읽히고 또 써도 도무지 이해되지 않는 사연들을. 내가 살아오는 동안 너무나 지겹도록 들었거나 아무것도 듣지 못했던 일들을 나는 싫어했다. 광주가 그런 방식으로만 읽히고 쓰인다는 것이 지겨웠다. 그것 아니고는 광주에 관해 말할 게 없냐고 묻고 싶었다.

그래서 작은 텃밭 같던 광주를 벗어나, 내친김에 한국을 벗어나, 독일로 떠났다. 그런데 그곳에서 인연을 쌓아 관계가 깊어진 사람이 내게, 네 고향에서 일어난 일을 말해달라고, 그곳에서 대체 무슨 일이 일어났던 거냐고 물었을 때, 심장에서 불꽃이 이는 것 같았다.

그저 그곳에서 태어났기에 그곳에서 사는 방법밖에 없었던 나는, 두려움 때문에 아무도 그때 일어났던 사연을 제대로 말해주지 않았던 날들에서, 순진하고 무고하며 입만 거친 광주의 내 가족들, 친인척들, 바보들에게서, 무척이나 벗어나고 싶었다. 금남로에서 태어나 광주의 중심가에서 성장기를 보낸 나는. 광주의 저항심을 꼭 닮아 광주에 저항하는 나는.

나는 그가 연희동 자택을 출발해 광주로 향하고 있다는

소식 하나만으로 펑펑 울었다. 장기가 엉겨 붙고 심장이 떨어져나갈 것처럼 쓰린 가슴을 부여잡고 울었다. 그가 방금 떠났다는 자택 옆에는 내가 한 해 전에 집필실을 두고 쓰던 연희문학창작촌이 있었다. 창작촌에 있는 동안 나는 한 번도 그 집 방향으로 눈길을 두지 않았다.

400쪽에 달하는 책은 가지고 있었던 시간이 민망할 정도로 순식간에 읽혔다. 쥐고 읽었던 책에는 수십 개의 플래그가 달렸다. 내가 그 인물을 지겨워할 수 있을 정도로 잘 알고 있었나, 하는 생각이 들었다. 나는 무엇 때문에 그를 잘 안다고 생각했을까? 한 인간을 제대로 아는 게 가능한 일이긴 할까?

그즈음에는 대통령 탄핵 건으로 전국이 떠들썩했다. 대통령이 체포되고 석방되며 탄핵되는 동안 광화문과 여의도, 한남동 대통령 관저 앞과 거의 모든 도시의 중심지마다 탄핵 찬성과 반대 시위가 동시에 열렸다. 체포되었다가 석방된 대통령은 지지자들을 향해 웃음과 손 인사를 날렸다. 그는 탄핵된 후에도 재판장에 나가 자신이 촉발한 계엄의 정당성을 주장했다.

그즈음 되니, 그가 진심으로 그렇게 믿고 있는 것 같았다. 정말로 우리나라의 자유민주주의가 그런 방식으로 지켜질 수 있다고, 국회는 자신의 뜻을 펼치는 데 방해꾼이 되는 조직일 뿐이라고. 자신이 잘못한 점이 있다고는 전혀 생각하지 못하는 것 같았다. 자신은 정말로 선한 사람, 정말로 국민들을 지켜주는 사람. 그런 자신을 탄핵하는 건 정말 억울한 일이라고 생각하는 것 같았다.

겨울을 나는 동안 정아은 작가의 책 내용을 계속 곱씹어갔다. 그 책의 부제는 '그는 왜 무릎 꿇지 않았는가'였다. 왜 그들은 무릎 꿇지 않을까, 사과하지 않을까, 잘못을 인정하지 않을까? 어째서 그런 일은 계속해서 반복될까?

그것이 이 소설을 쓴 계기였다.

*

소설가들은 특히 인물을 중심으로 이야기를 이끈다. 인물을 잘 다룰수록 인물의 모든 면을 다룬다. 인물에게는 좋은 면만 있지 않고 나쁜 면만 있지도 않다. 좋다, 나쁘다의 의미조차 중요하지 않을 정도로 다양한 형태의 마음들도 소설가들은 따라간다. 나는 책에 달린 엄청난 양의 참고문헌과 주석을 읽고는 숙연해졌다. 작가님이 왜 이 인물을 따라가보고 싶었는지, 인물이 어떤 배경에서 가치관을 형성해갔고 자신의 신념을 일으켰으며 그것을 행동으로 옮기게 되었는지, 어렴풋이 알 것 같았다.

소설가들은 가끔 소설 뒤로 숨기도 한다. 허구로 만든 세계 뒤로 숨어 그곳에 사는 인물들을 통해 자신이 보고 듣고 느낀 것들을 풀어내기도 한다.

그 인물을 다루는 방식이 소설이 아니었다는 것.

그것은 작가가 낸 용기의 크기다. 선배 작가의 눈을 따라가보고 싶었다. 인물에 대해 궁금해하고, 그 인물의 행동 뒤에 숨은 의도를 파악하고, 인물이 만들어진 계기를 따라가보고.

그의 용기를 따라가보는 것. 나는 그것만으로도 내 인생의 어떤 겹을 벗어내기 위한 최선의 노력을 다했다고 생각한다. 그래서일까. 나는 이 소설을 쓰면서 용기를 느꼈다. 나는 내 글로 하고 싶은 말을 하며 살아갈 것이다. 조금씩 더 용기를 내며, 내가 할 말의 지평을 넓혀갈 것이다.

그것을 작가님이 세상에 아직 남아 있는 이들에게 두고 간 유산이라고 생각할 것이다.

돌을 던지다

정명섭

오전반 수업이 끝나고 종례 시간에 담임 선생님이 갑자기 내일은 수업이 없다고 했다. 그 말을 들은 아이들은 신이 났다. 하지만 담임이 무덤덤한 표정으로 입을 열면서 잠깐의 행복은 산산조각이 났다.

"내일 귀국하는 대통령 각하를 맞이하러 나간다. 그러니까 한 명도 빠짐없이 나오도록."

아이들은 삽시간에 혼란에 빠져버렸다. 혼란을 잠재운 건 부반장 아영이였다.

"대통령이 아프리카 5개국을 순방하고, 캐나다까지 방문한 후에 귀국한다고 했어."

듣고 있던 담임이 대통령 뒤에 각하라는 명칭을 붙이라고 말했다. 아영이는 잠깐 얼굴이 붉어지더니 "대통령 각하"라고 다시 말했다. 담임은 내일 여덟 시까지 가방은 필요 없고 단정한 차림으로 학교로 오라고 얘기하고는 뒷줄을 힐끔 보았다.

"머리도 잘 감고 가급적 목욕도 하고 오도록."

누구라고 콕 집어서 얘기하지는 않았지만 반 아이들은 누구에게 말한 것인지 아주 잘 알고 있었다. 바로 달동네에 사는 관국이었다. 키가 커서 뒷자리로 간 관국이는 머리를 잘 감지 않아서 푸석푸석하고 옷도 늘 똑같은 것만 입고 왔다. 씻지 않아서 냄새도 났다. 하지만 아이들은 크게 신경 쓰지 않았다. 어차피 부잣집을 제외하고는 매일 씻을 수 없었고 목욕탕은 한 달에 한 번 가면 많이 가는 것이었으니까. 거기다 관국이는 철봉을 잡을 때 올려주기도 하고 뺑뺑이도 잘 돌려주었다. 그래서 한번은 담임이 관국이를 불러내 이렇게 지저분하게 학교에 오면 안 된다고 했을 때 다들 속으로 화를 냈다. 하지만 마음씨 착한 관국이는 그냥 웃고 넘어갔다.

다음 날 아침, 개봉국민학교 운동장에 모였다. 줄을 맞추라는 담임의 지시를 받고 아이들 사이를 걸어 다니던 아영이가 말했다.

"6학년만 모였나봐. 3반은 또 빠졌고."

"3반은 왜?"

준섭이의 물음에 아영이가 걸음을 멈추고 주변을 돌아보고는 속삭였다.

"3반에 아버지가 안기부 다니는 애가 있다잖아. 우리 반 반장도 아프다고 안 나왔고."

사실 아이들에게 가장 인기가 많았던 건 친구들과 사이가 좋고 공부도 잘하던 아영이였다. 그래서 반장 선거를 할 때 가장 많은 표를 받았다. 하지만 갑자기 담임 선생님이 절차에 문제가 있다면서 재선거를 했고, 성홍이가 반장으로 뽑혔다. 부잣집이라고 으스대고 반 친구들을 깔보기 일쑤라서 다들 싫어했다. 하지만 담임은 성홍이를 무척 아끼고 감쌌는데 학교에 자가용을 타고 온 성홍이 엄마 때문이라는 게 아이들의 일치된 의견이었다. 반면, 아영이 아버지는 학교에 온 적도 없고, 어머니도 델몬트 오렌지 주스 세트만 들고 왔었다.

인원 점검이 끝난 후에 6학년 1반 선생님이 힘차게 호루라기를 불었다. 그러자 아이들은 반별로 차례대로 교문을 빠져나갔다. 처음에는 그나마 포장된 길이라서 걷기 수월했지만 얼마 지나지 않아 논이 보이는 흙길로 접어들었다. 어디까지 가야 하는지 몰랐던 아이들은 차츰 투덜거리기 시작했다. 30분이 지나도 멈추지 않았고, 한 시간을 넘게 걷게 되었다. 아이들의 고개는 축 처졌고 걸을 때마다 흙먼지가 연기처럼 피어났다. 화가 난 준섭이는 길가의 돌을 힘껏 걷어차서 노란색 코스모스를 맞췄다. 그때, 나란히 걷던 상수가 말을 건넸다.

"저기 봐. 아지랑이가 보여."

준섭이는 고개를 돌려 길가의 꽃들을 바라봤다. 가을 바람에 하늘거리던 코스모스들이 흐리게 보였다. 60명이 넘는 반 아이들 중에서 유일하게 안경을 쓴 상수를 힐끔 본 준섭이가 말했다.

"그게 아니라 네 안경에 물이 묻었잖아."

준섭이의 대꾸에 상수는 쓰고 있던 안경을 벗어서 살펴봤다.

"이게 어디서 튄 거지?"

"어디긴, 아까 밟은 흙탕물이겠지."

상수가 그런가, 라고 중얼거리며 엄지손가락으로 안경을 쓱 닦았다. 그리고 길 양쪽에 두 줄로 나란히 서서 걷는 아이들을 보면서 투덜거렸다.

"대체 얼마나 더 가야 하는 거야? 차라도 좀 태워주지 진짜."

"그러게. 다리 아파 죽겠네. 좀 쉬었다 갔으면 좋겠는데……"

말끝을 흐린 준섭이는 끝없이 뻗은 길과 줄지어 걷는 아이들을 바라봤다. 대통령이 오는데 환영을 하러 가는 게 무슨 의미인지 몰랐고, 왜 차를 태워주지 않고 끝없이 걷게 하는지도 의문이었다. 오랫동안 쉬지 않고 걷는 동안 대열은 자연스럽게 흩어졌다. 아이들은 친한 친구들끼리 모여서 걸었다. 평소라면 화를 냈을 선생님들도 뭐라고 하지 못했다. 준섭이는 상수와 아영이, 그리고 오늘은 머리를 감고 왔다며 자랑하는 관국이와 자연스럽게 붙어서 걸었다. 관국이의 구멍 난 운동화를 본 아영이가 혀를 찼다.

"다리 안 아파? 물도 잔뜩 들어갔겠다."

"괜찮아. 이 정도는 뭐."

관국이는 특유의 웃는 표정으로 뒤통수를 긁으며 대꾸했다. 충청도 옥천에서 재작년에 서울로 올라온 관국이는 개봉동이 아니라 목감천 건너 광명동에 살았다. 농사를 짓다가 먹고살기 막막해서 올라온 관국이네 아버지가 구로공단에 일자리를 잡았기 때문이다. 어찌어찌해서 주소지를 개봉동으로 옮겨서 개봉국민학교로 전학한 관국이는 말도 더듬거리고 옷도 지저분했지만 순박하고 착했다. 관국이의 운동화를 본 준섭이 역시 안타까움과 함께 불편한 감정이 들었다.

"그나저나 대통령이 돌아오는 걸 왜 우리가 가서 맞이해야 하는 건데? 이렇게 오래 걸어서 말이야."

준섭이의 투덜거림에 아영이가 멀리 떨어진 담임 선생님의 위치를 확인하고는 속삭였다.

돌을 던지다

"그거야 아무도 환영하지 않으니까 그렇지."

상수가 키득거리며 안경을 벗고 눈을 비볐다. 관국이도 눈을 크게 뜨고 웃었다. 아영이가 다시 덧붙였다.

"아빠가 그랬는데 대통령이 되더니 광주에서 사람들을 엄청 죽여서 맨날 땡전뉴스 해도 사람들이 좋아하지 않는데."

아영이의 얘기를 들은 준섭이가 아는 척을 했다.

"전라도 광주? 외삼촌한테 들었어. 거기서 군인들이 총을 쏴서 사람들을 엄청 죽였다고 말이야."

작년 추석 때 대학 다니는 외삼촌이 흥분해서 떠드는 얘기를 떠올린 준섭이의 말에 상수가 물었다.

"진짜? 우리 큰아버지는 북한에서 보낸 간첩들이 소동을 일으킨 거라고 하던데?"

"말도 안 돼! 간첩들이 어떻게 휴전선을 넘어서 광주까지 내려가?"

아영이가 목소리를 높이자 앞뒤로 걷던 아이들이 무심한 눈길로 바라봤다. 잠시 입을 다문 아영이는 아이들이 시선을 거두자 다시 낮은 목소리로 말했다.

"평화적으로 한 시위를 군인들이 총으로 쏴서 무자비하게 진압했다고 그랬어."

"국군 아저씨들이?"

반공 영화를 좋아하는 관국이의 대꾸에 아영이가 서글픈 표정으로 고개를 끄덕거렸다. 관국이는 믿기지 않는다는 표정으로 뒷머리를 긁적거렸다. 준섭이는 마음에도 들지 않고, 나쁜 사람인 대통령을 맞이하느라 오랜 시간을 걸어야 한다는 게 생각할수록 짜증이 났다. 거기다 돌아갈 때도 이만큼 걸어야 한다는 사실에 화가 나서 다시 눈에 띄는 돌을 걷어찼다. 화사하게 핀 코스모스 사이를 뚫고 논으로 날아간 돌을 본 준섭이는 기가 막힌 아이디어가 떠올랐다.

"야! 이따가 대통령이 지나갈 때 돌을 던질까?"

가장 먼저 반응을 보인 건 아영이었다. 눈을 크게 뜬 아영이가 낮은 목소리로 물었다.

"돌을 던지자고?"

"그래, 혼쭐을 내줘야지. 나쁜 사람이니까."

상수는 안경 안쪽의 눈을 말없이 깜빡거렸고, 관국이는 무슨 얘기를 하는지 정확히 모르는 눈치였다. 안경을 치켜올린 상수가 어처구니없다는 말투로 물었다.

"제정신이냐?"

그때, 아영이가 다급하게 말했다.

"담임!"

뒤를 돌아보자 담임 선생님이 진짜 바로 뒤에서 성큼성큼 다가오는 중이었다. 얼굴은 몹시 화가 난 표정으로 붉게 상기되어 있었다. 준섭이가 들켰다고 생각한 순간, 담임이 우렁찬 목소리로 외쳤다.

"10분간 휴식! 쉬었다 간다."

그러고는 네 아이들에게는 시선도 주지 않고 쌩하니 앞으로 지나갔다. 그걸 본 아영이가 한숨을 토했다.

"들킨 줄 알았어."

준섭이도 입고 있는 바지의 멜빵을 살짝 만지작거리며 중얼거렸다.

"그러게. 어디 앉자."

네 아이들은 길옆에 있는 바위에 나란히 걸터앉았다. 넷이 앉으면서 바위는 꽉 찼고, 주변에 앉을 만한 곳이 없어서 다른 아이들은 좀 떨어진 곳에 앉게 되었다. 가운데 앉은 아영이가 옆에 앉은 준섭이에게 다시 물었다.

"진짜 돌을 던지자고?"

"응, 그러자. 그래야 다시는 이렇게 우리를 고생시키지 않지."

준섭이의 단호한 뜻에 예상 밖으로 관국이가 호응을 했다.

"던지자."

"뭐라고?"

놀란 상수가 묻자 관국이가 뒷머리를 긁적거리며 입을

열었다.

"오늘 목욕하고 와야 한다고 해서 어제저녁에 라면 하나에 국수를 세 개밖에 못 넣었어."

손가락 세 개를 펼친 관국이의 말에 다들 가볍게 웃었다. 웃음이 그친 후에 아이들의 눈빛이 달라진 걸 준섭이는 어렵지 않게 느낄 수 있었다. 상수가 앉아 있는 바위 주변을 살펴보며 말했다.

"던질 만한 돌이 있을까?"

바위 주변에는 크고 작은 돌들이 있었다. 상수를 시작으로 다들 돌을 집어서 주머니에 쑤셔 넣었다. 준섭이가 적당한 돌을 고르면서 상수에게 장난스럽게 말을 걸었다.

"달리는 차 맞출 수 있어?"

상수는 자신만만하게 대꾸했다.

"물론이지."

그러면서 던지는 시늉을 했다. 그런데 뒤에서 갑자기 귀에 익은 목소리가 들렸다.

"뭘 던진다는 거야?"

다들 놀라서 돌아보자 코르덴 바지에 빳빳하게 다린 셔츠를 입은 성홍이가 두 손을 허리에 댄 채 서 있는 모습이 보였다. 놀란 준섭이가 물었다.

"아파서 못 온다며?"

한쪽 눈을 찡그린 성홍이가 대답했다.

"아팠는데, 대통령 각하를 환영하는 데 빠질 수는 없잖아. 그래서 아빠한테 부탁해서 차 타고 왔어."

준섭이는 속으로 걸어오기 싫어서 아프다고 빠졌다가 슬쩍 합류한 게 분명하다고 생각했다. 그건 그렇고 어떻게 거짓말을 해야 할지 고민하고 있는데 갑자기 상수가 길옆의 논에다가 돌을 던지며 외쳤다.

"나는 MBC청룡의 수호신 하기룡이다!"

올해 초에 출범한 프로야구는 아이들 사이에서 큰 인기를 끌었다. 특히 프로야구단에서 어린이 회원을 모집했기 때문이다. 어린이 회원이 되면 야구장 티켓 할인은 물론이고 비닐로 된 점퍼와 야구모자, 유리컵 같은 걸 선물로 줘서 아이들은 너도나도 부모를 졸랐다. 틈만 나면 골목길과 운동장에서 프로야구 선수들의 투구 폼이나 타격 자세를 흉내 내면서 누가 제일 잘 던지고 잘 때리는지를 따지면서 놀곤 했다. 상수는 MBC청룡의 어린이 회원이었다. 관국이도 어설프게 돌을 던지며 소리쳤다.

"나는 OB베어스의 에이스 박철순!"

준섭이도 잽싸게 논에다 돌을 던지면서 외쳤다.

"삼성라이온즈의 일본 킬러 이선희!"

그걸 본 성홍이가 깔깔거렸다.

"야! 이선희는 왼손 투수잖아. 그것도 모르냐?"

다른 때 같으면 기분 나빴겠지만, 직전에 나눈 얘기를 들키지 않았다는 사실에 안도한 준섭이는 다시 왼손으로 돌을 던졌다. 평소 쓰지 않는 손이라서 돌은 포물선을 그리며 힘없이 날아갔다. 그러자 관국이가 갑자기 펄쩍 뛰면서 외쳤다.

"김재박의 개구리 번트!"

며칠 전, 잠실 야구장에서 열린 세계야구선수권대회 결승전에서 일본 투수가 옆으로 뺀 공을 개구리처럼 훌쩍 날아서 번트를 성공시킨 김재박을 흉내 낸 것이다. 어설프게 점프한 관국이는 엉덩이를 찧으며 넘어졌고, 돌은 허공을 높이 날다가 길가에 똑 떨어졌다. 그걸 보고 깔깔거린 성홍이는 자기 친구들이 있는 곳으로 향했다. 한숨 돌린 준섭이가 조심스럽게 한숨을 내쉬는데 아영이가 갑자기 돌을 집으며 외쳤다.

"나는 해태타이거즈의 방글라데시 수입산 원숭이 방수원!"

"그 투수 별명은 혹성 탈출 아니야?"

준섭이가 아는 적을 하며 끼어들자 아영이가 힘껏 돌을 던졌다.

"어쨌거나 제대로만 던지면 되는 거지. 안 그래?"

다들 고개를 끄덕거리는 가운데 호루라기 소리가 들리고 선생님이 뛰어오며 외쳤다.

"출발! 이제 얼마 안 남았다!"

"저 얘긴 아까도 했잖아."

상수가 콧잔등을 찡그리며 말하자 다들 고개를 끄덕거리며 바위에서 일어나 엉덩이를 털었다. 이제 나타난 성홍이가 반장이랍시고 발 맞춰 가자고 구호를 붙였지만 몇 시간 동안 걸어온 아이들은 아무도 호응하지 않았다. 심지어 성홍이 패거리도 따라 하지 않았다. 머쓱해진 성홍이는 갑자기 외쳤다.

"군가 부르자, 군가! 〈전선을 간다〉 어때?"

이번에도 호응은 없었다. 준섭이도 방공 드라마를 좋아하고, 여름방학 때 극장에서 본 방공 만화영화 〈해돌이의 대모험〉도 재미있게 봤지만 군가를 따라 부르기는 싫었다. 두 번이나 무시를 당하자 얼굴이 벌게진 성홍이는 씩씩대며 앞쪽에 있는 담임 선생님에게 뛰어갔다. 그걸 본 아영이가 짜증을 냈다.

"또 선생님한테 일러바치나봐."

하지만 선생님도 지치고 귀찮았는지 성홍이의 얘기에 별다른 반응을 보이지 않았다. 결국 포기한 성홍이가 고개를 숙인 채 투덜거리고 있는데 뒤에서 관국이가 외쳤다.

"비행기다, 비행기!"

관국이의 시선을 따라가자 하늘을 가로질러 날아가는 비행기가 보였다. 개봉동에서도 종종 비행기가 지나가는 모습이 보이긴 했지만 이렇게 가까이서 비행기를 보는 건 처음이었다.

"우와, 진짜 크다."

준섭이가 중얼거리자 상수가 아는 척을 했다.

"날개 아래 붙어 있는 엔진이 힘이 엄청나서 저 큰 비행기를 하늘 높이 날린다고 했어."

상수의 말을 들으면서 아이들은 비행기를 올려다봤다. 다른 아이들도 비행기를 이렇게 가까이서 본 적은 없어서 그런지 걸음을 멈추고 구경하기 바빴다. 덕분에 대열이 멈추긴 했지만 선생님들도 딱히 혼을 내지 않았다. 비행기가 낮게 지나가면서 뿜어내는 굉음을 난생처음 들은 준섭이는 무서우면서도 흥미로웠다. 아영이가 날아가는 비행기를 보면서 아는 척을 했다.

"저건 칼(KAL)기야. 아빠가 저거 타고 하와이에서 돌아오셨어. 그때 공항에 가봤는데."

처음 듣는 얘기라 세 아이들은 동시에 아영이를 바라봤다. 준섭이가 눈을 동그랗게 뜨고 물었다.

"김포공항에 갔었다고? 정말?"

돌을 던지다

"재작년에."

쑥스럽다는 표정으로 말한 아영이가 하늘 너머로 사라지는 비행기를 바라봤다.

"나도 미국 가고 싶어. 아빠가 그러는데 거긴 딴 세상이래. 너무 자유로워서 공기도 달랐다고 했어. 여기랑은 너무 다르다고······"

말끝을 안개처럼 흐린 아영이는 하늘을 바라보며 한숨을 내뱉었다. 준섭이가 분위기를 바꾸려는 듯 입을 열었다.

"야, 너희들 〈슈퍼 태권브이〉 봤어?"

상수는 고개를 끄덕거렸지만 아영이는 보고 싶은데 아직 못 봤다고 했고, 관국이는 돈이 없어서 못 봤다고 얘기했다. 준섭이는 자신이 본 내용을 신나게 얘기했다. 그러자 아영이는 만화잡지 《소녀시대》에서 본 황미나 작가의 〈이오니아의 푸른 별〉에 대해서 설명했다. 질세라 상수는 사촌형이 보여준 《썬데이 서울》에 실린 내용들을 털어놨다. 특히 독신 여사장을 홀딱 벗긴 흡혈 제비 얘기는 더없이 흥미진진했다. 다들 아까의 비장함을 잊어버리고 귀를 기울이는 와중에 담임 선생님의 목소리가 들렸다.

"어서 가자. 거의 다 왔으니까 기운들 내!"

눈치 없는 성홍이가 주먹을 불끈 쥐고 "파이팅"이라고 외쳤다. 하지만 이번에도 패거리만 자그마한 목소리로 따라서 외친 게 전부였다. 담임 선생님의 말대로 얼마 가지 않았는데 도로가 나왔다. 도로 양쪽에는 커다란 광고판이 세워져 있었다. TV에서 봤던 쥬단학 베라겐 화장품을 비롯해서 프로스펙스 신발 광고들이었다. 광고판을 보고 신기해하던 아이들은 선생님들이 멈추라고 외치자 일제히 안도의 한숨을 쉬었다. 선생님들은 반별로 걸어온 아이들을 아스팔트로 포장된 도로 가장자리에 한 줄로 세웠다. 맞은 편에는 다른 학교에서 온 것 같은 아이들이 역시나 지친 표정으로 서 있었다. 도로 양쪽에 쭉 늘어선 아이들을 본 관국이가 히죽 웃었다.

"가로수 같네, 가로수."

틀린 말은 아니라서 다들 키득거렸다. 그때, 점퍼 차림의 덩치 큰 아저씨가 지나가면서 네 아이들을 힐끔 바라봤다. 특이하게도 신문지로 뭔가를 둘둘 말아서 손에 들고 있었다. 너무 기분 나쁜 시선이라 네 아이들은 덩치 큰 아저씨의 뒷모습을 보면서 입을 삐쭉 내밀었다. 아영이가 얼굴을 찌푸리며 중얼거렸다.

"우리를 왜 저렇게 쳐다봐?"

준섭이가 조심스럽게 아영이에게 물었다.

"저 사람 누굴까?"

"경찰, 아니 형사야."

아영이가 단칼에 말하자 준섭이가 눈을 동그랗게 뜨고 물었다.

"어떻게 그걸 알아?"

"지나갈 때 무전기 소리 같은 게 들렸어. 신문지에 싼 게 무전기 같아."

"와! 너는 모르는 게 없구나."

준섭이의 칭찬 아닌 칭찬에 아영이가 살짝 서글픈 표정을 지었다.

"그게 아니라, 가끔 우리 집 주변에서 서성거려서 잘 알아. 저 아저씨도 봤고."

"너희 집에?"

준섭이는 더 이상 묻지 않았다. 사실, 아영이가 반장이 되지 못한 이유는 아버지 때문이라는 소문이 돈 적이 있었다. 외국에서 일하다가 돌아온 후에 사사건건 대통령을 비난해서 경찰의 감시를 받는다는 것이었다. 아이들도 대충 알고 있었지만 그냥 넘어갔다. 아영이에게 직접 얘기를 들은 준섭이는 갑자기 덜컥 겁이 났다.

"혹시 우리가 돌을 던지려는 걸 눈치챈 건 아니겠지?"

옆에 있던 상수가 어처구니없다는 표정을 지었다.

"무슨 수로?"

"그, 그렇지."

약간 안심한 준섭이와 친구들에게 상수가 말했다.

"《썬데이 서울》에 나온 얘기 더 해줄까?"

"어!"

다들 고개를 끄덕거리며 쳐다보자 상수는 의기양양하게 눈알을 굴리며 입을 열었다.

"〈애마부인〉이라는 영화 알아?"

아영이의 얼굴이 빨개졌다.

"그거 우리 못 보는 영화잖아."

"사촌 형은 봤다고 하더라. 그리고 《썬데이 서울》에 사진도 실려 있었어. 여자가 말을 타는 장면인데 말이야."

다들 침을 꼴깍 삼키는 와중에 상수가 갑자기 말을 타는 시늉을 하면서 세 아이 주변을 뛰어다녔다. 그걸 본 셋은 맥이 풀리고 말았다. 상수가 말 울음소리를 내면서 어설프게 뛰어다니자 주변에 있던 아이들도 따라서 웃어버렸다.

목적지에 도착한 선생님들은 무전기를 신문지에 싼 형사들과 얘기를 나누더니 아이들보고 정해진 자리에서 벗어나지 말고 쉬어도 좋다고 말했다. 여자아이들은 챙겨 온 고무줄로 잽싸게 고무줄놀이를 시작했고, 다른 여자아이들은 바닥에 주저앉아서 공기놀이를 했다. 장난기 많은 남자아이들은 둥글게 모여서 티브이에서 본 개그맨 흉내를 내면서 놀았다. 박수를 치며 "수지큐"라고 외치는 와중에 유독

이주일 흉내를 잘 내는 친구가 엉덩이를 실룩거리면서 돌아다녔다. 그걸 본 아이들은 물론 선생님들까지 웃는데 그 친구가 한쪽 입술을 비틀면서 유행어를 흉내 냈다.

"못생겨서 죄송합니다. 뭔가 보여드리겠습니다. 일단 한번 와보시래니깐요."

다들 웃고 떠들면서 분위기는 많이 누그러졌다. 그 틈을 타서 준섭이가 세 아이들에게 말했다.

"이따가 돌을 어떻게 던질까?"

다들 주머니에 넣은 돌을 만지작거리기만 하는데 상수가 그럴듯한 말을 했다.

"하나, 둘, 셋 하고 동시에 던지면 어때? 그러면 하나라도 맞겠지."

상수의 말에 아영이가 고개를 끄덕거리며 찬성의 뜻을 드러냈다.

"그게 좋겠어."

듣고 있던 관국이가 멀리 보이는 형사들을 힐끔 보면서 얘기했다.

"돌을 던진 다음에는 어떡하지?"

막상 처음 제안한 준섭이도 생각해보지 못한 문제라서 입을 다물었다. 아영이가 주먹을 불끈 쥐고 말했다.

"우리가 잘못한 게 뭐가 있는데. 그냥 있자."

"저 형사들이 우릴 잡아가면?"

상수의 물음에 아영이가 얼굴을 찡그렸다.

"그런 걸 무서워하면 아무것도 못한다고 했어."

"누가?"

"우리 아빠가."

아영이의 단호한 얘기에 다들 고개를 끄덕거렸다. 잠시 후, 선생님들이 이제 그만 집합하라고 소리쳤다. 네 아이들은 비장한 표정으로 나란히 도로에 섰다. 선생님들이 나란히 줄을 선 아이들 사이를 지나면서 옷차림을 살펴보고 줄을 똑바로 섰는지 확인했다. 그리고 어디선가 가져온 작은 태극기를 몇몇 아이들에게 나눠줬다. 태극기를 받은 성홍이가 환하게 웃으며 친구들에게 자랑을 했다. 네 아이들은 불행인지 다행인지 태극기를 받지 못했다. 선생님이 지나가고 준섭이가 중얼거렸다.

"형사들이 매의 눈으로 지켜보는 게 어째 좀 찝찝하네."

그런 준섭이에게 아영이가 담담하게 말했다.

"괜찮아. 어차피 아이들 숫자가 많아서 우리만 지켜보지는 못할 거야."

시간이 흐르면서 묘한 긴장감이 이어졌다. 선생님들은 초조해 보였고, 아이들도 덩달아 긴장했기 때문이다. 거기에 형사들이 들고 다니는 신문지에 감싼 무전기에서 지직

거리는 소리와 함께 제대로 알아들을 수 없는 목소리들이 들려왔다. 준섭이가 긴장감을 이겨내려고 주머니에 넣은 돌을 조물딱거리면서 친구들을 바라봤다. 바로 옆에 선 관국이는 딸꾹질을 했다. 상수도 코를 킁킁거리며 마른침을 삼켰다. 반면, 아영이는 담담하게 도로를 바라봤다. 준섭이가 속으로 여장부일세, 라고 생각하는 순간, 앞에 거대한 그림자가 드리워졌다.

"어?"

놀란 준섭이가 반사적으로 고개를 들자 아까 도로에 도착했을 때 처음으로 마주친 덩치 큰 형사가 보였다. 갈색 점퍼에 청바지, 하얀색 월드컵 운동화 차림의 덩치 큰 형사는 아이들을 차례대로 쳐다보다가 아영이의 머리 위로 시선을 쏟아냈다.

"너, 남충곤 딸 아니야?"

마치 우산이 없는데 비를 만난 것처럼 얼굴을 찌푸린 아영이가 대꾸했다.

"맞는데요."

"여긴 왜 온 거야?"

"왜 오긴요. 학교에서 오라고 하니까 왔죠."

당돌하다고 생각했는지 덩치 큰 형사가 피식 웃었다.

"쪼끄만 게 말버릇하고는."

"제 말버릇이 어때서요?"

"하여튼, 부모나 자식새끼나 문제야, 문제."

"우리 아빠 욕하지 마요. 아저씨가 뭔데 우리 아빠 욕을 해요?"

아영이가 쏘아붙이자 덩치 큰 형사는 어처구니없다는 표정을 지었다.

"너 진짜 감옥 가서 콩밥 좀 먹어볼래?"

형사의 으름장에 준섭이는 겁이 나서 간이 콩알만 해졌다. 하지만 아영이는 밀리지 않고 목소리를 높였다.

"아저씨가 어떻게 저를 감옥에 보내요? 감옥은 검사가 법원에 넘기고 판사가 판결을 내려야 갈 수 있는 거잖아요. 그리고 저 같은 미성년자를 감옥에 보낸다고요? 아저씨 형사 맞아요?"

아영이의 대꾸에 덩치 큰 형사는 살짝 놀란 눈치였다.

"그럼 내가 형사지. 신분증 보여줄까?"

"아! 저는 지난번에 우리 집 장독대에 몰래 숨어 있어서 도둑인 줄 알았어요. 하마터면 경찰에 신고할 뻔했지 뭐예요."

아영이의 말에 덩치 큰 형사의 얼굴은 빨개졌고, 준섭이를 비롯한 아이들은 배꼽을 잡고 웃었다. 그러자 덩치 큰 형사의 화살이 준섭이와 아이들에게 향했다.

"너희들은 뭐야? 얘랑 어울리면 안 돼."

"왜요? 우리 반 부반장인데 왜 어울리면 안 되는 건데요?"

준섭이의 대꾸에 덩치 큰 형사는 아영이를 쏘아봤다.

"부반장? 어떻게 사상이 불온한 사람 딸을 부반장을 시킨 건데? 너희 담임 선생님도 조사해봐야겠네."

"얘네 아빠가 한 걸 왜 아영이한테 뒤집어씌워요? 여기가 북한도 아니고."

상수가 대놓고 투덜대자 덩치 큰 형사는 눈을 부릅떴다.

"뭐라고? 너 북한이라고 했어 지금?"

덩치 큰 형사가 뒤쪽에 서 있는 상수를 잡으려고 손을 뻗었다. 상수가 뒤로 물러나고 옆에 있던 관국이가 다리를 살짝 걸자 몸을 앞으로 기울였던 덩치 큰 형사는 두 팔을 허우적거리며 넘어졌다. 뜻밖의 광경에 지켜보던 아이들이 일제히 웃음을 터뜨렸다. 멀찌감치 있던 담임 선생님이 달려와서는 넘어진 형사를 일으켰다. 괜찮냐고 묻는 순간 덩치 큰 형사가 담임의 정강이를 발로 찼다.

"너, 애들을 어떻게 가르쳐서 이따위야!"

졸지에 정강이를 걷어차인 담임의 얼굴도 굳어졌다.

"그게 무슨 말씀입니까 지금."

"지금 애들이 무서운 줄도 모르고 반국가적인 발언을

하잖아. 그리고 남아영이 부반장이라면서? 얘 아빠가 누군지 몰라?"

"알아서 부반장을 시킨 겁니다. 원래는 반장이었어요."

담임의 대꾸에 덩치 큰 형사가 삿대질을 했다.

"니, 내가 옷 벗기고 말 거야. 애새끼들도 모조리 끌고 가서 콩밥 먹일 거고."

하지만 담임도 지지 않고 허리에 손을 댄 채 소리쳤다.

"경찰이면 경찰이지 학교 문제까지 이렇게 간섭하는 건 곤란합니다. 저도 교장 선생님에게 보고할 겁니다. 몇 시간 동안 끌고 온 것도 미안해 죽겠는데 기껏 협조했더니 이런 식으로 나올 겁니까?"

담임과 덩치 큰 형사의 입씨름이 이어지는 동안 멀리서 환호성이 들려왔다. 싸움 구경을 하느라 정신이 없던 준섭이가 소리가 들리는 쪽을 보고 외쳤다.

"야! 차!"

아이들은 반사적으로 주머니에 손을 넣어서 돌을 꺼내려고 했다. 하지만 허망하게도 대통령을 태운 차는 아이들의 눈앞을 쌩하고 지나가버렸다. 검게 선팅된 뒤쪽 창문이 반쯤 열려 있었고, 대통령인지 누구인지 알 수 없는 사람의 손이 밖으로 삐져나와서 몇 시간 동안 걸어온 아이들을 향해 흔들고 있었다. 파도처럼 지나간 환호성은 대통령이 탄

차가 멀어지면서 삽시간에 사라졌다. 오직 성홍이가 외치는 "대통령 각하 만세"라는 소리만 메아리쳤다.

돌은 던질 기회를 놓친 준섭이는 발을 동동 구르며 아까워했다. 그 와중에도 담임 선생님과 덩치 큰 형사는 말싸움을 벌이는 중이었다. 덕분에 다른 반 아이들은 뿔뿔이 흩어져서 돌아갈 채비를 했지만 네 아이들과 반 아이들은 그냥 서 있어야 했다. 둘의 다툼은 검은색 지프가 앞에서 멈추면서 막을 내렸다. 머리에 포마드를 잔뜩 바르고 선글라스를 쓴 남자가 조수석에서 내리더니 덩치 큰 형사에게 화를 냈다.

"야! 너 왜 위치 이탈했어? 보고도 없이 자리 비우지 말라고 했어, 안 했어?"

마치 동네 강아지들이 싸우는데 산에서 호랑이가 어슬렁거리며 내려온 상황 같았다. 덩치 큰 형사는 어쩔 줄 몰라 하면서 한쪽 손으로 준섭이와 아이들을 가리켰다.

"과장님. 그게 아니라 애들이 불온한 발언을 해서 혼내고 있는데 담임이라는 자까지 반항적인 언사를 해서 조사 중이었습니다."

"인마! 지금 대통령 각하 호위가 중요하지 그게 중요해?"

"그게 아니라 저 여자애가 남충곤의 딸입니다."

덩치 큰 형사의 반박에 담임이 잽싸게 끼어들었다.

"경찰에서 모든 학생들을 예외 없이 소집하라고 해서 그런 것뿐입니다. 따로 빼라는 지시가 없었어요."

담임의 반박에 덩치 큰 형사는 뭐라고 반박하려다가 입을 다물있다. 선글라스를 벗은 과장이라는 사람이 넝치 큰 형사를 쏘아봤기 때문이다.

"너, 자꾸 말대꾸한다. 아주 기어오르네?"

"그게 아니라……"

"아니긴 뭐가 아니야! 너 들어가서 보자."

한바탕 욕을 퍼부은 과장이 검은색 지프에 올라탔다. 차는 쏜살같이 출발해버렸다. 덩치 큰 형사는 어쩔 줄 몰라 하며 멀어지는 차를 바라봤다. 그 틈에 담임이 얼른 가자는 손짓을 했다. 아이들은 삽시간에 왔던 오솔길로 걸어갔다. 가면서 주머니에 넣었던 돌을 길가에 버린 준섭이가 앞장서 걷던 담임 선생님에게 다가가서 말했다.

"고맙습니다, 선생님."

"고맙긴, 내가 미안하지. 얼른 가자. 배도 고프고 다리도 아프네."

가볍게 웃은 담임이 앞쪽으로 서둘러 걸어갔다. 뒤따라오던 관국이가 속삭이듯 물었다.

"잘된 거야? 안 된 거야?"

"돌을 못 던진 건 아쉬운데 아영이를 괴롭히던 형사가 혼난 건 잘된 거지."

준섭이가 힐끔 바라보면서 말하자 아영이가 어깨를 으쓱거렸다.

"저 사람이 유독 못 살게 굴었어. AFKN을 보는 것도 시비를 걸었다니까."

"진짜? 북한 방송도 아닌데 왜?"

"거기 나오는 한국 뉴스를 보는 게 문제래."

아영이의 대꾸에 다들 어처구니없어하는 가운데 상수가 말했다.

"이따가 학교 앞 개천에 달고나 먹으러 갈래?"

그 말에 가장 먼저 반응한 건 관국이었다.

"띠기 말이지?"

"그게 뭔데?"

준섭이의 물음에 관국이가 대답했다.

"옥천이랑 대전에서는 띠기라고 불러. 여기서는 달고나 아니면 뽑기라고 부르더라. 처음엔 그게 그건지 몰랐지."

아이들이 먹는 것으로 주의가 옮겨지면서 왁자지껄하게 떠드는데, 잠깐 쉬었다 가자는 선생님들의 외침이 들렸다. 아이들이 길가에 앉아서 쉬는 가운데 아영이가 버리지 않는 돌을 들어서 길가의 나무를 맞췄다. 무슨 의미인지 알아차린 준섭이와 상수, 관국이도 따라서 돌을 던져서 나무를 맞췄다. 그리고 신나게 웃어댔다. 그 웃음소리에 화답하듯 비행기 한 대가 머리 위를 낮게 날아갔다.

작가의 말
어둠 그리고 빛

　소설의 상당 부분은 제가 실제로 겪은 경험담입니다. 소설 속 사건이 일어나는 1982년은 아니었지만, 국민학교를 다니던 시절이었으니까 1980년대 초반이었을 겁니다. 모교인 개봉초등학교 운동장에 모여서 아주 오랜 시간을 걸어서 김포공항에 도착해, 청와대로 돌아가는 대통령을 환영하러 간 기억이 납니다. 40년 넘게 지났지만 포장되지 않은 길을 따라 한참을 걷던 기억, 길가에 우두커니 서서 무더위를 견뎠던 기억, 무전기를 든 채 서성거리는 형사 혹은 경호원들을 지켜본 기억, 대통령이 탄 차량이 쏜살같이 스쳐 지나간 기억, 그리고 그 뒤에 남겨진 흙먼지를 보면서 허탈해하던 기억이 아직도 떠오릅니다. 아주 소심한 성격이었지만 담임 선생님에게 따지듯이 왜 우리가 여기까지 걸어와서 대통령을 환영해야 하는지 물었던 기억도 납니다. 그나마 양심적이었던 담임 선생님은 제대로 대답하지 못하고 미안하고 말했습니다. 성공한

쿠데타는 처벌할 수 없다는 희대의 판결 덕분에 죗값을 제대로 치르지 않고 풀려난 전두환의 모습을 볼 때마다 그날이 떠올랐습니다. 그 시절로 돌아간다면 정말 돌이라도 던지고 싶다는 생각이 모이고 모여서 이 이야기를 쓰게 되었습니다.

전두환의 등장과 사망은 우리 시대가 품은 어둠을 상징합니다. 아직도 전두환이 제대로 된 처벌을 받지 못하고 천수를 누리다 죽었다는 사실이 씁쓸하고 안타깝습니다. 게다가 확신범이었으니 죽어서 지옥에 가기 전까지는 자신이 잘못한 게 없다고 굳게 믿었으리라는 데 더욱 화가 납니다. 정아은 작가가 쓴 《전두환의 마지막 33년》은 그런 지점을 예리하고 파고듭니다. 우리 사회는 왜 전두환이라는 악인을 탄생시켰고, 그를 처벌하지 못했는지 말이죠. 작가로서, 인간으로서 엄청난 용기가 필요한 작업임을 너무나 잘 알기에 존경심과 더불어 용기에 감탄하게 됩니다.

제가 아는 정아은 작가님은 포근하고 착한 분입니다. 제 모교인 양천고등학교에서 임시로 아이들을 가르치게 되었다는 소식을 듣고 무작정 전화를 걸었을 때에도 상냥하게 받아주셨고, 늘 진지하게 다른 사람들의 이야기에 귀를 기울이는 모습을 보았습니다. 그래서 정아은 작가님이 《전두환의 마지막 33년》이라는 작품을 집필했다는 사실을 알고 더욱더 놀랐습니다. 소설가가 쓰는 픽션이 가상과 상상력의 공간이라면, 논픽션은 사실을 건조하게 나열하고 서술하는 방식입니다. 상상력을 거대하게 부풀려야 하는 소설가가 자료를 하나하나씩 찾아가면서 분석하는 논픽션을 쓰는 건 쉬운 일이 아닙니다. 쉽게 다룰 수 없는 전두환이라는 주제를 택했다는 점도 놀라웠죠.

저는 모름지기 작가는 세상을 비추는 등불 같은 존재여야 한다고 믿습니다. 세상이 어둠에 허덕이고 사람들이 길을 잃고 방황할 때 희미하나마 작가가 뿜어낸 빛이 이정표 역할을 해줘야 한다고 믿습니다. 요즘 사람들이 책을 안 읽는다면서 마치 문학이 버림받은 것처럼 얘기하지만 제 생각은 다릅니다. 문학이 세상을 외면하면서 사람들과 멀어진 것이 아닐까 생각합니다. 엄혹했던 시절 펜으로 저항하던 문인들이 있었지만 지금은 찾아보기 어렵습니다. 정아은 작가님은 달랐습니다. 왜 전두환을 집요하게 파고들었는지 물어보지는 못했지만 책 안에 해답은 있습니다. 정아은 작가님은 긍정적인 면이 아주 없지 않았던 전두환이 어떻게 독재자가 되었고 반성 없는 삶을 살아갔는지 궁금해했습니다. 그 안에 대한민국 현대사의 어둠이 존재한다고 믿었을 테니까요. 그야말로 문학이 세상을 비추는 빛이 된 겁니다.

그래서 정아은 작가님이 지금 우리 곁에 없다는 사실이 너무나 아쉽습니다. 한 인간으로서도 그립지만 만약 지금 활동하고 계셨다면 분명 더 거대한 실존하는 악을 치열하게 분석하는 일에 도전했을 테니까요. 삶은 거대하면서도 미약합니다. 거창하고 화려하면서도 누추하기도 하죠. 하지만 오롯이 빛나는 삶도 존재합니다. 혼신의 힘을 다해서 주변을 밝게 빛나게 해주는 삶입니다. 정아은 작가님의 삶이 그러했습니다. 쉽지 않은 삶이었고, 그래서 더 기억해야만 하는 삶이기도 합니다. 글을 쓰는 내내 그립고 그리웠습니다. 부디 하늘나라에서는 쓰고 싶은 글을 쓰면서 편안히 지내시기를 바랍니다. 보고 싶어요, 작가님.

달의 열두 초

소향

태풍은 밤새 섬의 가장자리를 갉아먹고 사라졌다. 회색 구름 장막이 낮게 깔린 섬은 잠든 듯 고요했다. 새벽 물색은 젖은 유리 같았고, 모래 위에서 부서진 포말이 낮게 숨을 쉬었다.

정류는 배에서 내려 소금기 먹은 장비 상자를 어깨에 올렸다. 북동이 아직 꺾이지 않았다. 바람은 쇳내를 품고 어깨뼈를 치고 들어왔다.

콘크리트 계단을 오르자, 등대가 모습을 드러냈다. 바랜 회색 몸통이 오랜 침묵을 껴안은 채 서 있었다. 그리고 난간 너머로 검은 관처럼 돌출된 포그혼foghorn의 벌어진 입이 보였다.

어떤 여자가 포그혼에 얼굴을 기댄 채 서 있었다. 오른쪽 귀를 입구에 붙이고, 왼손으로 난간을 쥔 모습으로. 바람이 스칠 때마다 여자의 손끝이 미세하게 떨렸다. 그녀의 귓바퀴 가장자리는 하얗게 일어나 있었다. 금속에 귀를 오래 대어 생긴 화상 자국이었다.

포그혼. 사람 키만 한 금속 나팔이 먼바다의 안개 속 배들을 위해 깊고 낮게 울던 것. 수십 년 동안 바다를 향해 숨을 토해냈을 구멍이, 지금은 입을 다물고 있었다.

정류는 여자에게 다가갔다. 그녀가 천천히 귀를 떼고 고개를 들었다. 정류가 낮은 소리로 말했다.

"여긴 출입 제한 구역입니다."

"알아요."

그녀가 숨을 고르듯 답했다.

"민박에 묵고 있어요. 기록 때문에요."

"무슨 기록이요?"

"포그혼 소리 기록."

씻긴 모래 같은 질감의 목소리였다. 그 목소리가 담은 뜻이 무언지 정류는 알 수 없었다. 정류가 장비 상자를 내려놓으며 다시 물었다.

"그런데 누구시죠?"

"강윤해요."

정류가 잠시 여자를 빤히 바라보다 천천히 말했다.

"목포지방해양수산청 항로표지과 정비팀입니다. 여긴 폐등대지만 구조물 안전 관리는 우리 소관이라 주기 점검을 해요. 그 포그혼 공기압축기 본기와 예비기 상태를 봐야 합니다. 둘이 같이 죽으면, 안개가 와도 아무 소리 못 내니까요."

윤해는 정류가 내민 신분증을 스치듯 훑고 손가락으로 난간을 두드리며 답했다.

"포그혼 소리가 더 커졌어요."

그리고 바다 쪽으로 턱짓하며 말을 이었다.

"북동이 늦게 풀리면 그래요."

정류는 더 묻지 않았고, 윤해도 더 설명하지 않았다. 잠시 침묵이 흐르는 사이, 정류는 무심코 포그혼의 입을 들여다봤다. 녹으로 거칠어진 가장자리를 잡고 안을 들여다보자, 안쪽 면에 염분이 그린 가느다란 별자리가 반짝였다. 까닭 없이 어지러움을 느끼며 정류는 뒤로 반걸음 물러섰다.

저녁의 섬은 소리를 줄였다. 등대 뒤편 관사에 전등을 켜니 묵은 먼지 냄새가 낮게 깔렸다. 얕은 그릇 같은 방은 조금만 움직여도 소리가 벽을 치며 넘실거렸다. 달빛이 방 한가운데까지 부서져 들어오면, 벽도 따라 숨을 쉬었다. 해무가 창틀까지 스며온 밤에 작은 공간은 느리게 숨 쉬는 짐승처럼 따뜻했다.

자정 무렵이었다. 정류는 미세한 떨림에 깨었다. 깊은

곳 어디선가 낮은 맥박이 바닥을 밀었다 놓는 듯했다. 밖으로 나와보니 계단 위쪽에 그림자 하나가 움직였다.

윤해였다. 윤해가 난간에 손을 얹고 더듬으며 한 계단씩 올라가고 있었다. 정류는 자기도 모르게 윤해의 뒤를 조심스레 밟았다.

포그혼 앞에서 윤해는 잠시 숨을 고르고 눈을 감았다. 그리고 수동 취명吹鳴 레버를 당겼다. 압축공기가 리시버에 모였다가 뿜어져 나왔다. 몸통이 미세하게 떨리는가 싶더니 포그혼이 깊고 낮은 울음을 토해냈다.

부우우우우우우…… 부우우우우우우……

윤해가 포그혼 입구에 오른쪽 귀를 붙였다. 입술이 가늘게 움직였다.

하나.

둘.

셋.

……

열둘.

마지막 숫자에서 윤해의 목울대가 잠깐 멎었다가 다시 천천히 들숨을 들이켰다. 귀를 떼는 순간, 귓바퀴에서 사각, 하고 소금 가루 갈리는 소리가 났다.

윤해의 몸이 한쪽으로 기울었다. 잠시 눈을 감았다 뜬

그녀가 한 발 내딛다 비틀거렸다. 본능적으로 팔을 뻗은 정류의 손바닥에 젖은 체온이 스쳤다. 윤해의 손끝은 바닷물처럼 차가웠다.

"죄송합니다."

정류가 속삭였다.

"놀라게 하려던 건 아닌데."

"놀라지 않았어요."

윤해가 미소만 남겼다. 그녀는 난간을 잡고 천천히 균형을 찾았다.

두 사람은 난간에 기대어 한동안 아무 말도 하지 않았다.

윤해가 난간을 쓸며 말했다.

"이 시간엔 금속이 바다 소리를 더 잘 품어요."

정류가 물었다.

"포그혼에서 뭐가 들리나요?"

윤해가 무언가 말하려다 입을 다물었다. 정류는 더 묻지 않았다. 어떤 질문은 조금 늦게 물어야 답이 더 오래 열려 있다는 걸 그는 기계 옆에서 배운 적이 있었다.

"처음엔 우연이었어요. 3년 전, 항로표지 음향조사팀으로 이 섬에 왔는데 포그혼을 닦다보니 그 사람의 마지막 숨이 금속에 붙어 있더라고요."

윤해가 난간을 두 번, 아주 가볍게 두드렸다.

"그 사람을 외롭게 만든 게 너무 미안했거든요. 그래서 자꾸 귀를 더 댔고, 그러다 다른 사람들의 마지막 목소리도 듣게 되었어요. 사라진 사람들의……"

정류의 숨이 잠깐 멎었다. 말이 되지 않는 소리였다. 하지만 귓바퀴에 앉은 화상 자국은 거짓말을 하지 않는다.

"사라진 사람들의 소리라……"

윤해가 천천히 고개를 끄덕였다.

"전부는 아니에요. 마지막 말만. 그때부터 포그혼의 소리를 기록하게 되었어요. 누군가의 마지막 목소리를 그냥 흘려버릴 수가 없었거든요."

정류는 손마디가 하얘지도록 주먹을 쥐었다가 폈다.

"그렇다면 제 동생의 목소리도 들었을지 모르겠네요."

윤해가 잠시 정류를 보다가 물었다.

"언제였죠?"

"일곱 해 전이에요. 여름밤, 이 등대 앞에서."

윤해가 아주 천천히 고개를 끄덕였다.

"맞아요. 그 무렵의 소리가 있어요."

정류의 손이 난간을 세게 움켜쥐었다.

"그날 밤, 피곤해서 일찍 잠들었어요. 동생 전화를 받았는데 잠결이었나봐요. 오빠, 해무가 와, 차가워, 라고 하는 걸 어렴풋이 듣고 빨리 들어와, 조심하고, 라고 대답한 것 같아요. 그리고 다시 잤어요. 새벽에 일어나보니 부재중 전화가 여러 통 있었고 문자가 와 있었어요. 오빠, 여기가 어딘지 모르겠어, 들물이 무릎까지 찼어, 라고. 동생은······ 외로웠을까요."

정류의 목소리가 갈라졌다.

"달려가보니 바다는 조용했어요. 해무도 다 걷혔는데 혜진이는 없었어요. 해무가 그렇게 짙으면 바로 앞도 안 보이고, 소리쳐도 안개에 먹혀요. 포그혼이 울었어야 했는데 그 밤엔 왜 울지 않았을까요. 그랬다면 혜진이가 길을 찾았을 텐데."

윤해가 바다를 바라보았다.

"오래 걸렸네요."

바람이 한 번 지나갔다.

정류가 한 걸음 다가섰다.

"제가 직접 들을 수는 없나요? 동생 목소리를."

"들을 수 있어요."

윤해가 포그혼을 보았다.

"바다에서 사라지는 사람들의 마지막은 하나, 둘, 셋, 그러다 열둘. 언제나 열두 초예요."

열둘. 열두 초. 정류의 숨이 잠시 멎었다.

"그 열두 초를······ 들려주세요."

"안 돼요."

윤해의 마른 목소리가 떨렸다.

정류가 다시 입을 열기 전에, 그녀가 난간을 또 한 번 두드렸다.

"보름 자정에, 그때 얘기해요."

정류는 뒷말을 잇지 못했다. 침묵이 길게 이어졌다. 바람이 지나갈 때마다 등대가 같은 간격으로 미세하게 흔들렸다.

정류는 문득 난간을 붙잡고 있는 손을 바라보았다. 손목시계가 시야에 들어왔다.

초침이 이상했다. 소리는 분명한데 바늘은 물속처럼 느렸다. 정류가 난간에서 손을 떼자 초침이 툭 하고 두 칸을 한 번에 건넜다. 다시 난간에 손가락을 올리면 바늘은 다시 느려졌다. 떼면, 다시 점프.

정류는 고개를 들어 윤해를 보았다. 그녀도 난간을 잡고 서 있었다.

머릿속에 이상한 생각이 스쳤다. 둘이 같은 금속을 붙잡을 때는 이런 일이 일어나는 걸까. 알 수 없었다.

다음 날, 정류는 압축기 작업에 집중했다. 오늘 점검표엔 난간 부식 보수, 포그혼 압축기 점검, 낙하물 제거가 있었다. 불 꺼진 등대라도 넘어지거나 떨어지는 건 막아야 한다. 그게 항로표지 정비의 첫 줄이다.

압축기 본기와 예비기의 베어링을 점검하고 회전 속도를 맞췄다. 두 대가 박자를 맞추는 순간, 삐걱대던 소리가 사라지고 부드럽게 돌기 시작했다. 같은 위상으로 맞물린 회전. 에너지 손실이 줄어드는 게 손끝으로 느껴졌다.

상부 데크로 오를 때 옆바람이 어깨를 밀었다. 균형이 흔들리는 순간 몸이 난간 밖으로 기울었다. 정류는 난간을 붙잡았고, 바닷물이 쇠맛과 함께 올라왔다.

해가 기울자 수평선 쪽이 먼저 어두워졌다. 그 어둠의 가장자리에 하얀 벽이 생겼다. 처음엔 먼 봉우리처럼 보이더니 곧바로 성큼, 또 성큼 섬을 향해 걸어왔다. 바다 표면이 그 아래에서 잿빛으로 가라앉고 물비늘이 한꺼번에 사라졌다. 바람은 방향을 바꾸지 않았지만, 냄새가 달라졌다. 젖은 빨래 같은, 아주 오래 씻겨 내려온 소금의 냄새. 소리가 반 박자 늦게 들렸다. 파도 소리 끝자락이 끊겨 나갔다.

안개 장벽이 방파제를 넘으면서 부슬비처럼 눈썹을 눌렀다. 숨을 들이마시면 목 뒤쪽에서 가는 물알갱이가 부서졌다. 바다에서 기어오르는 해무에 섬의 윤곽이 하나씩 지워지고 있었다.

해무의 앞머리가 등대를 삼켰다. 철제 난간이 먼저 젖었고, 나사 머리에 작은 구슬이 맺혔다. 포그혼의 입은 아무 말도 하지 않았지만, 금속 안쪽에서 낮은 숨이 회오리쳤다. 안개는 위에서 내리는 것이 아니라 아래에서 차올랐다. 발목에서 무릎, 허리, 그리고 어깨까지. 눈에 보이는 것들은 조금씩 사라졌다. 먼저 바위가, 그다음엔 난간이, 마지막으로 사람의 어깨선이. 바다는 탈색된 필름처럼 색을 잃었고, 포그혼의 입은 안개 장벽과 맞닿을 차례를 기다렸다.

달이 밤하늘 위로 올랐다. 달빛이 안개 속으로 스며들자, 빛은 한순간 두께를 얻었다. 공기가 희게 빛나며 느린 호흡을 반복했다. 등대는 우윳빛 안개 바다에 잠겼다. 하늘도, 바다도, 경계도 모두 사라졌다. 남은 것은 빛을 머금은 안개와 금속의 아주 낮은 숨뿐.

윤해는 난간에 등을 기대고 그 빛 속에 서 있었다. 달빛과 해무가 뒤섞인 공기가 천천히 그녀를 지나갔다. 안개가 소리를 삼키는 밤이었다. 세상이 둘만 남은 듯 고요했다. 정류는 윤해에게 한 걸음 다가서며 낮게 말했다.

"그거 알아요? 두 압축기가 박자를 맞추면 에너지 손실이 줄어요. 오늘, 압축기 두 대를 같이 만졌거든요, 재시동 걸면서. 두 개가 같은 박자로 맞물리더라고요. 혼자일 땐 삐걱대던 게, 오래 돌았어요."

윤해가 포그혼으로 다가가 손바닥으로 입구를 두 번 가볍게 쳤다. 낮고 짧은 울림이 돌아왔다.

"포그혼도 그래요."

목소리가 바람에 섞여 거의 속삭임처럼 들렸다.

"둘이 귀를 대면 금속이 더 깊게 떨려요. 서로의 박자가 맞물리면 오래된 열두 초도 또렷해지죠."

정류는 난간을 가볍게 두드렸다. 목재가 아닌 금속에서 돌아오는 미세한 진동이 손바닥을 간질였다.

"같이 오는 것들은 말이죠."

정류가 윤해의 말끝을 찾아 헤맸다.

"혼자보다 멀리 가요."

정류는 바다 쪽으로 고개를 돌렸다가 천천히 윤해를 바라보았다.

섬의 바깥에서 작은 파문이 한 번 일었다. 해상풍력의 저주파가 한 톤 낮아지며 섬을 훑었다. 포그혼은 여전히 입을 다물고 있었지만, 안쪽의 염분 무늬는 조금씩 자라나는 이끼처럼 천천히 밝아졌다.

정류는 그 여린 빛을 한참 바라보다가 손가락으로 아무 무늬도 없는 자신의 귓불을 만졌다. 그리고 습관처럼 포그혼의 밸브를 한 번 확인했다. 부식의 가장자리를 깎고, 느슨한 볼트를 조여두는 일. 정비는 대체로 조용히 끝나곤 했다. 이제 그는 소리를 고치러 온 게 아니라, 지키러 온 사람이었다.

밤이 깊어질수록 섬은 소리를 덜어냈다. 남은 것은 바다의 들숨과 등대의 침묵, 그리고 답하지 않은 질문 하나였다. 정류는 서두르지 않았다. 서로 다른 시간을 견디다보면, 언젠가 같은 곳에 서게 된다. 어떤 답은 조금 늦게 물어야 더 오래 열려 있는 법이니까.

정류는 떠나지 않았다. 작업은 끝났지만 섬에 남았다. 윤해가 포그혼을 닦을 때 정류가 곁으로 와 거들었다. 손이 스치자 둘 다 멈췄다.

윤해가 물었다.

"왜 안 가요?"

"더는 달아나고 싶지 않아서요."

정류가 포그혼을 바라봤다.

바람이 북동에서 남서로 옮겨붙는 저녁, 정류는 등대 철문 앞에서 기다렸다. 그는 포그혼을 흘긋 보다가 고개를 들었다.

"누이의 마지막 열두 초를 듣고 싶어요."

윤해는 고개를 가로저었다.

"안 돼요."

정류의 어깨가 가늘게 들썩였다.

"왜요? 오래돼서요?"

"그런 게 아니에요."

윤해가 한숨을 한 번 토해냈다.

"한 번 들려줄 때마다 제 안의 시간이 열두 초씩 줄어요. 처음으로 어떤 이의 가족에게 마지막 목소리를 들려준 날 알았어요. 제 안에 남긴 시간이 유한하다는 걸. 그렇지만 멈출 수 없었고, 지금 남은 건 열두 초뿐이에요. 당신한테 들려주면, 저는 그 순간 죽을 거예요."

윤해는 더 말하지 않고 문을 닫으려 했다. 정류가 문턱에 손을 얹었다. 잠시 후 정류의 손끝이 떨어지자 윤해는 다시 문을 닫았다.

파랗게 반짝이던 바다가 서서히 주홍빛으로 변해가는 무렵, 둘은 다시 마주쳤다. 정류가 포그혼의 목을 더듬을 때, 윤해는 난간을 단단히 잡고 서 있었다.

"나 때문에 동생이 죽었어요. 내가 그냥 잤어요. 내가, 그랬어요."

정류가 윤해 옆으로 다가가 난간을 잡고 다시 낮게 말했다.

"그 열두 초를, 듣고 싶어요. 윤해 씨가 전해주는 게 아니라, 제가 직접요. 그날 밤을 알고 싶어요. 그걸 들으면 내가 갔어도 늦었는지, 아닌 건지 알 수 있을 것 같아요. 그걸 모른 채 사는 게…… 이제 더는 안 되겠어요."

정류의 손목시계에서 초침이 한 박 늦게 튀었다. 시간이 어디론가 미끄러지는 소리. 찰나가 영원이 되는 곳. 그 안에서 혜진이의 소리를 들을 수 있다면.

"전화를 끊고, 잠이 들었어요. 움직이지 않았어요. 아무것도 하지 않았어요. 이번에도 아무것도 하지 않으면…… 똑같아요."

윤해가 잠시 눈을 감았다. 귓바퀴 화상이 욱신거렸다.

"한 가지 길이 있어요. 둘이 같은 금속에 귀를 대고 호흡을 맞추면 시간의 논리가 달라져요. 박자가 맞물리면 경계 안쪽의 열두 초는 흐르고, 바깥의 시간은 멈춰요. 그러면 제 안의 시간은 줄지 않아요."

정류가 숨을 들이켰다.

"그럼 당신이 안 죽나요?"

"끝나는 순간을 정확히 끊으면요. 내가 정류 씨 손을 두 번 누르면 그때 동시에 포그혼에서 귀를 떼야 해요. 단 한 박이라도 어긋나면 둘 다 안에 갇혀요. 영원히 열두 초 안에."

정류가 고개를 끄덕였다.

"해볼게요. 신호에 맞춰서."

윤해는 포그혼 내부를 닦아 소금을 털었다.

"보름밤엔 달과 바다의 호흡이 맞물려요. 그때가 가장 좋아요. 내일 자정. 보름의 정각에."

정류가 물었다.

"왜 이 일을 시작했어요?"

"처음엔 제 사람이었어요. 들렀을 땐 이미 늦은 거였죠. 그날부터 빚이 생겼어요. 마지막 열두 초라도 덜 외롭게……"

그녀가 잠시 멈췄다.

"누군가를 구하고 싶었어요. 바다에서 혼자 떠난 사람들이 마지막 순간만이라도 덜 외롭도록. 그게 제가 할 수 있는 전부라서요."

"지금이라도 멈출 수 있어요. 당신이 원하지 않으면."

"원해요. 다만 오늘은 아니고, 내일."

그녀는 포그혼의 입구에 가볍게 귀를 붙였다.

"내일 자정, 둘이서. 서로 손을 잡을 수 있을 만큼만."

"들어간 다음에도 중지하자고 말할 수 있나요?"

"네. 언제든지요. 손의 신호로."

정류가 고개를 끄덕였다.

부두로 내려가는 길에 바나는 산열을 식히고 있었다. 낮 동안 달궈진 돌계단이 아직 따뜻했지만, 들물은 이미 밤의 속도로 들어오고 있었다. 섬이 점점 좁아졌다. 정류는 주머니에서 구겨진 종이를 꺼내어 펼쳤다. 내일 새벽 첫 배표였다. 잠시 바라보던 정류는 배표를 두 장으로 찢어 바람에 날렸다. 윤해가 그것을 지켜보며 옅게 웃었다.

"언젠가 맞아야 하는 마지막이라면 혼자보단 낫겠죠."

둘은 각자 다른 방향으로 걸음을 옮겼다. 섬은 밤의 크기로 접혔다.

먼 바다를 지나는 어선 불빛이 흐린 안개 속에서 원을 그렸다. 빛은 이따금 앞이 아니라 곁을 밝혔다. 난간을 쥔 손바닥이 차갑고 미끄러웠다. 포그혼은 잠들었고 그 곁에서 두 사람의 숨이 따로 길어졌다.

보름 자정, 달빛이 해무를 부풀렸다. 해무는 늘 걸어왔고, 멈출 줄 모른 채 섬을 통째로 삼켰다. 바다는 들물의 손으로 돌계단 끝을 매만지고, 날물의 입김으로 그것을 비워냈다. 정점에서 조수는 한 박자 숨을 삼켰고, 그 잠깐 사이 섬은 떠 있는지 가라앉는지 분간되지 않았다. 달은 보이지 않는 펌프처럼 섬의 물과 시간을 번갈아 끌어 올렸다 내리쳤다. 들물은 달의 밝은 면으로, 날물은 그 그림자로 미끄러졌다. 바람은 낮게 지나가고, 섬의 숨은 포그혼의 닫힌 입 앞에서 오래 머물렀다. 아직 소리는 시작되지 않았지만, 이 밤의 모든 박은 이미 맞춰져 있었다.

윤해가 포그혼 옆에 섰다.

"오늘이에요. 바람도 붙었고, 들물은 정점이에요."

정류가 고개를 끄덕이며 다가왔다. 두 사람의 그림자가 짧게 겹쳤다가 갈라졌다. 윤해가 수동 취명 레버를 잡고 정류를 보았다.

"내가 손을 두 번 누르면 멈춰요. 멈추는 건 포그혼에서 귀를 떼는 거예요. 한 번이면 계속."

윤해가 다른 손을 뻗어 정류의 손을 맞잡았다. 정류가 고개를 끄덕였다.

윤해가 취명 레버를 내렸다. 압축공기는 리시버에 잠깐 모였다가 한숨처럼 뿜어져 나왔다. 포그혼이 낮은 소리로 깨어났다.

부우우우우우우…… 부우우우우우우……

등대가 아주 조금, 일정한 박자로 흔들렸다. 두 사람은 포그혼 입구 양쪽에 귀를 붙였다. 금속이 뺨을 눌렀다. 숨이 저절로 느려졌다.

윤해가 손을 한 번 눌렀다. 계속.

열두 초가 영원히 흐르는 곳, 정류는 시간의 경계 안으로 들어선 걸 느꼈다. 처음엔 파도뿐이었다. 파도가 모래를 긁는 소리, 그 사이로 작은 목소리가 떠올랐다.

"……오빠."

정류의 손이 떨렸다. 일곱 해 동안 경계 안을 떠돌던 소리가 귓속에서 살아 움직였다. 정류는 윤해의 손을 더 세게 잡았다.

소리가 바뀌었다. 물이 입과 코를 번갈아 덮는 소리. 헐떡이는 들숨이 금속을 타고 전해졌다. 그때 정류의 어깨가 아주 조금 북동으로 기울었다. 몸이 먼저 기억한 바람이었다.

"혜진이에요……"

그가 낮게 말했다. 윤해는 대답하지 않았다. 다만 손을 한 번 눌러, 듣고 있다는 신호를 보냈다. 혜진의 숨소리가 가빠지다가 점점 얕아졌다. 수면 위로 고개를 올렸다 내리는 움직임이 소리로 번역되었다. 바닷물의 무게가 가슴을 눌렀다. 정류는 이를 악물었다.

잠깐의 고요가 찾아왔다. 바람이 방향을 정리하는 사이 생겨나는 정적. 그 틈에서 웃음이 스쳤다. 아주 작은, 숨 끝에 실린 웃음.

"나는 괜찮아, 오빠."

정류가 무너졌다. 무릎이 흔들리다가 허리가 접히려 했다. 하지만 귀는 떼지 않았다. 울음이 한 번 크게 올라왔다가 목에서 막혔다.

윤해는 고개를 돌리지 않았다. 대신 손바닥으로만 대답했다.

목소리는 그 한 번의 웃음으로 끝났다.

멀어지는 발자국처럼 소리가 희미해졌다. 정류는 윤해의 손을 더 깊게 잡았다. 그 순간, 소리의 결이 바뀌었다. 같은 바다, 같은 금속인데 다른 체온이 들어왔다.

그는 손을 한 번 눌렀다. 계속.

윤해의 숨이 드나들었다. 들숨이 길었다. 금속이 체온을 빨아들이기 시작하자 윤해의 손바닥이 점점 차가워졌다. 정류는 손을 더 깊게 걸었다. 손끝의 박동이 포그혼의 깊고 낮은 울림과 맞물렸다.

숨이 점점 가벼워졌다. 아직 경계가 닫히지 않았다. 정류는 느낄 수 있었다. 그가 웃었다. 눈물이 금속을 타고 흘렀다.

그때, 금속 깊은 곳에서 같은 간격으로 박자가 들려왔다. 포그혼은 그것을 놓치지 않았다. 둘은 여전히 귀를 대고 있었고, 손은 떨어지지 않았다. 정류는 그 속에서 늘 간직했던 부름을 꺼냈다.

"혜진아······"

뼈근해지도록 저린 정류의 목구멍에서 소리가 조금씩 비집고 나왔다.

"그날 내가······"

그리고, 마침내.

"미안해. 너무 미안해."

금속 표면에 희미한 서리가 앉았다. 파도, 바람, 포그혼, 심장. 모든 소리가 한 줄로 섰다.

포그혼은 오래 울었다.

*

두 달 뒤, 첫 배가 안개를 밀고 섬에 닿았다.

새 관리인이 가방을 들고 내렸다. 계단 난간에는 얇은 소금 가루가 앉아 있었다. 그의 발자국이 마른 소리를 냈다.

관리 일지엔 '비활성 상태 유지, 구조물 이상 없음'이 반복해서 적혀 있었다. 그리고 마지막 페이지에 작은 글씨로 한 줄이 적혀 있었다.

'포그혼: 함부로 울리지 말 것. 안의 소리를 지킬 것.'

새 관리인은 소리를 고치는 법보다, 지키는 법을 먼저 배우게 되었다.

포그혼 입구에 얼룩이 보였다. 멀리서 보면 둘이 나란히 선 그림자 같았고 가까이 보면 염분 결정이 흐릿하게 번진 무늬였다. 관리인이 손끝으로 건드리자, 가루가 힘없이 부서졌다.

해가 저물 무렵, 등대 데크에 선 새 관리인은 바닥 깊은 곳에서 올라오는 둔한 울림을 느꼈다. 그는 저도 모르게 숫자를 세기 시작했다.

하나, 둘, 셋……

그는 숫자를 세는 버릇이 없었다. 그런데도 혀 밑에서 숫자들이 저절로 굴러 나왔다.

넷, 다섯, 여섯……

바람이 잠깐 방향을 틀었다.

일곱, 여덟, 아홉……

멀리서 해무가 다가오는 게 보였다.

열, 열하나,

열둘.

날물이었다. 계단 위로 소금 입자가 하얗게 쌓여 있었다. 그 위에 두 사람의 발자국이 나란히 남아 있었다. 같은 간격으로, 포그혼을 향해.

그는 그 흔적 옆을 지나갔다. 날물 때만 들리는 소리,

사각.

작가의 말
보름은 잠시, 달은 계속

이번 소설은 그 어떤 글보다 쓰기 어려웠다. 아니, 한동안은 아예 쓰지 못했다. 생각이 사방에서 튀어 올랐지만, 자꾸만 아득하게 흩어져 무엇 하나 낚아챌 수가 없었다. 아예 글을 내지 말까, 하는 생각까지 했다. 그렇게 멈춘 자리에서 나는 달을 올려다보았다. 위상이 바뀔지언정 결코 사라지지 않을 그 달을. 멈춤이 길어질수록 분주해지는 마음의 소란을 잠재우는 건 밤하늘의 고요한 윤곽이었다.

마흔을 넘도록 '나'는 희미했다. 남에게 맞춰주는 것을 선이라 착각했고, 타인의 생각을 내 것인 양 품고 버텼다. 그러다 뒤늦게 글을 쓰면서 아주 천천히 자아가 움트기 시작했고, 그렇게 2~3년쯤 지났을 때 글로 먼저 정아은 작가님을 만났다. 그 만남은 피할 수 없는 각인이었다. 훨씬 앞선 문장을 읽으며 나는 알에서 막 깨어난 새끼 오리처럼 정아은이라는 이름에

각인되었다. 그것은 존경의 감정보다 방향의 감각에 가까웠다. 어디로 발을 디뎌야 하는지, 무엇을 버텨야 하는지.

누군가는 몇 년밖에 되지 않은 인연이 무에 그리 대단하냐 물을 수도 있겠다. 그러나 내게 그 시간은 매우 각별했다. 글이라는 세계에서 처음으로 붙잡은 방향이었고, 그쪽을 따라가기만 하면 될 것 같았다. 그런 존재가 사라졌을 때의 감정은 슬픔을 넘어 당혹에 가까웠다. 한동안 어찌할 바를 몰랐다. 방위를 잃은 고독 속에서 고립된 애도는 삐걱거렸다. 슬픔은 울음으로 흘려보낼 수 있지만, 당혹은 방향을 잃게 했다.

그럼에도 어떤 기억은 점점 또렷해졌다. 함께 맥주 잔을 기울인 가게 문이 닫히고도 한겨울 길 위에 서서 한참을 더 이야기 나누었던 첫 만남, 목성이 보름달 옆에서 빛나던 밤과 고개를 들었던 각도, 글과 삶을 나누던 시간, 함께 차를 마시던 오후와 저녁의 공기, 서촌과 기린교 근처를 걸으며 나눈 이야기들.

이 소설을 쓰지 못해 헤매던 어느 날, 다른 작가님께 고통을 토로했다. 그분은 너무 잘 쓰려 하지 말고 편안히 내려놓으라고 하셨다. 그러면서 어느 책에 나온 문장 하나를 일러주었다. 아! 그 한 줄의 미세한 회전 덕분에 내 발걸음도 한 칸 움직였다. 방향을 잃은 내게 누군가 손가락을 들어 다른 방향도 있다는 걸 일러주었다. 그리고 얼마 후 임윤찬이 연주하는 베토벤의 〈월광〉을 듣던 밤, 이 이야기가 떠올랐다. 내려놓자 비로소 쓸 수 있었다.

나는 달 이야기를 쓰기로 했다. 돌아보면 첫 단편 〈달 아래 세 사람〉에도 달이 있었다. 우리가 처음 만난 날과 마지막으로 만난 날에도 달이 있었다. 걷고 걷다 다시 달로 돌아온 셈이다. 달은 끊임없이 모양을 바꾸되 사라지지 않는다. 보름의 환한 면과 그믐의 어두운 면은 대립이 아니라 교대일 뿐, 같은 서랍이었다. 우리 삶의 만남과 헤어짐도 그러할지 모른다. 보이지 않는 밤에도 달은 자리를 비우지 않는다는 사실이 부재를 다른 의미로 받아들이게 했다.

〈달의 열두 초〉에서 나는 등대의 포그혼 앞에 두 사람을 세웠다. 포그혼 안쪽에 염분이 별처럼 박혀 미세하게 떨리는 자리. 그곳에서 애도의 문법과 시간의 위상을 배웠다.

찰나와 영원은 다르지 않다. 함께 귀를 대는 순간, 찰나는 곧 영원이 된다. 그 역설 속에서 인물들은 마지막을 혼자 맞이하지 않는다. 열두 초 안에서도 함께라면 영원을 견딜 수 있다. 안쪽 시간은 끝없이 흐르고, 바깥 시간은 한 칸도 움직이지 않는다는 모순이 오히려 서로를 비춘다. 잠깐의 호흡이 긴 생을, 이별을 덮어줄 수 있다는 믿음, 그 믿음이야말로 남은 자들이 서로에게 빌려줄 수 있는 가장 현실적인 온기다.

또 하나, 순환과 왕복. 들물과 날물처럼 삶과 죽음은 서로를 왕복한다. 끝은 시작의 다른 이름이고 헤어짐은 다른 방식의 만남이다. '끝'과 '시작'이 같은 박자로 포개지는 순간, 상실은 지워지지 않지만, 의미는 바뀐다.

그리고 함께 견디기. 압축기 본기와 예비기가 그러하듯, 혼자서는 삐걱대던 마음도 서로 박자를 맞추면 오래 간다. 포그혼도 둘이 귀를 대면 더 깊게 떨리고, 오래된 열두 초가 또렷해진다. 고립된 애도가 공유된 애도로 건너서는 순간, 사람은 서로를 지탱한다. 그것이 이 소설을 쓰며 내가 배운 가장 단단한 진실이다.

순환의 문법을 배우고 나니 부재 또한 다른 위상으로 돌아왔다. 이 글은 고별이 아니라 계속을 위한 신호다. 계속 걷기 위해 묶는 신발끈 같은 글을 쓰길 바란다. 오늘의 문장이 내일의 나를 끌어당기는 인력으로 작동하길 바란다.

정아은이라는 이름을 떠올리면 삶의 태도도 함께 떠오

른다. 내게 잘해준다고 '좋은 사람'이라는 법은 없고, 무덤덤하다고 '나쁜 사람'도 아니다. 명망과 지위는 사람의 중심을 보증하지 않는다. 약하고 낮은 이에게 정중하고 친절한 사람, 그런 사람이 참 귀하다는 진실을 정아은 작가님은 행동으로 보여주었다. 멀리 서서 위치를 알려주는 부표이자 보기만 해도 마음이 안정되는 등대 같은 존재였다. 정아은 작가님이 내게 보여준 자세가 앞으로도 길게 빛을 비춰주리라 믿는다.

나는 여전히 다 자라지 못한 오리다. 다만 어제보다는 조금 또렷해졌다. 보름은 잠시, 달은 계속이라는 사실을, 찰나 속에 영원이 깃들 수 있음을, 삶과 죽음이 서로를 왕복함을 알게 되었다. 정아은 작가님의 문장이 남겨준 단단한 힘 덕분에 어제의 흔들림을 기억한 채로 호흡을 고를 것이다.

그리고 무엇보다도, 쓰는 일은 때로 멈추는 일이라는 것을, 멈춤이 지나가면 다시 걷게 된다는 것도 잊지 않을 것이다. 초승과 그믐 사이, 미완과 소멸 사이, 바깥의 시간과 안쪽의 시간 사이를 걸어갈 것이다. 삶의 바람이 방향을 바꿀 때마다 미세하게 떨리는 소금 가루 무늬를 보고 누군가 무엇이라 말하든, 나는 안다. 달은 또다시 떠오른다는 것을. 우리는 다시 만나리란 사실을.

소설의 마지막 장면에서 두 달 뒤 섬을 찾은 새 관리인은 계단 위에 하얗게 쌓인 소금 가루를 본다. 그 위로 두 사람의 발자국이 나란히 남아 있다. 같은 간격으로, 포그혼을 향해.

이제 그이처럼 우리도 소리를 듣게 될 것이다. 아마 그 소리는 아주 낮고 오래 갈 것이다. 둘이 박자를 맞춘 날처럼 천천히. 그러나 끝내 꺼지지 않을 그 소리,

사각.

당신이라는 이야기

김하율

―지하철 1호선만 한 데가 없지. 사람 제일 많지, 잡상인 많아서 볼거리 살 거리 많지. 게다가 서민 친화적이지. 나는 말이에요, 작업이 막힐 때면 항상 지하철을 탔어. 사람 구경 하루 종일 하고 들어가면 막혔던 문장이 술술 풀렸거든.

　안경을 쓴 남자가 옆에 앉은 검은 옷을 입은 남자를 향해 말했다. 안경을 쓴 남자는 아무런 특징 없이 지극히 평범하게 생긴 50대 중반이었다. 표준 키와 표준 체형, 표준에 준하는 생김새였다. 그에 비해 검은 옷을 입은 남자는 위아래 검은색 세미 정장 차림에 구두도 검은색이었는데 피부는 하얗다 못해 창백한 느낌을 주어서 대비가 되었다. 누군가 본다면 무기자차 선크림을 잘못 발라서 백탁 현상으로 허옇게 떴다고 생각할 것 같았다. 나이는 20대 후반 혹은 앳된 30대 초반 정도. 평일 오전, 두 사람은 여유로운 지하철 7인석 맨 끝에 나란히 앉아 대화 중이었다.

─사람 구경이요?

검은 옷을 입은 남자가 대꾸했다. 느긋하게 등을 기대고 앉은 안경 쓴 남자에 비해 어딘가 초조한 표정이다. 무릎을 붙이고 두 손은 모은 채 안경의 말을 듣는 중에도 자주 시계를 보며 시간을 체크했다. 지하철은 지금 막 청량리역에 도착했다. 문이 열리자 장거리 여행을 다녀오는 듯 작은 캐리어 가방을 끌거나 배낭을 맨 사람들이 우르르 들어왔다.

─관찰이라고 해두지. 사람 관찰만큼 재미있는 게 또 없거든. 모르는 사람의 전사前事를 상상하다보면 이야기가 절로 나와요. 생김새와 하는 행동으로 먹는 거, 입는 거, 사는 곳, 성격, 학력과 재산까지 유추하는 거지.

─왜 그런 일을 하는 거죠?

─재밌지 않아?

질문에 질문으로 답하는 안경을 보면서 검은 옷은 그가 반존대를 쓰던 처음과 달리 이제는 아예 말을 놓고 있다는 사실이 좀 걸렸다. 하지만 지금 그게 중요한 게 아니었다.

─저기 좀 봐. 사람들이 흘끔흘끔 쳐다보는 저 남자.

안경이 턱과 눈빛으로 가리키는 곳에 키가 크고 마른 한 남자가 서 있었다. 검은 옷의 시선이 그를 찾아내자 안경은 다시 말문을 열었다.

─독특하게 생겼지.

—향토적이네요.

 검은 옷이 남자를 쳐다보며 말했다. 양복을 입은 남자는 키는 크지만 마른 체격에 짧은 스포츠머리였다. 외까풀 눈은 길게 찢어지고 광대가 특이하게 튀어나온 데다 콧대는 낮고 입술은 도톰했다.

—어떤가? 전체적으로 촌스럽게 생긴 얼굴이잖아. 양복을 입은 모습도 어딘가 어색하고.

—그런가요?

—주위 사람들 좀 봐봐. 안 보는 척하면서 힐끔거리는 거. 그런데 의식하지 않는 것처럼 보이지만 그걸 저 남자도 알고 있어. 사람들이 자길 쳐다본다는 걸. 의식하지 않으려 할수록 표정은 점점 굳어지는데.

—그런 거 같네요.

 검은 옷은 고개를 끄덕이며 초조하게 다시 시계를 보았다.

—그런데 말이야. 저 남자, 어디서 좀 본 거 같지 않나?

—어디서요?

—이를테면 뉴스 같은 데?

—그렇다면 범죄자라는 뜻인가요?

—아니, 범죄자라기에는 눈빛이 선량해. 내 생각엔 북한 방송에 나올 법한 얼굴이야.

―그렇다면…… 인민군이요?

호기심 어린 표정으로 묻는 검은 옷에게 안경이 말했다.

―저 남자에 대해 이제 얘기해주지.

검은 옷은 흥미를 느낀 듯 팔짱을 끼고 안경을 향해 몸을 틀었다. 초조함 속에서도 기대에 찬 표정이 마치 경마장에서 이제 막 자신이 선택한 경주마가 출발하기를 기다리는 관중의 모습이다. 안경도 자신의 이야기에 도취해 좀 더 적극적으로 말하기 시작했다.

―저기 좀 봐. 저 맞은편에 앉은 여자가 자기 남자친구에게 귓속말하는 걸. 저 남자, 꼭 북한 사람처럼 생겼어, 라고 하는 거 같지? 그러면서 저 커플, 그를 위아래로 훑어보네. 내색하지는 않지만 남자는 그런 시선이 여전히 불편해. 잠시 후에 저 남자는 신설동역에서 내릴 거야. 거기서 식당을 찾겠지. 조금 있으면 점심시간이니까. 기사식당을 지나다가 냄새에 홀려 들어가는 거지. 혼자 식사하기에 가성비가 좋은 곳이니까. 게다가 음식도 엄청 빨리 나오지. 베스트 메뉴인 제육볶음을 시키고 핸드폰을 보고 있는데 옆 테이블에서 하는 말이 들리네? 야, 옆에 봐봐. 꼭 북한 인민군처럼 생기지 않았냐? 그러게, 혹시 간첩 아냐? 하고 크크 소리 죽여 웃겠지. 그 순간 남자는 움찔해.

―진짜 간첩이니까?

검은 옷이 장단을 맞추듯 대답했다.

―그렇지!

검은 옷의 맞장구에 안경은 신이 났고 두 사람은 누가 먼저랄 것도 없이 하이파이브를 했다. 검지로 안경을 한 번 치켜올리곤 안경은 더 열띠게 말을 한다.

―남자는 외모 때문에 스트레스를 엄청 받고 있어. 그가 남파 간첩으로 선발된 이유가 목소리와 말투 때문이었거든. 중저음의 목소리가 좋았고 무엇보다 북한 억양과 말투를 지우고 남조선의 느끼한 말투를 연기할 줄 알았던 거야. 그래서 자연스럽게 남조선 사회에 침투할 수 있을 줄 알았는데……

―하지만 얼굴이 문제였군요.

검은 옷의 추임새와 동시에 지하철 문이 열리고 또 한 차례 사람들이 들어오고 나갔다.

―맞아. 그는 정말 잘 적응해서 남조선 괴뢰를 무찌르고 싶었거든.

이 대목에서 안경은 다른 사람들이 들을까봐 목소리를 죽였다.

―그래서 그는 오랫동안 고민하다가 결심했지. 가진 돈 전부를 투자해서 남조선이 가장 잘하는 것을 하기로. 당연히 당국에서도 자신의 최선을 지지해줄 거라고 믿고선

말이야.

　—잘하는 거?

　검은 옷이 고개를 갸웃하며 옆자리 안경을 쳐다보았다. 오늘도 어쩔 수 없이 그가 하는 이야기에 빨려 들어가는 자신이 원망스러웠지만, 이 또한 어쩔 수 없다는 걸 검은 옷은 알고 있었다. 그러면서도 시계를 한 번 흘깃 쳐다보았다. 반면 안경은 검은 옷이 이야기에 푹 빠졌다는 확신이 들자 미소를 지으며 말을 이어나갔다.

　—그는 지하철을 다시 타고 압구정역에 내릴 거야. 그리고 눈에 보이는 한 성형외과의 문을 열겠지.

　—아. 성형을 할 생각이군요.

　문이 열리자마자 으리으리한 인테리어에 그는 기가 죽었다. 상담실장의 안내를 받고 의사가 한참 견적을 낸 후 제시한 최종 금액에 입을 쩍 벌렸다. 그 후에도 몇 군데를 더 돌았지만 손을 많이 봐야 하는 얼굴의 견적은 엄청났다. 압구정 한복판에 서서 그는 주위를 빙 둘러보았다. 수많은 간판들이 그를 내려다보고 있었다. 여기서 나는 지금 무얼 하는 거지? 휘황한 성형의 거리, 화려한 네온사인 아래로 비슷비슷하게 생긴 사람들이 그를 지나쳐 갔다. 자본주의의 메카에서 그렇게 그는 길을 잃었다.

　이야기에 푹 빠진 사이 인민군을 닮은 남자는 어디에

서 내렸는지 두 사람의 눈앞에서 사라졌다. 하지만 절망적이어서 외로운 그의 얼굴이 검은 옷의 눈앞에 그려졌다.

―그래서 성형을 포기하게 되는 건가요?

검은 옷의 질문에 안경은 무슨 말씀이냐는 듯 고개를 가로젓고 입을 열었다.

―그럼 이야기가 진행이 안 되지. 주인공은 결코 포기해서는 안 된다고. 남자는 눈에 불을 켜고 찾았다네. 혁명적으로 자신의 얼굴을 바꿔줄 곳을.

수십 군데를 다닌 후 그가 결국 찾아간 곳은 후미진 곳의 낡은 건물에 있는 병원이었다. 문을 열자마자 누렇고 칙칙한 인테리어가 눈에 들어왔다. 간호사는 로봇인가 싶게 사무적인 얼굴로 그를 진료실로 안내했고, 의사는 목 때가 누렇게 낀 가운을 입고 무료한 듯 의자에 반쯤 누워 하품을 하고 있었다. 의사는 그의 얼굴을 한참 바라보더니 입을 열었다.

음…… 견적이 많이 나오겠는데요.

역시 그렇군…… 의사의 말에 실망한 남자가 일어서려고 마음먹은 순간이었다.

그런데 지금 우리 병원에서 이벤트를 하고 있거든요. 프로모션을 적용하면……

의사가 그의 소매를 잡고 제시한 비용은 다른 병원의

반의반 값도 안 되는 굉장히 저렴한 금액이었다. 그는 처음엔 놀랐고 그다음엔 흡족했으나 왠지 불안해졌다.

―왜 가격이 싼 거죠? 돌팔이인가?

검은 옷이 이상하다는 듯 안경에게 물었다.

―그 의사로 말할 거 같으면 술을 먹고 수술한 이력 때문에 한 차례 면허가 정지돼 업계에서 사실상 퇴출된 전문의였어. 그런 사실을 알지는 못했지만 어딘가 찜찜했던 남자는 가면을 벗고 의사에게 북한말로 협박했지.

종간나 새끼, 잘 들으라우. 수술이 잘못되면 니도 이 세상에 없는 기야. 알갔어?

깜짝 놀란 의사는 멱살이 잡힌 채 불안한 눈빛으로 고개를 끄덕여. 그리고 대망의 수술 당일, 의사는 전날 술도 먹지 않고 간만에 진지하게 솜씨를 발휘하기 시작해. 사실 그는 서울대 의대를 수석 입학, 수석 졸업한 실력자였는데 수술 스트레스 때문에 알코올 중독자가 된 거였거든.

―점점 흥미로워지기는 하는데 어디서 좀 본 스토리 같네요?

검은 옷의 미심쩍어하는 눈빛을 무시하며 안경이 얼른 말을 이었다.

―무슨 소리. 지금까지는 전개였고 이다음부터가 진짜 재미야.

얼굴 전체를 갈아엎은 후 시간이 흘러 붕대를 푸는 날이 왔다. 남자와 의사는 각기 다른 이유, 같은 마음으로 가슴이 두근거렸다. 간호사가 붕대를 푸는 도중 의사는 남자와 눈이 마주쳤다. 지금이라도 도망쳐야 할까를 잠시 고민했지만 의사는 자신을 믿기로 했다. 붕대가 떨어지고 얼굴이 드러나는 순간, 그를 비롯해 의사, 간호사, 그곳에 있는 모두가 놀랐다. 그중 제일 놀란 것은 남자 본인.

에이씨, 그냥 평범하게 해달라니까!

―수술이 심하게 잘된 거야. 그런 비범한 얼굴을 자본주의 사회에서 가만둘 리가 없지. 어딜 가나 사람들의 시선이 쏠렸어. 식당에서 밥을 먹을 때, 화장실에서 볼일을 볼 때, 음식물 쓰레기 버리러 갈 때조차도. 급기야 길거리 캐스팅을 당하고 연기자가 돼. 어쨌든 먹고는 살아야 했으니까. 목소리는 이병헌, 얼굴은 정우성 아니 차은우, 게다가 키는 모델을 해도 될 정도인데 여기저기서 부르는 곳이 하도 많아서 남자는 정신을 차릴 수가 없을 지경이었지.

마침 탈북자를 소재로 한 영화가 제작되었고, 남자는 오디션을 보고 캐스팅이 되었다. 억양, 말투, 액션까지 역할을 탁월하게 해냈다. 그 후 조각 같은 외모에 연기력까지 인정받아 단번에 한국 영화계의 스타덤에 올라섰다. 그런데, 그동안 잠잠했던 북한에서 지령이 내려왔다. 어디로 가서 누군가를 암살하라는 지시였는데, 마침 그날 CF 스케줄이 잡혀 있었다. 지령을 수행하지 못하면 변절자로 찍혀서 숙청의 대상이 되었고, 스케줄에 차질이 생기면 거액의 위약금을 물어내야 했다. 남조선에서는 살인적인 스케줄이, 북조선에서는 실질적인 킬러가 그의 목을 조여온다.

―영화 촬영과 숙청 피하기, 그는 무사히 살아남을 수 있을 것인가?

안경이 검은 옷을 향해 변사 말투를 흉내 내며 마지막을 장식했다.

―이야, 이번 이야기도 재밌네요. 어떻게 이야기가 그렇게 술술 나와요? 정말 신기하단 말이야.

―그게 내 일이니까.

―그러니까 이제 그만……

검은 옷이 슬슬 본론에 들어가려고 기회를 보고 있는 순간이었다. 아까부터 그들을 지켜보던 노숙자가 슬며시 다가왔다. 누가 봐도 노숙자처럼 보이는 그는 긴 머리카락을 어깨까지 늘어뜨리고 계절과 맞지 않는 두꺼운 점퍼를 입고는 맨발로 걷고 있었다. 발바닥은 까만색이었다. 노숙자의 등장으로 안경과 검은 옷의 대화가 잠시 멈췄다.

―땟국물만 빼면 딱 예수님인데.

안경은 팔짱을 낀 채 노숙자의 머리부터 발끝까지 위

아래를 훑으며 말했다. 노숙자는 다가와서 안경과 검은 옷을 한 번 쳐다보곤 다시 발길을 돌렸다. 벌써 일곱 번째였다. 그는 지하철이 운행되는 내내 열차의 처음과 끝을 왕복하고 있었다. 돌아서는 그의 뒤로 나직하게 읊조리는 멜로디가 들려왔다. 낯익은 느낌이면서 처음 듣는 소리 같기도 한 묘한 선율이었다. 검은 옷은 노숙자가 못마땅한 듯 그가 다른 칸으로 이동할 때까지 미간을 찡그리고 그의 뒤를 지켜보았다.

―가고 싶어도 못 가는 사람도 있는 법이죠. 그러니까 이제 그만……

그때, 검은 옷의 말을 덮어버릴 정도로 큰 비명이 다른 칸에서부터 들려왔다. 사람들의 시선이 그쪽으로 쏠리는 찰나, 한 남자가 전속력으로 달려오는 게 보였다. 그의 손에 빨간색 장지갑이 들려 있었다.

도둑이야! 도둑 잡아라!

사람들이 어리둥절하게 쳐다보는 중 마침 서울역에 도착해 지하철 문이 열리자 남자는 쏜살같이 뛰어내렸다. 그리고 잠시 후 문이 닫히고 지하철은 다시 덜컹거리며 출발했다. 지갑의 주인인 듯한 중년 여성이 달려왔지만 지하철에서 미처 내리지 못한 채 문 앞에서 발을 동동거리며 서 있었다. 사람들은 눈으로만 쫓을 뿐 아무도 나서지 않았다.

―요즘에도 저런 날치기가 있네요.

검은 옷이 다리를 꼬고 팔짱을 낀 채 고개를 좌우로 흔들며 말했다.

―그러게 말이야. 그런데 엄청 잘 달리네. 직업적 특성인가. 저걸 보고 있자니 문득 내 노트북 미완 폴더 속 파일 21번이 떠오르는데……

―아, 또……

검은 옷의 말을 끊고 안경은 잽싸게 말을 이어나갔다.

―이것도 기똥차다니까. 제목은 '스위스에서 아침을'이라는 작품이야. 아직 시놉뿐이지만 언젠간 꼭 완성할 생각인데. 들어볼 텐가?

물론 안경은 검은 옷의 의중은 중요하지 않다는 듯 이야기를 시작했다. 검은 옷은 한숨을 쉬며 습관처럼 손목을 들어 시계를 쳐다봤다.

―이 이야기도 날치기에서 시작되지. 70대 초반의 남자가 있어. 막 은행에서 돈을 찾아오는 길이야. 성격이 굉장히 보수적이어서 인터넷 뱅킹 같은 건 하지 않거든. 그래서 현금으로 5,000하고도 500만 원을 찾아서 주머니에 넣고 신중하게 안고 가는 중이야.

―어리석군요.

검은 옷이 앞자리의 남녀를 바라보며 무심코 말을 뱉

었다.

　하지만 그는 어리석다기엔 성공한 삶을 살았다. 어릴 때 개천에서 용 났다는 말을 들었고, 나이가 들어서는 자수성가했다는 말을 들었다. 그리고 사랑하는 여자와 결혼까지 하는 행운을 누렸다. 하지만 거기까지였다, 그의 행복은. 금슬이 너무 좋은 탓이었는지 두 사람 사이에는 아이가 없었고, 부인조차 환갑을 한 달 앞두고 암으로 반년 만에 죽었다. 돈은 많았지만 돈으로 안 되는 것들이 있었다. 그 후 남자는 외롭고 지리한 삶을 여태 질질 끌고 왔다.

　―젊을 때 그 부부는 이런 이야기를 한 적이 있어. 서로의 과거, 그러니까 각자의 숨겨진 연애 스토리를 미수가 되면 이야기해보자고.

　―미수요?

　검은 옷이 물었다.

　―미수는 88세를 말해. 그때가 되면 이야깃거리도 없고 심심할 테니까 그때 돼서 서로의 과거를 까자는 거지.

　―알콩달콩하네요. 그런데 그때쯤이면 치매 아니에요?

　검은 옷이 고개를 끄덕이며 호응하다가 문득 떠오른 듯 질문을 했다.

　안경은 검은 옷의 적극적인 리액션이 마음에 들었다. 그래서 이야기가 술술 나오는 것인지도 몰랐다.

—그럴 수도 있지. 그런데 미수는커녕 희수, 77세, 아니 환갑도 못 되어서 아내가 죽을 줄은 몰랐지. 그래서 남자는 이 지리한 삶을 끝내자고 생각했어.

　—어떻게요?

　—안락사. 남자는 너무너무 건강했거든. 지병도 없고 당뇨, 고혈압, 하다못해 관절염도 없었으니까.

　—배가 불렀군요.

　검은 옷은 순간, 자신의 본분으로 돌아와 말을 뱉었다.

　—맞아. 다들 그런 소리를 했지. 그 말들이 남자를 더욱 외롭고 괴롭게 하는 줄은 모르고. 그래서 그는 스위스 행을 선택할 수밖에 없었어.

　안락사 비용은 총 1억 원이 들었다. 이미 5,000만 원을 납입했고 당일 나머지 잔금을 치르는 방식이었다. 고통 없이 죽기 위한 금액 치고 비싼 것은 아니라고 생각했다. 죽기 위한 돈을 벌기 위해 그동안 그렇게 아등바등 살아왔나. 삶이 참 아이러니하다는 생각을 하며 그는 자신의 현금 및 부동산, 모든 재산을 각종 단체에 기부했다. 죽음을 위한 5,500만 원만을 남기고.

　—그 5,500만 원을 은행에서 찾은 거지. 다음 날 비행기를 타고 도착해서 며칠 있다 죽는 스케줄이었어. 500만 원은 가서 체류하는 데 필요한 경비와 비상금이었고. 죽는

순간까지 누구에게도 민폐를 끼치고 싶지 않았으니까. 며칠 후면 죽어서 아내를 만날 수 있다는 생각에 그는 들뜨기까지 했는데……

그렇게 현금 5,500만 원을 들고 나오는 길에 그는 교통사고를 당할 뻔했다. 횡단보도가 없는 곳에서 길을 건너다가 오던 차가 속도를 줄이지 못해서 치일 뻔한 것이다.

어휴, 죽을 뻔했네.

남자는 안도의 한숨이 절로 나왔다.

─그가 순발력이 없었다면 굳이 스위스까지 가서 죽지 않아도 될 뻔했지. 그런데 돌아서자마자 어깨빵을 당한 거야. 어떤 남자가 죄송합니다, 하고 돌아서는데 느낌이 이상해. 그래서 가슴에 손을 대보니 돈뭉치가 없어.

─당했군, 당했어.

검은 옷이 고개를 설레설레 저으며 말했다.

─하지만 그는 촉이 좋은 남자였어. 그동안 사업에서 승승장구한 것도 감각이 좋았기 때문이었지. 아무튼 돈이 사라진 것을 알고 얼른 뒤를 돌아보니 그 어깨빵을 한 놈도 뒤를 흘끔 쳐다보곤 냅다 달리기 시작하는 거야. 그때부터 추격전이 시작되지.

그는 한때 마라톤이 취미였을 정도로 달리기를 좋아하고 잘했다. 위기의 순간이 되자 넓적다리 네 갈래 근이 팽팽

해지면서 오랜만에 아드레날린이 폭포처럼 뿜어져 나왔다. 훔친 남자도 죽기 살기로 뛰는 바람에 두 사람은 마라톤 선수들처럼 달렸다. 오랫동안 거리를 좁히지 못한 채. 그는 오랜만에 살아 있음을 느꼈다. 그러다 먼저 쓰러진 것은 훔친 남자였다. 헉헉 숨을 몰아쉬며 쓰러진 남자를 향해 그는 달려들었다.

내 돈 내놔, 이 자식아!

—그러면서 멱살을 잡았는데, 어? 아니, 이게 누군가. 당신은…… 몇 번 갔던 동네 노인정에서 만난 박씨였어. 사람들이 모두 박씨, 박씨 하는 통에 얼굴만 보면 제비가 생각나던 그 박씨 노인이었지. 이 사람은 70대 후반에 가까운 정말 노인이었는데 그렇게 달렸다고 생각하니 정말 놀랄 노자였지 뭐야.

—그 정도로 절박한 상황이었나보군요.

검은 옷이 그 사연에 대해 빨리 말하라는 듯 부추겼다.

그는 박씨의 얼굴을 보며 노인정에 갔던 것을 후회했다. 무료한 나머지 동네 노인정에 얼굴을 몇 번 내밀었는데, 자기보다 한참 나이 든 노인들이 얼마나 많았는지 70이면 새파랗게 어린놈이라는 소리를 들으며 막둥이라는 별칭까지 얻은 후에야 발길을 끊었다. 그런데 박씨는 그중에서도 조용한 사람이었다. 정이 고팠던 그의 수다를 가만히 들어주던 조용한 사람.

―거기까진 좋았는데 입이 방정이었지. 스위스에 가서 죽을 거라고 이미 돈도 다 보내놨다고 비밀스럽게 말했는데 노인정 사람들이 이미 모두 알고 있었던 거야.

―박씨는 그 돈이 왜 필요했던 거죠?

검은 옷은 시의적절하게 질문을 해서 진행을 이어나갔다.

―박씨가 여든에 가까운 나이에 목숨을 걸고 그렇게 질주할 수 있었던 건, 바로 손녀딸 때문이었어.

―혹시 손녀딸이 혈액암 같은 걸 앓고 있었……

―이봐, 이야기를 너무 앞서 나가지 말라고. 이건 어디까지나 '내 이야기'니까.

―죄송합니다.

검은 옷은 바로 사과했다.

―박씨의 손녀딸은 희귀병을 앓고 있었는데 치료비 때문에 부모가 늘 발을 동동 굴렀지. 그런 아들과 며느리의 사정을 알고 있었지만, 자신도 쪽방에서 사는 기초생활수급자였어. 그런데 그 희귀병의 백신이 나온 거야. 그것만 맞으면 아이는 나을 수 있었어. 다른 애들처럼 학교도 다니고 운동회에서 뛸 수도 있었지. 하지만 늘 그렇듯 백신의 가격은 어마어마했고, 돈 앞에서 박씨는 좌절할 수밖에 없었지. 그

러던 어느 날 웬 배부른 놈이 와서 죽으려고 스위스를 간대.

―그때 결심한 거군요.

―맞아. 그 돈을 훔치기로.

그 사정을 알고 나서 그는 마음이 무거워졌다. 박씨의 손녀딸을 도와준다면 아이는 살아서 행복하겠지만 자신은 못 죽게 된다. 반대로 모른 척하고 스위스로 떠난다면 자신은 존엄을 지키며 잘 죽겠지만 아이는 살지 못한다.

―그렇다면 이 5,000만 원은 누구를 위해 써야 할까?

―딜레마네요.

안경의 말에 검은 옷은 한숨을 쉬며 답했다.

―그런데 되게 잘 끊으신다, 이야기를. 타고나신 거 같아요.

―이게 바로 클리프행어지.

―클리프……?

―그런 게 있어. 작가들의 수법. 그런데 이런 걸 배우지 않고도 자연스럽게 하는 사람이 있더라. 어쩌면 나는 그 사람한테 배운 건지도 몰라.

안경의 눈빛이 아련해졌다. 검은 옷은 긴장하면서 안경의 눈길을 따라 맞은편을 보았다. 유치원생쯤 되었을까. 남자아이와 이제 막 중년으로 접어든 엄마인 듯한 여자가 자리에 나란히 앉아 있었다.

―저…… 이제 그만하고……

검은 옷은 안경이 감정에 몰입하려는 것을 방해하며 입을 열었다. 더 이상 지체할 수 없다는 듯 강경한 표정을 지으며.

―저 엄마를 봐. 오늘 하루가 고단했을 저 엄마를. 얼추 나이대를 보니 노산했을 거야. 요즘 노산 아닌 산모들이 없지만. 생물학적으로 35세부터 노산이라잖아. 요즘엔 그 나이에 결혼도 잘 안 하는데 말이지.

―저, 선생님. 이 얘기 꼭 하셔야겠습니까? 우리가 가야 할 길이……

―자네는, 자네는 결혼했나?

검은 옷의 말을 끊고 안경이 훅 들어왔다. 그 말에 검은 옷은 한 대 맞은 것처럼 입을 다물었는데, 그 모습을 본 안경은 알 만하다는 듯 고개를 끄덕이며 말을 이었다.

―미안하군.

―괜찮습니다.

약간 의기소침한 표정으로 검은 옷은 맞은편에 앉은 모자를 바라보았다.

―내 어머니도 워킹맘이셨다네. 저녁이면 항상 절인 배추처럼 축 늘어져 있었지. 저기 저 엄마도 그렇겠지. 퇴근 후 쌓인 집안일을 하고 애들을 먹이고 씻기고 재우고. 하지

만 애들은 말이야. 항상 안 자. 부모 속도 모르고 항상 안 자고 안 먹고 말도 되게 안 듣고.

―그러니까 자식이죠.

내 인생을 망치러 온 내 인생의 구원자들.

남자아이는 낮잠 시간인 듯 제 엄마의 어깨에 기대더니 눈을 서서히 감는다. 아이 엄마는 멍하니 맞은편 창가에 시선을 고정한 채 생각에 팔려 있다.

―저 엄마는 지금 무슨 생각 중일까.

―글쎄요. 내 인생은 지금 어디로 흘러가고 있는가, 뭐 이런 생각.

안경은 눈을 감고 생각에 잠긴다. 검은 옷도 따라서 눈을 감는다. 잠시 후 안경이 입을 열었다.

―집에 도착해서 밥 먹고, 씻기고, 옷 갈아입히고, 양치까지, 폭풍 같은 일과를 마치고 드디어 누웠어. 아빠는 오늘 회식이라 아직 귀가 전이군. 아이는 아직 분리수면을 안 해서 부부 침대에서 같이 자. 엄마는 슬슬 아이를 따로 재워야겠다고 생각해. 하지만 하루만 더, 하루만 더 하면서 차일피일 미루고 있지. 저기 봐. 엄마가 아이에게 팔베개해주고 있는 게 보이지? 안 자겠다고 버티는 아이와 하루가 너무 고단했던 엄마의 신경전이 은근히 깔려 있는 것도.

둘의 망막 속에서 연극이 펼쳐진다.

옛날이야기 해줘.

또?

하나만 더.

아이는 졸린 눈을 치켜뜨며 조른다.

이번이 마지막이야.

고개를 끄덕이느라 흔들리는 아이의 머리를 한 번 쓰다듬고 엄마는 입을 뗐다. 티 안 나게 한숨을 한 번 쉬고서.

옛날에 한 나무꾼이 있었어. 하루는 산에서 나무를 하고 있는데 그날따라 도끼질을 너무 열심히 한 거야. 아픈 어머니의 약을 사야 했거든. 하나만 더, 하나만 더, 그러다가 날이 금방 저물고 말았지. 그래서 산을 허둥지둥 내려가다가 글쎄……

호랑이를 만났어?

아니, 도깨비를 만났어.

도깨비?

응. 도깨비는 밤에만 나오거든. 배가 고픈 도깨비는 떡 하나 주면 안 잡아먹지, 했는데 나무꾼에게는 떡이 없었어. 너무 가난해서 도시락으로 싸 올 쑥떡이 없었던 거야.

불쌍하다.

아이가 엄마의 손을 만지작거리며 말했다.

그래서 먹을 게 없다고 하니까 화가 난 도깨비가 방망

이를 쳐들었는데……

죽었어?

아니. 그 순간 나무꾼은 꾀를 내었어. 자신의 또 다른 잡을 떠올린 거지. 나무꾼은 투잡을 뛰고 있었거든.

잡이 뭐야?

직업. 영어야. 아무튼 나무꾼은 자신의 또 다른 직업이 전기수라고 말해.

전기수?

전기수는 이야기를 파는 사람이야. 나무꾼은 내가 지금 먹을 건 없지만 재미있는 이야기가 있다고 말했어. 나는 이야기 장수라고. 그러자 도깨비는 그럼 들어보고 결정하겠다고 그래.

—배가 덜 고팠군.

검은 옷이 눈을 감은 채 말했다. 이야기를 듣다보니 살살 졸음이 올 것만 같았다. 꿈과 이야기를 넘나들며 검은 옷은 내가 지금 여기서 뭐 하고 있는 건가를 생각했다. 내 인생은 어디로 흘러가고 있는 것인가.

그래서 나무꾼이자 전기수는 밤이 새도록 이야기를 해. 끝도 없이 이야기가 나와. 도깨비는 하나만 더, 하나만 더 하면서 곶감 빼먹듯 전기수의 이야기보따리를 다 털어먹고 동이 터오르자 스르륵 사라져버렸어. 그래서 살 수 있었던 전기수 이야기 끝.

엄마는 한달음에 이야기를 끝내고 눈을 감았다.

끝?

끝!

엄마 있잖아.

엄마 이야기 가방 다 털렸어. 그러니까 빨리 자.

엄마는 말이 끝나자마자 코를 골며 잔다. 엄마의 코 고는 소리를 들으며 아이가 다시 입을 열었다.

그게 아니라…… 그 전기수 아저씨……

안경이 눈을 뜨며 말했다.

—멋있어, 그 전기수.

검은 옷도 잠에서 깬 듯 눈을 번쩍 떴다. 맞은편 엄마와 남자아이는 어디에서 내렸는지 보이지 않았다. 열차는 신도림역을 지나고 있었다. 환승을 한 사람들 때문에 열차 내 밀도가 높아져 있었다. 핸드폰만 들여다보는 사람들의 경추는 역커브를 이루었고, 얼굴들은 수험생의 승모근처럼 단단히 굳어서 벽돌을 쌓아도 되겠다는 생각이 들었다.

살아 있는데 좀 웃지들 그래. 그들을 관찰하며 검은 옷은 순산 좀 외롭다는 생각이 들었다. 안경도 비슷한 생각이었을까. 그가 입을 열어 말을 건넸다.

—한 시대를 법정이라고 가정하면 작가는 어디에 서야

할까. 원고도 피고도 아니고, 법관도 검사도 변호사도 아니고, 심지어 원고나 피고의 가족도 아니다. 그렇다면 작가는 누굴까?

—서기요. 눈에 띄지 않는 서기.

검은 옷의 대답에 안경이 피식 웃으며 답했다.

—제법인데.

—위화가 한 말이죠. 그 얘기 마흔여덟 번째 하셨잖아요. B-47859번, 선생님 아니 그냥 아저씨라고 부를게요. 아저씨랑 같이 있으면 제가 왕이 된 거 같아요.

—왕?

—왜, 그 이야기 좋아했던 사이코패스 왕 있잖아요.

—그럼 나는 세헤라자데고?

—그런 셈이죠. 그러니 매일 데리러 왔다가 그냥 가죠. 오늘이 49일째예요.

—벌써 그렇게 되었나.

—오늘은 가야 해요. 여기 계속 있으면 아저씨 지박령 돼요. 지하철 지박령.

—그거 악귀야?

—뭐든 오래되면 상하죠.

마침 그들을 지나치는 노숙자를 보며 검은 옷이 말했다. 노숙자는 여전히 묘한 멜로디의 허밍을 흥얼거리며 천천히 걸어갔다.

─저렇게 붙들려 있고 싶어요?

안경과 검은 옷의 시선이 노숙자를 따라갔다.

─못 썼어. 마지막 문장을. 그 소설은 내 최고의 작품이 됐을 텐데.

─작가들은 꼭 이러더라. 항상 마지막 문장을 못 썼대.

─나는 진짠데.

─모두 진짜였죠.

안경과 검은 옷 사이에 침묵이 흐른다. 사람들의 말소리와 소음은 모두 사라지고 지하철의 덜컹거리는 소리만이 남는다.

─지하철에서 죽을 줄은 몰랐어.

─심근경색은 어디서나 올 수 있죠.

─하루만 더 주면 안 돼?

─안 돼요. 아저씨 지박령 되면 나 패널티 먹어요.

습관처럼, 아니 이번엔 보란 듯이 검은 옷은 시계를 과장되게 보았다.

─못 쓴 이야기가 너무 많아.

─다시 태어나서 쓰면 되잖아요.

답답한 듯 말하는 검은 옷을 안경이 고개를 들고 쳐다보았다. 아, 그런 방법도 있었구나, 라고 생각한 듯이.

―그런데 다시 태어나도 작가로 살 거예요?

검은 옷의 말에 B-47859번은 잠시 생각에 잠겼다. 마치 자신의 삶을 되돌아보는 것처럼. 그동안의 일들이 스쳐 지나가고 가족들의 얼굴이 떠올랐다. 아프고 슬펐던 순간들과 화가 나고 모멸적인 일들이, 기쁘고 설렜던 감정들과 어우러져 눈앞에서 묘하게 하모니를 이루었다. 그 색감은 마치 오로라처럼 감미로웠다. 그건 약간 서글프면서도 감동적인 느낌을 주었다.

그는 눈을 감았다가 떴다. 검은 옷은 그의 입술에 주목했다. 그는 잠시 후 입을 열었다. 그리고 대답했다. 이승에서의 마지막 말이었다.

*

사자死者는 작가가 쓴 마지막 작품의 마지막 문장을 소리 내 읽었다.

"그는 잠시 후 입을 열었다. 그리고 대답했다. 이승에서의 마지막 말이었다……"

"설마 그게 끝이라고 생각하는 건 아니죠?"

작가는 사자의 낭독이 끝나자마자 물었다.

"이게 끝이 아니라고요?"

사자는 의아한 표정으로 작가의 말에 대꾸했다.

"그의 마지막 말을 못 들었잖아요. 난 열린 결말 싫어해요. 마지막 문장만 쓰면 되는데. 그걸 못 쓰고 죽다니…… 원통하네요."

작가는 아직도 자신의 죽음을 인정할 수가 없었다.

"나는 글은 잘 모르지만 이대로 좋아요. 완성된 거 같아요."

그의 말에 작가는 시무룩한 표정으로 고개를 숙였다. 독자들은 자신의 의도를 어떻게 해서든지 곡해할 것이다.

"하지만 그게 문학 아닌가요?"

사자는 작가의 속마음에 대답하듯 물었다.

"네?"

"오해와 오독이 난무하는 거. 그래서 작가들이 수능 지문에 실린 자기 작품 문제 다 틀린다잖아요."

사자의 말에 작가는 그냥 웃음이 나왔다. 헛웃음과 폭소 그 어딘가에 위치한 웃음이었다.

"아, 한 가지 궁금한 게 있는데."

사자의 말에 작가는 웃느라 찔끔 흘린 눈물을 닦으며 그를 보았다.

"그 나무꾼은 그 뒤로 잘 살았나요?"

"나무꾼?"

"왜, 투잡을 뛰던 그……"

"아, 그 나무꾼."

작가는 희미하게 미소를 지으며 입을 열었다.

"매일 밤 도깨비를 찾아갔대요. 이야기가 하고 싶어서. 안에서 흘러나오는 이야기를 주체할 수가 없어서. 도깨비는 전문 청자였거든요. 그랬더니 어느 날 밤은 도깨비가 떡을 들고 그의 집으로 찾아오더래. 그래서 그들은 매일 밤 서로 이야기를 하고 들으면서 평생을 살았다는 이야기."

"떡 먹으면서?"

"떡 먹으면서."

결말이 참…… 작가와 사자, 둘의 마음속에 누가 먼저랄 것 없이 한 단어가 떠올랐다. 하지만 아무도 입을 열어 말하지 않았다.

작가의 말
슬픔의 표지석

　어느 날 이런 생각을 했습니다. 슬픔에도 표지석이 있다고. 떠난 그와 함께 갔던 장소, 함께 먹었던 음식, 함께 들었던 음악, 함께 했던 모든 일들. 나만 볼 수 있는 그 많은 표지석들. 이것들을 내가 다시 꺼내어 볼 수 있을까?

　정아은 작가님이 황망하게 가시고 나서 저는 작가님이 제게 남긴 것들을 볼 때마다 눈물바람이었습니다. 이사 기념으로 보내주신 곰돌이 자수 수건을 갤 때마다, 추천사를 써주신 제 장편소설의 띠지를 볼 때마다, 제 아이들 보라고 보내주신 그 많은 책들을 볼 때마다. 그리고 우리가 처음 만났던 원할머니 보쌈집의 그 자리, 스타필드 식품관의 중국집, 함께 카페라떼를 마시던 스타벅스가 떠오릅니다. 그곳들을 나는 다시 갈 수 있을까.

얼마 전 정아은 작가님과 같이 가자고 했으면서 결국 가지 못했던 술집을 갔습니다. 당일에 제가 약속을 펑크 내지 않았다면 우린 그곳에서 와인 한 잔을 했을 겁니다. 지인과 함께 그 술집에서 와인 잔을 기울이는 동안 내내 정아은 작가님 생각을 했습니다. 이곳에서 우린 무슨 이야기를 나누었을까. 어떤 시간을 보냈을까. 이렇게 남은 자는 떠난 자를 애달파하며 애도의 시간을 오래 갖습니다. 떠난 분도 그렇지 않을까요.

우리는 모두 언젠가 죽습니다. 이 소설은 제 마지막을 상상하며 써내려간 글입니다. 내가 떠날 때 가장 눈에 밟히는 건 무엇일까. 완성하지 못한 제 작품일 것 같습니다. 누구도 대신해줄 수 없는 마지막 마침표요. 그러니까 이 소설은 제가 상상한 작가라는 사람들의 마지막 이야기입니다.

많은 분들이 정아은 작가님을 기억하고 애도하는 방식을 보며 깨달은 게 있습니다. 작가님이 나에게만 특별한 분이 아니었구나. 이렇게나 많은 사람들에게 다정하고 친절한 좋은 사람이셨구나.
이렇게 정아은 작가님을 기록하고 기억할 수 있는 기회를 주셔서 감사합니다. 오래도록 기억하겠습니다.

작가님, 우리 다시 만날 때는 그때 못 먹었던 와인 마시면서 작품 이야기 나누어요. 보고 싶습니다.

2021년 11월. 〈채널예스〉와의 인터뷰.

2022년 5월.

-
2022년 7월.

-
2023년 12월. 김성신 출판평론가와 함께.

-
2024년 1월.

2024년 1월.

2024년 1월.

-
2024년 2월. 장강명 작가와 함께.

-

2024년 4월. 왼쪽부터 소향, 정아은, 장강명,
차무진, 정명섭 작가.

-
2024년 12월. 라종일 교수와 함께.

사람은 가도 사랑하는 마음은 남는다. 영원히.

_정아은,《높은 자존감의 사랑법》중에서

엔딩은 있는가요

ⓒ 김하율 김현진 소향 장강명 정명섭 조영주 주원규 차무진 최유안

1판 1쇄 2025년 12월 17일

지은이 ♦ 김하율 김현진 소향 장강명 정명섭 조영주 주원규 차무진 최유안
펴낸이 ♦ 고우리
펴낸곳 ♦ 마름모
등   록 ♦ 제 2021 - 000044호 (2021년 5월 28일)
전   화 ♦ 070-8028-3973
팩   스 ♦ 02-6488-9874
메   일 ♦ marmmopress@naver.com
블로그 ♦ blog.naver.com/marmmopress
인스타그램 ♦ @marmmo.press

ISBN ♦ 979-11-94285-19-9 (03810)

잘못 만든 책은 구입하신 서점에서 바꿔드립니다.
무단 전재와 복제를 금합니다.

평행하는 선들은 결국 만난다 ♦ 마름모